樊川文集夾注

【唐】杜牧 撰 【南宋】佚名 注 韓錫鐸 點校

遼寧美術出版社

圖書在版編目（CIP）數據

樊川文集夾注 /（唐）杜牧撰；（南宋）佚名注；韓錫鐸點校. — 瀋陽：遼寧美術出版社，2023.4

ISBN 978-7-5314-9220-7

Ⅰ. ①樊… Ⅱ. ①杜… ②佚… ③韓… Ⅲ. ①中國文學-古典文學-作品綜合集-唐代 Ⅳ. ①I214.22

中國版本圖書館CIP數據核字（2022）第155779號

出 版 者：遼寧美術出版社

地　　址：瀋陽市和平區民族北街29號　郵編：110001

發 行 者：遼寧美術出版社

印 刷 者：遼寧一諾廣告印務有限公司

開　　本：889mm×1194mm　1/16

印　　張：42.5

字　　數：330千字

出版時間：2023年4月第1版

印刷時間：2023年4月第1次印刷

責任編輯：張　暢

美術編輯：烏　亮

裝幀設計：韓　軍

責任校對：郝　剛

ISBN 978-7-5314-9220-7

定　價：460.00圓

郵購部電話：024-83833008

E-mail：lnmscbs@163.com

http：//www.lnmscbs.cn

圖書如有印裝質量問題請與出版部聯係調換

出版部電話：024-23835227

作者簡介

韓錫鐸，研究館員。一九六四年北京大學中文系古典文獻專業畢業，曾任遼寧省圖書館業務副館長。一九八七年至二〇〇〇年爲政協遼寧省委員會五至八屆委員，一九九二年被評爲遼寧省勞動模範，享受國務院特殊津貼，一九九七年被聘爲遼寧省文史館館員，二〇一四年當選爲『中國圖書館榜樣人物』。現任中國國家圖書館古籍評審委員會委員、中國國家古籍保護中心委員。

他致力於中國古籍版本學、目錄學、文獻學和圖書館學的研究，數十年如一日，嘔心瀝血，潛心鑽研，著書立説，是東北地區圖書館古籍工作的學科帶頭人，在全國古籍文獻研究領域也是首屈一指、聞名遐邇的資深專家。他積極傳播中國傳統典籍文化，爲傳承、弘揚、創新中華優秀傳統文化做出了非常卓越的貢獻。他出版專著三部，有《小説書坊録》《八仙系列小説》等；主編圖書六部，最有特點的是《中華蒙學集成》及《重輯嘉興藏》；參編圖書多部，有《中國兵書集成》《中國古籍善本書目》等；古籍整理三部，有《聖武記》《震澤先生别集》《五雜組》；點校小説六部；發表文章一三〇餘篇。

點校説明

遼寧省圖書館藏有朝鮮刻本樊川文集夾注四卷外集一卷，唐杜牧撰，佚名注。書後有刻書牌記：『正統五年六月□日全羅道錦山開刊』。牌記後有鄭坤的跋：『小杜詩古稱可法，而善本甚罕，世所有者多魯魚，學者病之。今監司權公克和與經歷李君蓄議之，符下知錦山郡事李君賴，令詳校前本之訛謬而刊之。始於庚申三月，歷數月而告成，公之嘉惠學者，其可量哉。前通政大夫成均大司成知製教鄭坤跋。』然後有權克和、李蓄、李賴、孔碩、尹起宗、尹漢等六人刻書者的銜名。

正統五年爲公元一四四〇年，這是杜牧詩文集現存最早的刻本。中國古籍善本書目著録杜牧詩集有正德十六年（一五二一）刻本，正統比正德早了八十年。清代嘉慶時桐鄉馮集梧爲杜牧詩集做注，馮氏認爲是第一個注本，早他幾百年前已有注本了。

一

做注者書上没有署名，從引用的資料來看，是南宋人。第一，阿房宫賦：『長橋卧波，未雩何龍。』做注者引用了洪駒父詩話（宋洪芻撰，此書已佚）的話做注：『世皆謂牧之誤用龍見而雩事，牧之不應爾。』做注者然後説：古本是「未雩何龍」，當以此爲是。』鮑慎由宋史卷四百四十三有傳：『鮑由字欽止，處州龍泉人。舉進士。嘗從王安石學，又親炙蘇軾，故其文汪洋閎肆，詩尤高妙……嘗注杜甫詩，有文集五十卷。』鮑由應是北宋末年人。做注者與鮑由有過接觸，當生於北宋末。第二，做注者引用了傅幹注坡詞爲注。卷一杜秋娘詩：『西子下姑蘇，一舸逐鴟夷。』注云：『蘇子瞻水龍吟詞，世説范蠡既相越，平吳之後，因取西子，遂乘扁舟泛五湖而去。』一九九三年巴蜀書社出版了劉尚榮先生校證的傅幹注坡詞，據劉先生考證，傅幹注坡詞書成於南宋初年。第三，做注者引用了宋葛立方撰的韻語陽秋和宋胡仔輯的漁隱叢話爲注。所以樊川文集夾注當成書於十二世紀。

樊川文集夾注初刻本應是刻在南宋，但没流傳下來，書傳到朝鮮以後，纔有了正統刻本及翻刻本。

國家圖書館也藏有朝鮮刻本樊川文集夾注。我兩次到國家圖書館進行考查，國圖藏本是遼圖藏本的翻刻本，版式行款完全相同，衹是没有翻刻牌記。遼圖藏本是朝鮮的繭紙，國圖藏是皮紙，翻刻的時間當在清時。

每卷卷端書名爲樊川文集卷幾，空三格，再署夾注，所以定書名爲樊川文集夾注。所謂『夾注』，即爲古籍做注的雙行小注。以後皆稱夾注。卷一卷二卷三及外集，卷後有『添注』，補充注釋本卷未注的釋語。但『添注』注釋者處理得不好。

二

做注者熟知中國古籍，用三百多種書爲杜牧的賦和詩做注，經史子集各部皆有。整段整段地抄下來的資料做注，經常有删節，少數的資料是意引的。對語辭的注釋也很多，直接對語辭進行注釋。對個别的字用反切注音，或用同音字釋音。有五十多種書已經亡佚了，爲我們提供了部分書的信息。有些書現在還有，但與做注者所用的版本文字上有差異，可以用來校勘。已經亡佚的書及文字上有差異的書是有價值的。試舉幾例，以產生的時間爲序。

（一）關于北狄傳

外集寄唐州李玭尚書：『累代功勳照世光，奚胡聞道死心降。攻書筆禿三千管，領節門排十六雙。先揖耿弇聲寂寂，今看黃霸事摐摐。時人欲識胸襟否，彭蠡秋連萬里江。』在『奚胡聞道死心降』句下，引用北狄傳爲注：『奚東胡種爲匈奴所破，保烏丸山，漢曹操斬其蹋頓，蓋其後也。』

北狄傳已經亡佚，當產生于東晉或以前。此事後漢書卷九孝獻帝紀有記載：『十二年八月，曹操大破烏桓于柳城，斬其蹋頓。』（中華書局出版的後漢書三八四頁）。二十世紀六十年代，宋雲彬等先生爲中華書局點校後漢書時，不了解『蹋頓』的內容，所以未畫人名綫，如果看了北狄傳，就肯定畫人名綫了。

卷四題木蘭廟：『彎弓征戰作男兒，夢裏曾經夢畫眉。幾度思歸還把酒，拂雲堆上祝明妃。』在『彎弓征戰作男兒』句下，引用了木蘭詩做注。

（二）關于木蘭詩

木蘭詩是南北朝時北朝最有特點的民歌之一。傳下來的版本最早的是北宋郭茂倩編輯的樂府詩集。較大的圖書館皆有藏本，二十世紀七十年代以後多家出版社有印本。全詩六十二句，三百三十個字。據中華書局一九七九年鉛印本抄錄第一段：

唧唧復唧唧，木蘭當户織。

不聞機杼聲，惟聞女嘆息。

問女何所思？問女何所憶？

女亦無所思，女亦無所憶。

昨夜見軍帖，可汗大點兵。

軍帖十二卷，卷卷有爺名。

阿爺無大兒，木蘭無長兄。

願爲市鞍馬，從此替爺征。

夾注引用的木蘭詩做了删節，全詩只有五十五句，二百九十六個字。夾注引用的木蘭詩與樂府詩集的木蘭詩文字有兩處較大差異：即『唧唧復唧唧』與『促織何唧唧』；『卷卷有爺名』與『卷中有爺名』。現在的讀者往往把『唧唧復唧唧』解釋爲木蘭的嘆息。我認爲是不對的，下面已出現了嘆息，文字不應有這樣的重複。促織即是蟋蟀，唧唧是蟋蟀的鳴聲，這是古代詩文常用的比興的手法。如果見到『促織何唧唧』，就不會解釋爲嘆息了。『卷卷有爺名』，木蘭的父親名字出現十二次，太重複了。而『卷中有爺名』，木蘭的父親名字只出現一次，合乎情理。

據説北京市的中學教材裏用了樂府詩集的木蘭詩，未做校勘，也許未找到可供校勘的版本。

（三）關于楊貴妃

夾注用了兩種已經亡佚的書介紹楊貴妃，即天寶傳歌録及玄宗遺録。

卷四閨情：『娟娟卻月眉，新鬢學鵶飛。暗砌匀檀粉，晴窗畫夾衣。袖紅垂寂寞，眉黛歛依稀。還向長陵去，今宵歸不歸。』在『娟娟卻月眉』句下引録了天寶傳歌録：『貴妃嘗作十眉新粧，宮中多効之。曰連頭，曰八字，曰走山，曰倒暈，曰横雲，曰鷩翠，曰新月，曰卻月，曰柳葉，曰媚眉。』表現了唐代上層女姓的髪式，這是難得的資料。天寶傳歌錄産生於唐玄宗當皇帝的後期。卷二華清宮三十韻在『喧呼馬嵬血，零落羽林槍』句下，引錄了翰府名談玄宗遺錄近千字的資料，講述了楊貴妃之死的全過程。這又是難得的資料。玄宗遺錄産生在前，翰府名談成書時輯錄了玄宗遺錄，保留了書名。翰府名談，北宋劉斧撰，此書已佚。南宋曾慥輯的類説中保存十二條，現存的永樂大典保存一條，皆不見玄宗遺錄，此書已佚。

天寶十四年（七五五），爆發了安史之亂。安祿山在范陽起兵叛亂，第二年攻下潼關。唐玄宗逃出長安，經過馬嵬驛時，軍隊發生譁變。唐玄宗在被迫的情況下，命楊貴妃縊死。

楊貴妃死前對唐玄宗説了很多話，她只有三十八歲。舊唐書和新唐書對此事記載得很簡單，唐代其他資料也不見記載。玄宗遺錄有詳細敘述，順其自然，合乎情理，没有穿鑿附會。玄宗遺錄不知著者是誰，我推斷，作者是唐代的陸贄。陸贄（七五四——八〇五），大曆六年（七七一）進士，官至中書侍郎。陸贄三歲時，楊貴妃死了。他在長安爲官多年，社會有許多唐玄宗和楊貴妃的遺聞逸事，他搜集起來，撰成玄宗編遺錄。此書舊唐書的經籍志和新唐書的藝文志没有著錄，而宋史藝文志的傳記類著錄爲一卷。劉斧把玄宗編遺錄編入翰府名談，漏掉『編』字，成爲玄宗遺錄，很有可能。

（四）關于錢昭度

卷三揚州三首之二：『秋風放螢苑，春草鬭雞臺。金絡擎鵰去，鸞環拾翠來。蜀舡江錦重，越橐水沉堆。處處皆華表，淮王奈卻迴。』在『淮王奈卻迴』句下注云：錢昭度堠子詩：『八達街頭土石軀，淮王華表識君無。思量亦是傷心物，十里成雙五里孤。』

錢昭度宋史卷四百八十有傳：『衢州刺史侄之子昭度，字九齡，至供奉官。俊敏工爲詩，多警句，有集十卷，蘇易簡爲序，行於世。』然宋史藝文志僅著錄錢昭度詩一卷。中國古籍善本書目從書名索引到著者索引，均無錢昭度的信息。二十世紀九十年代，北京大學出版社出版了全宋詩。編者盡全力把全國的古籍藏書挖掘了，發現了錢昭度的詩九首，還有十六首詩的殘句，點校出版了（全宋詩第一册卷五四）。但編者不知道夾注引用了錢昭度的堠子詩爲注，此詩可補全宋詩。

（五）關於蘇軾

蘇軾（一〇三七——一一〇一）字子瞻，號東坡居士，四川眉山人，是中國封建社會多產的文學巨匠之一。中國古籍善本書目著錄他的著作有十幾種，經史子集各部皆有。除了給廣成子做注外，未見有爲他人的作品做注。夾注在注文中引用了已經亡佚的詩史近三十處的句子爲注。有七處是蘇軾做注的，僅舉兩例：

卷四送隱者一絶：『無媒徑路草蕭蕭，自古雲林遠市朝。公道世間唯白髮，貴人頭上不曾饒。』做注者云：『詩史：日月不相饒。東坡補注：「王獻之覽鏡，見白髮，顧兒童曰：日月不相饒，村野之人，二毛俱摧矣。子等何汲汲爲競，寸陰過而不可復得也。」』

外集詠襪：『鈿尺裁量減四分，纖纖玉笋裹輕雲。五陵年少欺他醉，笑把花前出畫裙。』

『五陵年少欺他醉』句下做注者云：『詩史：「東坡補注：『陳苑曰：青春風物雅好，獨恨不得馳逐，五陵年少嗟吁久之。』」』

看來前人並未把蘇軾的作品輯全，待後人補之。

夾注的注文是有價值的，可舉的例子還有很多。

三

遼寧大學學報（哲社版）一九八四年第四期已有文章介紹了夾注。

中華全國圖書館文獻縮微復製中心一九九七年影印夾注，發行三百册。

二十一世纪初，續修四庫全書影印了夾注，排序在一三一二册。

二〇〇八年中華書局出版了吳在慶撰的杜牧繫年校注，全書四册，注釋了杜牧的全部詩文。他利用了中華全國圖書館文獻縮微復製中心影印的夾注，進行校勘和注釋，成就很大，他在前言中頌揚了夾注。這是學術界第一次全面利用夾注。

中華全國圖書館文獻縮微復製中心的影印出版之後即售空，續修四庫全書讀者用起來不方便。我所以把夾注點校出版，供讀者利用。

我利用了中華書局二〇一一年出版的古籍整理釋例，對書名、人名、地名、朝代、年號等都要劃綫，讀者用起來方便。

四

中國古籍善本書目著録杜牧撰的樊川文集最早的版本爲明刻本，即樊川文集二十卷外集一卷别集一卷。有幾個明刻本，刻印時間不同，但内容相同。二十卷中包括詩四卷（首賦三篇）、文十六卷（分體編排），外集、别集也是詩。南宋人爲杜牧的賦和詩做注用的底本即是這個本子。但没有給文集（卷五至卷二十）和别集做注。不知爲什麽没有給外集的春日途中一詩做注，也許遺漏了。

五

我没有對杜牧的賦和詩進行校勘，尊重原文，保持原貌，讀者可以利用吴在慶撰的杜牧集繫年校注。我僅對南宋人的注文進行了校勘。用的書是：①中華書局點校出版的二十四史中的史記至宋史；②中華書局影印的十三經注疏及十三經索引；③中華書局一九八五年出版的文選李注義疏（只有四册八卷）；④利用遼寧省圖書館條件，凡是做注所用的書能找到的都核對過。找不到的書及已經亡佚的書，只能對原文進行標點。差異不大的就算了，差異大的寫了校勘記，置於每詩的後面。

杜牧寫詩時對某些詩做了注，夾注稱爲『本注』。做注者常用杜牧的文集做注，稱爲『本集某某』。做注已用過的内容不再重復使用，常用『見上』『見下』，即本卷已出現的内容，或稱『見某卷』。爲了幫助讀者找到出處，我用了很大的精力找到出處，標出某卷的詩題，供讀者查尋。與校勘記一起排序。做注者引用的原書有的是有注文的，有些做注者没有指出，我加了圓括弧（），以示區别。外集同趙二十二訪張明府郊居聯句是杜牧與趙嘏同寫的聯句詩，對牧、嘏加了方括弧［］。

做注者常出現記憶錯誤，甚至是無中生有。

六

夾注用了漢字許多異體字。一九七八年中華書局影印了中華大字典，凡是該字典已收入的字，皆遵照原文。

客觀地説，夾注刻得不好：第一，出現了朝鮮使用的漢字簡體字，我們不認識，出現次數多了，判斷可以識別，出現次數少了，很難識別，只能畫口，或疑似某；第二，出現了許多錯字，核對原書才能發現；第三，有的注文，詞不達意，文字錯亂。是做注者的錯？還是刻書的錯？只能遵照原文。

樊川文集夾注卷端著録的每卷的詩數，有的是錯的。卷一至卷三是正確的，卷四原著録爲八十五首，實爲八十六首。其中題籌筆驛爲殷潜之與杜牧唱和之作，郡中有懷寄上睦州員外十三兄爲邢群與杜牧唱和之作，均被底本録入。外集原著録爲一百二十四首，實爲一百二十六首。樊川文集夾注實收杜牧的賦三首，詩三百九十五首。

七

點校説明已敘述了該書的牌記，所以删去牌記。補以我輯的佚書目録，作爲該書的附録。

遼寧省圖書館的王蕾同志幫助我核對書，原遼寧省工商干部學院姚興元教授解決疑難問題，遼寧省圖書館研究館員盧秀麗同志、瀋陽市圖書館韓梅同志幫助我聯繫遼寧美術出版社。在此，對他們致以誠摯的謝意！

韓錫鐸

二〇二二年三月

目録

樊川文集卷第一　夾注

樊川文集卷第二　夾注

律詩六十七首

樊川文集卷第三　夾注

律詩八十八首

樊川文集卷第四　夾注

律詩八十六首

舊爲詩

樊川外集 夾注

律詩一百二十六首

樊川文集卷第一　夾注

中書舍人杜牧　字牧之

新唐書本傳曰：『杜牧字牧之，善屬文。第進士。沈傳師表爲江西團練府巡官，又爲牛僧孺淮南節度府掌書記。擢監察御史，移疾分司東都，以弟顗病棄官。復爲宣州團練判官，拜殿中侍御史内供奉。遷左補闕。』云云。『歷黄、池、睦三州刺史，入爲司勳員外郎，常兼史職。改吏部，復乞爲湖州刺史。踰年，以考功郎中知制誥，遷中書舍人。』『少與李甘、李中敏、宋祁善，其通古今，善處成敗，甘等不及也。牧亦以疎直，時無右援者。從兄悰更歷將相，而牧回躓不自振，頗怏怏不平。卒，年五十。』云云。『迺自爲墓誌，悉取所爲文章焚之。牧於詩，情致豪邁，人號爲「少杜」，以別「老杜」云。』

賦三首

阿房宮賦

史記始皇本紀：『始皇以爲咸陽人多，先王之宫廷小，吾聞周文王都豐，武王都鎬，豐鎬之間，帝王之都也。迺營作朝宫渭南上林苑中。先作前殿阿房，東西五百步，南北五十丈，上可以坐萬人，下可以建五丈旗。周馳爲閣道，自殿下直抵南山。表南山之顛以爲闕。』雄景叔華清宫圖：『秦爲阿房宫，漢爲溫泉宫。及天寶五載，因阿房遺址，廣溫泉舊制，爲華清宫。』本集啓①：『寶曆大起宫室，廣聲色，故作阿房宫賦。』

六王畢，四海一。史記始皇本紀：『武威旁暢，振動四極，擒滅六王，闡並天下。』過秦論云云：『及至始皇奮六世之餘烈，振長策而御宇内，吞二周而亡諸侯，履至尊而制六合，執敲扑以鞭笞天下，威振四海。』西京賦：『並爲疆國者有六。』注：『韓、魏、燕、趙、齊、楚。』『然而四海同宅西秦，豈不詭哉？』注：『初，繆公薨②，然後六國竟滅，秦果並而居。』

蜀山兀，阿房出。覆壓三百餘里，隔離天日。驪山北構而西折，直走咸陽。前漢書注：『驪山』，在新豐南。項氏曰：『故驪戎國也。』通典：『雍州理長安，秦孝公作爲咸陽，筑冀闕，徙都之，謂之秦川，亦曰關中。』漢書注：『咸陽，今渭北渭城是也。』二川溶溶，流入宮墻。按華清宮圖：『一川自東繡嶺出，流入東繚墻，一川自西繡嶺出，歷芙蓉園，流入西繚墻，二川合流，於望仙樓下南入于渭。』五步一樓，十步一閣。廊腰縵迴，簷牙高啄。各抱地勢，鉤心鬭角。盤盤焉，囷囷焉，蜂房淮南子：『蜂房不容鵠卵。』注：『房，巢也。』水渦，烏禾切，水坳也。矗初六切，直貌。不知乎幾千萬落。選注：『落，居也，巷屋之類。』詩史：『千村萬落生荆杞。』

長橋臥波，未雩何龍？左傳：『凡祀。啓蟄而郊，龍見而雩。』洪駒父詩話：『杜牧阿房宮賦：「長橋臥波，未雩何龍」，世皆謂牧之誤用龍見而雩事，牧之不應爾。鮑慎由欽止謂予言：「古本是『未雩何龍』，當以此爲是。」』又見沈括筆談。複道行一作横。空，不霽何虹。史記始皇：『複道，向阿房宮渡渭，屬之咸陽，以象天極閣道絶漢。』高低冥迷，不知東西。歌臺暖響，春光融融；舞殿冷袖，风雨凄凄。一日之内，一宮之間，而氣候不齊。妃嬪媵嬙，王子皇孫，辭樓下殿，輦來于秦。朝歌夜絃，爲秦宮人。史記始皇本紀：『秦每破諸侯，寫放其宮室，作之咸陽北阪上，南臨渭，自雍門以東至涇、渭，殿屋複道，周閣相屬，所得諸侯美人鍾鼓，以充入之。』明星熒熒，開粧鏡也；綠雲擾擾，梳曉鬟也；渭流漲膩，棄脂水也；煙斜霧横，焚椒蘭也；雷霆乍驚，宫車迴也；舞賦：『車音若雷。』轆轆盧谷切，或從録，車聲也。遠聽，杳不知其所之也。一肌一容，盡態極妍，縵立遠視，而望幸焉。司馬相如封禪文：『泰山、梁父設壇場望幸。』有不見者，三十六年。史記始皇本紀：『始皇享國三十七年，葬驪邑。』燕、趙之收藏，淮南子：『四時者，春生夏長，秋收冬藏。』韓、魏之經營，詩：『經之營之。』齊、楚之精英，江賦：『金精玉英。』幾世幾年，摽掠其人，倚疊如山。一旦有不能，輸來其間。鼎鐺玉石，金塊珠礫，棄擲邐迤，上聲爾切，下演爾切，邐迤，連延也。秦人視之，亦不甚惜。嗟乎！一人之心，千萬人之心也。秦愛紛奢，人亦念其家。奈何取之盡錙銖，用之如泥沙？禮記：『分國如錙銖。』注：『八兩爲錙銖，權分十黍之重。』使負棟之柱，多於南畝之農夫；架梁之椽，多於機上之工女；漢書酈食其傳：『農夫釋耒，紅女下機。』注：『紅讀曰工。』釘頭磷磷，多於在庾之粟粒；沈休文詩：『豈若乘舟去，俯映石磷磷。』注：『磷磷，水中石貌。』瓦縫房用切，衣會也。參差，多於周身之帛縷；直欄橫檻，多於九土之城郭；國語：『展禽曰：「共工氏之子曰后土③，后能平九土。」韋昭曰：「九土，九州之土。」』管絃嘔啞，多於市人之言語。嘔，烏侯切，啞，於加切，嘔啞，小兒學言。使天下之人，不敢言而敢怒，獨夫之心，日益驕固。書，獨夫紂。戍卒叫，函谷舉，漢書：『秦二世元年，發閭左戍漁陽九百人，陳勝、吳廣皆爲屯長，行至蘄，會天下大雨，失期。勝、廣迺謀，舉大計云云。勝迺立爲王，號「張楚」，於是諸郡縣苦秦吏暴，皆殺其長吏，以應勝。』過秦論：『秦以區區之地，百有餘年。然後以六合爲家，殽函爲宮，一夫作難而七廟墮。』又見始皇本紀。漢書注：『今桃林縣南有洪溜澗水，即古所謂函谷也。其水北流入河，夾河之岸尚有舊關餘跡焉。』楚人一炬，可憐焦土。漢書項羽傳：『羽迺屠咸陽，殺秦降王子嬰，燒其宮室，火三月不滅。』滅六國者，六國也，非秦也。族秦者，秦也，非天下也。漢書高紀：『秦苛法久矣，誹謗者族。』

注：『族謂誅及其族也。』嗟乎！使六國各愛其人，則足以拒秦。使秦復愛六國之人，則遞三世可至萬世而爲君，誰得而族滅也？史記始皇本紀：『朕爲始皇帝。後世以計數，二世三世至于萬世。傳之無窮。』秦人不暇自哀，而後人哀之；後人哀之而不鑑之，亦使後人而復哀後人也。摭言：『崔郾侍郎既拜命，於東都試舉人，三署公卿皆祖於長樂傳舍，冠蓋之盛，罕有加也。時吳武陵任大學博士，策蹇而至。郾聞其來，微訝之，迺離席與言。武陵曰：「侍郎以峻德偉望，爲明天子選才俊，武陵敢不薄施塵露！向者，偶見大學生數十輩，揚眉抵掌，讀一卷文書，就而觀之，迺進士杜牧阿房宮賦。若其人，真王佐才也，侍郎官重，必恐未暇披覽。」於是搢笏朗宣一遍。郾大奇之。武陵曰：「請侍郎與狀頭。」

鄺曰：「已有人。」曰：「不得已，即第五人。」鄺未遑對。武陵曰：「不爾，卻請此賦。」鄺應聲曰：「敬依所教。」既即席，白諸公曰：「適吳大學以第五人見惠。」或曰「爲誰？」曰：「杜牧。」衆中有以牧不拘細行問之者。鄺曰：「已許吳君矣。牧雖屠沽，不能易也。」』

校勘記

①本集啓指樊川文集卷十六上知己文章啓。

②『薨』西京賦作夢。

③『后』原文如此，據昭明文選卷七改作『后土』。

望故園賦

本集，上知己啓①：『有盧於南山下，嘗有耕田著書志，故作望故園賦。』

余固秦人兮故園秦地，念歸途之幾里。訴余心之未歸兮，雖繫日而安至。李白惜餘春賦：『恨不得掛長繩於青天，繫此西飛之白日。』既操心之大謬，欲當時之奏技。技固薄兮豈易售，矧將來之歲幾。人固有尚，珠金印節，劉熙釋名：『印，信也，所以封物爲驗也，亦言因也，封物相因付也。』漢書高紀注：『節以毛爲之，上下相重，取象竹節，因以爲名，將命者持之以爲信。』人固有爲，背憎面悅，擊短扶長，曲邀橫結。吐片言兮千口莫窮，觸一機而百關俱發。淮南子：『其用之也若發機。』注：『機弩，機關，言其疾也。』嗟小人之顓蒙兮，揚子：『倥侗顓蒙。』注：『顓蒙，頑愚也。』尚何念於逸越。余之思歸兮，走杜陵之西道。前漢書地理志：杜陵屬長安京兆尹。巖曲天深，地平木老。隴雲秦樹，風高霜早；周臺漢園，斜陽暮草。寂寥四望，蜀峰聯嶂；蔥蘢氣佳，後漢光武紀論：『望氣者蘇伯阿爲王莽使，遥望見春陵郭，曰：「氣佳哉！欝欝蔥蔥然。」』蟠聯地壯。繚粉堞於綺城，矗未央於天上。漢高紀：七年，蕭何治未央宫。月出東山，苔扉向關，長煙苒惹，寒水注灣。遠林雞犬兮，樵夫夕還。織有桑兮耕有土，昆令季強兮鄉黨附。悵余心兮捨茲而何去？憂豈無念，念至謂何？魏文帝與吴質書：每一念至，何時可言？憤慍悽悄，顧我則多。萬世在上兮百世居後，中有一生兮孰爲壽夭？見下，『何者爲彭殤』②注。生既不足以紉女鄰切。佩兮，屈平離騷經：『紉秋蘭以爲佩。』注：『紉，結也，言己修身清潔，披香草以爲服飾也。』顧他務之纖小。賦言歸兮，詩：『言告言歸』。余之志世，徒爲兮紛擾。

校勘記

①『上知己啓』　卷十六有上知己文章啓。

②『何者爲彭殤』　卷一郡齋獨酌。

晚晴賦 並序

秋日晚晴，樊川子三秦記：『長安正南曰秦嶺，嶺下水北流，爲秦川，一名樊川。』目于郊園，見大者小者，有狀類者，故書賦云：

雨晴秋容新沐兮，忻遶園而細履。面平池之清空兮，紫閣青横，遠來照水。原化記：『終南山紫閣峰下，去長安城七十里。』如高堂之上，見羅幕兮，垂乎鏡裏。梁簡文帝鏡象詩：『精金宛成器，懸鏡在高堂。』木勢黨伍兮，行户郎切。者如迎，偃者如醉，高者如達，低者如跂。去智切，垂足也，又舉一足也。松數十株，切切交峙，如冠劍大臣，國有急難，庭立而議。竹林外裹兮，十萬丈夫，甲刃摐摐，音窗，打錘鼓也。密陣而環侍。豈負軍令之不敢囂兮，何意氣之嚴毅。復引舟于深灣，忽八九之紅芰，姹然如婦，斂然如女，墮蘂黦於歇切，色變也，又紆勿切，玄黄也。顔，似見放棄。白鷺潛來兮，邈風標之公子。窺此美人兮，如慕悦其容媚。雜花差於岸側兮，絳綠黄紫。格頑色賤兮，或妾或婢。間草甚多，叢者束兮。靡者杳兮，仰風獵日，如立如笑兮，千千萬萬之狀容兮，不可得而狀也。若予者則爲何如？倒冠落珮兮，與世闊踈。敖敖休休兮，爾雅：『敖敖，傲也』，注傲慢賢者；真又曰，『休休，儉也』，

注：良士節儉。』真徇其愚而隱居者乎！

古詩二十八首

感懷詩

本注：時滄州用兵。

高文會隋季，唐書高祖紀贊：『高祖之興，年幾三百，可謂盛哉！豈非人厭隋亂而蒙德澤，繼以太宗之理①，制度紀綱』云云。太宗贊：『盛哉，太宗之烈也！其除隋之亂，比迹湯、武；致治之美，庶幾成、康。自古功德兼隆，由漢以來未之有也。』謚曰文。提劍徇天意。史記：『高祖曰：「吾以布衣提三尺劍取天下。」』扶持萬代人，步驟三皇地。白虎通：『三皇步，五帝驟，三王馳，五霸騖。』聖云繼之神，神仍用文治。太宗本紀：『天寶十二②載，上尊號爲文武大聖大廣孝皇帝。』玄宗本紀：『開元二十七年二月己巳，群臣上尊號曰開元聖文神武皇帝。』憲宗本紀：『史臣曰：「憲宗嗣位之初，讀列聖寶錄，見貞觀、開元故事，竦慕不能釋卷，顧謂丞相曰：『太宗之制業如此，玄宗之致理如此，既覽國史，迺知萬倍不如先聖。」」』德澤酌生靈，沉酣薰骨髓。列子，楊朱曰：『人肖天地之類，懷五常之性，有生之最靈者也。』旄頭騎箕尾，史記：『旄頭，胡星也。』晉書：『旄頭，黃道之所經也，大而數盡動若跳躍者，胡兵大起。』莊子：『傅説乘東維，騎箕尾，而比於列星。』詩史：『旄頭彗紫微』注：『喻祿山亂中原陷長安也。』風塵薊門起。通典：漁陽郡今薊門。漢書終軍傳：『邊境有風塵之警，臣宜被堅執鋭，當矢石，啓前行。』唐書：『安祿山，柳城胡人也，爲范陽節度使。』『天寶十四載反，詔郭子儀東討。』胡兵殺漢兵，屍滿咸陽市。新唐書：『天寶十五載六月辛卯，蕃將火拔歸仁執哥舒翰叛降于祿山，遂陷潼關。己亥，祿山陷京師。』宣皇走豪傑，新唐書：『肅宗文明武德大聖大宣孝皇帝諱亨，玄宗第三子也。開元二十五年，皇太子瑛廢死，明年，立爲皇太子。天寶十五載，玄宗避賊，行至馬嵬，父老遮道請留太子討賊，玄宗許之。七月壬戌，裴冕等請太子即皇帝位。甲子，即皇帝位于靈武，尊皇帝曰上皇天帝。十一月，郭子儀率回紇及安禄山戰于河上，敗之。淮南子：『智過萬人者謂之英，千人者俊，百人者豪，十人者傑。』**談笑開中否。**左太③沖詠史詩：『吾慕魯仲連，談笑卻秦軍。』詩史述懷詩：『漢運初中興。』注：『凡王室中否而再興，謂之中興，如周之宣王、漢之光武、唐之中宗是也。』**蟠聯兩河間，**地理志：『蔡州汝南郡淄、青、齊、海等十五州，屬河南道，鎮州常山郡、幽州范陽郡等屬河北道。』爾雅：『兩河間曰冀州。』**燼萌終不弭。**士爾切，息也。**號爲精兵處，齊、蔡、燕、趙、魏。**史記韓信傳：『陳豨拜爲鉅鹿守，辭於淮陰侯，淮陰侯曰：「公之所居，天下精兵處也。」』

合環千里疆，爭爲一家事。逆子嫁虜孫，西鄰聘東里。急熱同手足，唱和如宮徵。法制自作爲，禮文爭僭擬。擬字當作儗。漢書賈誼傳：『諸侯王僭儗。』注：『儗，比也，上比於天子。儗音擬。』壓階螭鬪角，畫屋龍文尾。署紙日替名，分財賞稱賜。刳隍欿呼南切，貪欲也。萬尋，孟子注：『八尺爲尋。』繚垣疊千雉。西京賦：『繚垣緜聯，四百餘里。』左傳：『都，城過百雉，國之害也。』注：『方丈曰垣，三垣曰雉。』誓將付孱孫，孱，士山切，劣也；又士連切，不肖也。血絕然方已。本集，上劉司徒書④：『約在子與孫，孫與子，血絕而已。』九廟仗神靈，唐書要：『開元十一年，玄宗立九廟，追尊宣皇帝爲獻祖、光皇帝爲懿祖，以備九室。』四海爲輸委。

海賦：『長爲委輸。』注：『長爲委輸，言衆水皆委輸，送而入于海。』輸去聲。**如何七十年，汗䰃含羞耻？**七十年，見本集罪言⑤。䰃，迄力切，大赤也。**韓、彭不再生，**韓信、彭越。**英、衛皆爲鬼。**唐書：『近代稱名將者，英、衛二公。』謂英國公李勣、衛國公李靖。**凶門爪牙輩，**淮南子：『凡國有難，君自宮召將，詔之曰：「社稷之命在將軍耳。」主親操鉞，授將軍，曰：「從此上至天者，將軍制之。」辭而行，迺爪鬋，設明衣，鑿凶門而出。』注：『凶門，北出之門也。』詩祈父：『予王之爪牙。』**穰穰如兒戲。**漢書：『周亞夫爲將軍，軍細柳，以備胡。上自勞軍曰：嗟乎，此真將軍矣，鄉者灞上棘門如兒戲軍。』**累聖但日吁，閫外將誰寄？**漢書馮唐傳：『上古王者遣將，跪而推轂，曰：「閫以内寡人制之，閫以外將軍制之。」』**屯田數十萬，**

馮鑑續事：『始公田曰屯田，凡轉運不給則設屯田，以益儲。』隄防常慴惴。淮南子：『循行國邑，周視原野，修理隄防，道通溝瀆。』慴之涉切，惧也；惴之睡切，憂惧也。急征赴軍須，詩史：『軍須，遠筭緡』注：『軍須師旅之費也。』厚賦資凶器。老子：『兵者凶器，聖人不得已而用之矣。』因隳畫一法，漢書曹參傳：『蕭何爲法，講若畫一。』注：『畫一，言整齊也。』且逐隨時利。流品極蒙尨，網羅漸離弛。夷狄日開張，黎元愈憔悴。楚辭漁父篇：『顏色憔悴。』邈矣遠太平，蕭然盡煩費。至于貞元末，鄴侯家傳：德宗初議改元，帝謂李泌曰：『本朝之盛，無如貞觀、開元，取一字，改號貞元。』風流恣綺靡。文賦：『詩緣情而綺靡。』注：精，好也。艱極泰循來，元和聖天子。元和聖天子，唐會要：『憲宗元和十四年七月，又上尊號曰聖文神虎皇帝。』英明湯、武上。茅茨覆宮殿，墨子：『堯、舜堂高三尺，土階三等，茅茨不剪，采椽不斲。』漢書注：『屋蓋曰茨。茅茨，以茅覆屋也。』封章綻帷帳。漢書東方朔傳：『集上書囊以爲殿帷。』綻直莧切。説文：衣縫解也。伍旅拔雄兒，崔豹古今注：『伍伯，一伍之伯，五人爲伍，伍長曰伯。』左傳：『有田一成，有衆一旅。』注：『五百人爲旅。』夢卜庸真相。書：『高宗夢得説，使百工營求諸野，得諸傅巖。』史記：『太公望呂尚者，東海上人。』『蓋嘗窮困，年老矣，以漁釣干⑥周西伯。西伯將出獵，卜之，曰「所獲非龍非彲，非虎非羆，所獲霸王之輔」。於是西伯獵，果遇太公於渭之陽，與語大説，曰：「自吾先君太公，望子久矣。」故號之曰「太公望」載與俱歸，立爲師。』勃雲走轟霆，漢武内傳：『雲氣勃鬱。』

詩：『如雷如霆。』

河南一平盪。見上⑦：『蟠聯兩河間』注。唐書憲宗紀：『元和九年，淮西節度使吳少陽卒，子元濟匿喪，自總兵柄。朝廷遣使弔祭，拒而不納。以山南節度使嚴綬兼充申光蔡等州招撫使。十年正月，嚴綬帥師次蔡州界。制削奪元濟在身官爵。』裴度傳：『元和十二年，李愬、李光顔屢奏破賊，然國家聚兵淮右四年，度支供餉，不勝其敝，上亦病之。宰相等以勞師敝賦，意欲罷兵，見上互陳利害。度獨無言。宰相等出，獨留度，謂曰：「卿能爲朕行乎？」度曰：「臣誓不與賊偕全，臣昨見元濟乞降表，料此逆賊，勢實窘蹙。若臣自赴行營，破賊必矣！」上然之，詔度充彰義軍節度，申光蔡觀察等使。十二年八月，度赴淮西，度名雖宣慰，其實行元帥事，迺以郾城爲理所至，郾城巡撫諸軍宣達上旨，士皆賈勇。十月十一日，唐鄧節度李愬，襲破懸瓠城，擒元濟。度自蔡州入朝。』本集罪言：『元和中，舉天下兵，誅蔡誅齊，頓之五年。』

繼于長慶初，燕、趙終舁繈。

後漢書梁統傳：『高祖受命誅暴，平盪天下。』長慶，穆宗年號，盡四。新唐書紀：『元和十五年五月，穆宗即皇帝位。十月，成德軍觀察支使王承元以鎮、趙、深、冀四州歸于有司。長慶元年，二月劉總以盧龍軍八州歸于有司。八州幽、涿、檀、順、瀛、莫、營、平也。』舁，音余，對舉也。繈，居兩切，負兒衣也。

攜妻負子來，

北闕爭頓顙。故老撫兒孫，爾生今有望。

茹鯁古杏切，魚骨也，又刺在喉。喉尚隘，負重力未壯。坐幄無奇兵，

孫武兵法：『奇正還相生，如環之無端。』張景陽詩：『何必操干戈，堂上有奇兵。』

吞舟漏疏網。

漢書酷吏傳：『漢興，破觚爲圜斲琱爲樸，號爲網漏吞舟之魚。』注：『言其疏也。』鹽鐵論

曰：『明王茂其德教，而緩其刑罰，綱漏吞舟之魚。』骨添薊垣沙，見上『薊門』⑧注。血漲滹沲浪。山海經：『太⑨戲之山，滹沲之水出焉。在代州繁時縣東。』秖云徒有征，淮南王上書：『天子之兵，有征無戰，莫敢校之。』安能問無狀。漢書劉德傳⑩：『起居無狀。』注：『無狀，無善狀也。』一日五諸侯，奔亡如鳥往。見本集罪言。取之難梯天，失之易反掌。枚叔諫吳王書：『危於累卵，難於上天。』又曰：『易於反掌，安於泰山。』蒼然太行路，十道志：河南道洛州有太行山。翦翦還榛莽。榛，木叢生也。莽，草深曰莽。關西賤男子，漢書蕭育傳：蕭育，杜陵男子也。誓肉虜杯羹。漢書項羽傳：『羽軍廣武相守，迺爲高俎，置太公其上，告漢王曰：「今不急下，吾烹太公。」漢王曰：「吾與若俱北面受命懷王，約爲兄弟，吾翁即汝翁，必欲烹迺翁，幸分我一杯羹。」』請數係盧事，見下⑪賈生注。誰其爲我聽。蕩蕩乾坤大，漢書禮樂志：『大海蕩蕩。』注：『蕩蕩，廣大貌。』曈曈日月明。叱起文、武業，可以豁洪溟。安得封域内，長有扈苗征。書：『啓與有扈，戰于甘之野。』又曰：『苗民逆命。帝迺誕敷文德，舞干羽于兩階，七旬有苗格。』七十里百里，孟子：『以德行仁者王，王不待大，湯以七十里，文王以百里。』彼亦何常爭。往往念所至，得醉愁蘇醒。韜舌辱壯心，叫閽無助聲。思玄賦：『叫帝閽使啓扉。』聊書感懷韻，焚之遺賈生。漢書賈誼：『洛陽人也，年十八，能誦詩書屬文稱於郡中。文帝召爲博士。是時，匈奴強，侵邊。天下初定，制度疏闊。諸侯王僭儗，地過古制，淮南，濟北王皆爲逆謀。誼數上疏陳政事，多所欲匡建，其大略曰云云：「臣竊料匈奴之衆不過漢一大縣，以天下之大困於一縣之衆，甚爲執事羞之。陛下何不試以臣爲屬國之官以主匈奴？行臣之計，請必係單于之頸而制其命。」』

校勘記

①『太宗之理』　高祖本紀贊作『太宗之治』。

②『天寶十二』　太宗本紀作『十三』。

③『太』　原文作『大』，據昭明文選卷二十一改。

④『上劉司徒書』　卷十一『上昭義劉司徒書』。

⑤『罪言』 卷五罪言。

⑥『干』 史記齊太公世家作『奸』。

⑦『見上』 即此句前面的句子『蟠聯兩河間』。

⑧『薊門』 此句前面的句子『風塵薊門起』。

⑨『太』 原文作『大』，據山海經北山經改。

⑩『漢書劉德傳』 即漢書楚元王傳。

⑪『見下』 此句後面的句子『焚之遺賈生』。

杜秋娘詩 並序

杜秋，金陵女也。十道志：『潤州舊名京口，即楚之金陵建業也。晉爲丹徒，隋爲潤州，東有潤浦，故名之。吳改爲石頭。晉諱業，改爲建康。』年十五，爲李錡妾。後錡叛滅，新唐書：『李錡，淄川王孝同五世孫。迁潤川刺史，多積奇寶，歲時奉獻，德宗昵之。錡因恃恩驁橫，憲宗即位，以王鍔爲諸道行營兵馬使，自宣、杭、信三州進討。錡敗，送京師。腰斬。』籍之入宮，有寵於景陵。憲宗葬景陵。穆宗即位，命秋爲皇子傅姆，莫侯切，女師也。皇子壯，封漳王。鄭注用事，誣丞相欲去己者，指王爲根，王被罪廢削，唐書：『穆宗子。懷懿太子湊，少雅裕，有尋矩。長慶元年始王漳。文宗即位，疾王守澄顓很，引支黨橈國，謀盡殺之，密引宰相宋申錫使爲計。守澄客鄭注伺知之，以告，迺謀先事殺申錫。又以王賢，有中外望，因欲株聯大臣族夷之。迺令神策虞候豆盧著上飛變，且言「宮車晏駕則、朱訓與申錫昵吏王師文圖不軌，訓嘗言上多疾，太子幼，若兄終弟及，必漳王立。申錫陰以金幣進王，而王亦以珍服厚答。」即捕訓等繫神策獄，榜掠定其辭。諫官群伏閤極言，出獄牒付外雜治。注等懼事洩，迺請下詔貶王。帝未之悟，因黜湊爲巢縣公，時大和五年也。』唐書：『宋申錫字慶臣，擢進士第。文宗即位，再轉中書舍人，復爲翰林學士。帝惡宦官權寵震主，再致宮禁之變，王守澄典禁兵，偃蹇放肆，欲剟除本根，思可與決大議者。察申錫忠厚，因召對，俾與朝臣謀去守澄等，且倚以執政，申錫頓首謝。未幾拜尚書右丞，踰月進同中書門下平章事。迺除王璠京兆尹，密諭帝旨。璠漏言，而守澄黨鄭注得其謀。大和五年，遣軍候豆盧著誣告申錫與漳王謀叛，守澄持奏浴堂，將遣騎二百屠申錫家，宦官馬存亮爭曰：「謀反者獨申錫耳，當召南司會議，不然，京師跂足亂矣。」守澄不能對。』云云。『召三省官、御史中丞、大理卿、京兆尹會中書集賢院雜驗申錫反狀。翌日，召宰相辟官悉入，初議抵申錫死。京兆尹崔琯、大理卿王正雅固請出著與申錫劾正情狀，帝悟，迺貶申錫開州司馬，從而流死者數十百人，天下以爲冤。』秋因賜歸故鄉。予過金陵，感其窮且老，爲之賦詩。京江水清滑，生女白如脂。十道志：潤州有京江。其間杜秋者，不勞朱粉施。宋玉好色賦：『東鄰之女施朱則大赤，施粉則大白。』老濞即山鑄，漢書：『吴王濞，高祖兄仲之子也。』云云。晁錯說上曰：『吴王不改過自新，迺益驕恣，公即山鑄錢，煮海爲鹽，誘天下亡人，謀作亂逆。』後庭千雙眉。吴志：『孫權步夫人以美麗得幸，寵冠後庭。』秋持玉斝醉，與唱金縷衣。本注：『勸君莫惜金縷衣，勸君須惜少年時；花開堪折直須折，莫待無花空折枝。』李錡長唱此辭。濞既白首叛，秋亦紅淚滋。吴江落日渡，灞岸綠楊垂。十道志：『關内道灞水注：灞水出藍田，北入渭。』聯裾見天子，盼眄上足辨切，美目也；下莫見切，斜視也。獨依依。椒壁懸錦幕，後漢書注：『椒房者皇后所居，以椒泥塗也。』鏡奩離鹽切，盛物匣也。蟠蛟螭。低鬟認新寵，窈裊復融怡。月上白璧門，三輔黄圖：未央宫門曰璧門，飾以玉璧。桂影凉參差。金階露新重，閑捻迺結、迺協二切，按也。紫簫吹。本注：晉書：『盜開凉州張駿塚，得紫玉簫。』莓苔夾城路，玄宗紀：『開元二十年①，廣花萼樓，築夾城至芙蓉園。』**南苑雁初飛。**詩史：『哀江頭：憶昔霓旌下南苑。』注：『唐曲池坊南有南宮。』**紅粉羽林仗，**古詩：『蛾蛾紅粉裝。』漢宣帝紀：『羽林孤兒。』注：『天有羽林星。林，諭若林木之盛。羽，羽翼鷙擊之意。故以名武官焉。』又百官表：『取從軍死事者之子養羽林，官教以五兵，號曰羽林孤兒，少壯令從軍。』**獨賜辟邪旗。**吳淑錦賦：『辟邪天馬之奇。』後漢靈帝紀②注：『辟邪，獸名。』**歸來煮豹胎，**六韜：武王伐紂，得二大夫，而問之曰：『殷國將有妖乎？』對曰：『有，殷君陳玉杯象箸，玉杯象箸，不盛菽藿之羹，必將熊蟠豹胎。』**饜飫不能飴。**沈括筆談：『杜牧杜秋娘詩「饜飫不能飴」，飴迺餳耳，若作飲食，當音飲。』拾遺記：『燕昭王即位二年，廣延國來③獻善舞者二人，一名旋娟，一名提漠，昭王處以單綃華幄，飲以瓀珉之膏，飴以丹泉之粟。』咸池昇日慶，淮南子：『日出暘谷，浴于咸池，拂于扶桑，是謂晨明。』詩：『如日之昇。』銅雀分香悲。魏志武帝紀：『建安十五年冬，作銅雀臺。遺令曰：「吾婕妤伎人④，皆著銅雀臺，於其臺堂上施六尺床，張繐帳，朝晡設晡構之屬。月朝十五日，輒向帳作伎，汝等時時登銅雀臺，望吾西陵墓田。餘香可分與諸夫人。」』雷音後車遠，事往落花時。燕禖得皇子，禮記：『玄鳥至之日，以大牢祠于高禖。』注：『玄鳥，燕也，燕以施生時來，巢堂宇而孚乳，産育之象也。媒氏之官，以爲候。高辛氏之代⑤，玄鳥遺卵，娀簡吞之而生契，后王以爲媒官嘉祥，而立其祠焉。變媒言禖，神之也。』禖，説文：『祭也，古者求子祠高禖。』壯髮綠緌緌。漢書趙皇后傳：『額上有壯髮，類孝元皇帝。』注：『壯髮，當額前侵下而生，今俗呼爲圭頭者是也。』集⑥音緌，垂也。晝堂授傅姆，漢書成帝紀：『孝成皇帝，元帝太子。母曰王皇后，元帝在太子宫生甲觀畫堂。』天人親捧持。虎睛珠絡褓，補抱切。說文：小兒衣也。金盤犀鎮帷。西京雜記：『鄒⑦陽酒賦：「錦綺爲席，犀璩爲鎮。」』天寶遺事：『開元二年冬至，交趾國進犀一株，色黄金，使者請以金盤置於殿中，溫溫然有暖氣襲人。上問其故，使者對曰：「此辟寒犀也。」』長楊射熊羆，長楊賦序：『上將大誇胡人以多禽獸，秋，命右扶風發民入南山，張羅綱罝罘，捕熊、羆、豪、豬、虎、豹、狖、玃、狐、兔、麋、鹿，載以檻車，輸長楊射熊館。令胡人手搏之，自取其獲，上親臨觀焉。』武帳弄啞咿。漢書汲黯傳：『上嘗坐武帳。』注：『武帳，織成帳爲武士象也。』啞，烏雅切，笑聲也；咿，於夷切，喔伊強笑。漸抛竹馬劇，續博物志：『王元長曰：「小兒五歲曰鳩車之戲，七歲曰竹馬之遊。」』

稍出舞雞奇。異苑：『魏武時，南方獻山雞，帝欲其鳴舞而無由，公子蒼舒取大鏡著其前，雞鑒形而舞，不知止，遂至死。』嶄嶄鋤含切，岩高也。整冠珮，侍宴坐瑶池。神仙拾遺：『周穆王滿昭王子也，少好神仙，嘗欲使車轍馬迹，通於天下，以倣黄帝焉。乘八駿之馬，又觴西王母於瑶池之上。』眉宇儼圖畫，枚乘七發：『陽氣見於眉宇⑧之間。』神秀射朝輝。一尺桐偶人，江充知自欺。漢書江充傳：『從上甘泉，逢太子家使乘車馬行馳道中，充以屬吏。遂白奏。後上幸甘泉，疾病，充見上年老。恐晏駕後爲太子所誅，因是爲姦，奏言上疾祟在巫蠱。於是上以充爲使者治巫蠱。充將胡巫掘地求偶人，遂掘蠱於太子宫，得桐木人。太子懼，不能自明，收充，自臨斬之。太子由是廢。後武帝知充有詐，夷充三族。』王幽茅土削，尚書緯：『天子社，東方青，南方赤，西方白，北方黑。上昌以黃土，將封諸侯，各取方土，苴以白茅以爲社。』漢雜事：『漢興，唯皇子封爲王者得茅土，其他臣以户賦租入爲節，不受茅土，不立社。』秋放故鄉歸。觚稜拂斗極，西都賦：『上觚稜而棲金爵。』注：『觚稜，開角也。』注：『觚，八觚有隅者也，音孤。』説文：『稜，柧也，柧與觚同。』迴首尚遲遲。孟子：『孔子去魯，曰「遲遲吾行也」，去父母國之道也。』四朝三十載，唐書帝紀：憲宗在位十五年，穆宗四年，敬宗二年，文宗十四年，共四朝三十五年。似夢復疑非。潼關識舊吏，十道志：關内道華州有潼關。吏髮已如絲。卻喚吳江渡，舟人那得知。歸來四鄰改，茂苑草菲菲。十道志：『淮南道茂苑。』注：吳王所作。清血灑不盡，仰天知問誰。寒衣一疋素，夜借鄰人機。我昨金陵過，聞之謂歔欷。漢書張良傳：『戚夫人歔欷流涕。』自古皆一貫，變化安能推。夏姬滅兩國，逃作巫臣姬。左傳：『楚之討陳夏氏也，莊王欲納夏姬。申公巫臣曰：「不可，君召諸侯，以討罪也；今納夏姬，貪其色也。」王迺止。子反欲取之，巫臣曰：「是不祥人也。是夭[9]子蠻，殺御叔，弒靈侯，戮夏南，出孔、儀，喪陳國，何不祥如是？」子反迺止。王以予連尹襄老。襄老死於邲，不獲其尸。其子黑要烝焉。巫臣使道焉，曰：「歸，吾聘女。」又使自鄭召之，曰：「尸可得也，必來逆之。」姬以告王。王問諸屈巫（屈巫巫臣）[10]。對曰：「其信。」王遣夏姬歸。將行，謂送者曰：「不得尸，吾不反矣。」巫臣聘諸鄭，鄭伯許之。及共王即位，將爲陽橋之役，使屈巫聘于齊，且告師期。巫臣盡室以行。申叔跪從其父，將適郢，遇之，曰：

「異哉，夫子有三軍之懼，而又有桑中之喜，宜將竊妻以逃者也。」及鄭，使介反幣，而以夏姬行。』**西子下姑蘇，一舸逐鴟夷。**春秋後語：『吴王夫差取越，越進西施，請退軍，吴王許之。既得西施，甚寵之，爲築姑蘇臺，以珠玉飾之。初吴王用子胥而霸天下，及得西施，長遊姑蘇臺，宴樂少見子胥。子胥諫曰：「臣恐姑蘇不久爲麋鹿之遊。」王不聽，遂賜子胥死。越王果與范蠡將兵三千，一夜西渡，至明，當吴中軍下營，列陣。吴王不意大敗之。』蘇子瞻水龍吟詞：『五湖聞道。扁舟歸去，仍携西子。』注：『世説范蠡既相越，平吴之後，因取西子，遂乘扁舟泛五湖而去。』史記：『范蠡既雪會稽之耻，適齊爲鴟夷子皮。』**織室魏豹俘，**芳符切。説文：『云軍所獲也。』**作漢大平基。**漢書：『高祖薄姬，文帝母也。父吴人，秦時與故魏王宗女魏媪通，生薄姬。及諸侯畔秦，魏豹立爲王，而魏媪納其女於魏宮。許負相薄姬，當生天子。豹初與漢擊楚，及聞許負言，心喜，因背漢而中立，與楚連和。漢使曹參等虜魏王豹。而薄姬輸織室，豹已死，漢王入織室，見薄姬，有詔納後宮，遂幸，有身。歲中生文帝。』漢書文帝紀贊：『專務以德化民，是以海内殷富，興於禮義。』**誤置代籍中，兩朝尊母儀。**漢書：『孝文竇皇后，景帝母也，呂太后時以良家子選入宮。太后出宮人以賜諸王各五人，竇姬與在行中。家在清河，願如趙，近家，請其主遣宦者吏「必置我籍趙之伍中」。宦者忘之，誤置籍代伍中。籍奏，詔可。竇姬至代，代王獨幸竇姬，生女嫖。孝惠七年，生景帝。代王王后生四男，先代王未入立爲帝而王后卒，及代王爲帝後，王后所生四男更病死。文帝立數月，公卿請立太子，而竇姬男最長，立爲太子。竇姬爲皇后，女爲館陶長公主。』**光武紹高祖，本係生唐兒。**後漢紀：『世祖光武皇帝高祖九世之孫也，出自景帝生長沙定王發。發生舂[11]陵節侯買，買生鬱林太守外，外生鉅鹿都尉回，回生南頓令欽，欽生光武。』史記五宗世家：『長沙定王發之母唐姬，故程姬侍者。景帝召程姬，程姬有所辟，不願進，而飾侍者唐兒使夜進。上醉不知，以爲程姬而幸之，遂有身。已迺覺非程姬也。及生子，因名曰發。』

珊瑚破高齊，作婢舂黃糜。

北史齊后妃傳：『馮淑妃名小憐，大穆太后從婢。穆后愛衰，以五月五日進之，號「續命」。慧黠能彈琵琶，工歌舞。後主惑之，坐則同席，出則並馬，願得生死一處。周師之取平陽，帝獵於三堆，晉州亟告急。帝奔鄴，復以淑妃奔青州。後主至長安，請周武帝乞淑妃，帝曰：「朕示天下如脱屣，一老嫗豈與公惜也！」仍以賜之。及帝遇害，以淑妃賜代王達，甚嬖之。達妃爲淑妃所譖，幾致於死。隋文帝將賜達妃兄李詢。令著布裙配舂。詢母逼令自殺。』齊本紀：『齊高祖姓高氏，諱歡。』雞跖集：『馮淑妃，小字珊瑚。』蕭后去揚州，突厥爲閼氏。北史：『隋煬帝愍皇后蕭氏，梁明帝山歸⑫之女也。煬帝甚寵敬焉。及帝嗣位，立爲皇后。及帝幸江都，臣下難二⑬。宇文化及之亂，隋軍至聊城。化及敗，没於竇建德。建德妻曹氏妬悍，煬帝妃嬪美人並使出家，並后置於武強縣。是時突厥處羅可汗方盛，遣使迎后。建德不敢留，遂入於虜逆。貞觀四年，破突厥，以禮致之，歸于京師。二十一年，殂。詔以皇后禮於揚州合葬於煬帝陵。』漢元帝紀：『竟寧元年春正月，匈奴虖韓邪單于來朝。賜單于王嫱爲閼氏。』注：『王嫱，王氏女，名嫱，字昭君。蘇林曰，閼氏音焉支，如漢皇后也。』女子固不定，士林亦難期。射鉤後呼父，齊語：『桓公自莒返至于齊，使鮑叔爲宰，辭曰：「臣不若夷吾。」桓公曰：「夫管夷吾射寡人中鉤，是以濱於死。」鮑叔曰：「夫爲其君動也，君若有而反之，夫猶是也。」桓公使請諸魯，莊公使束縛以予齊使，齊使受而以退。比至，三釁、三浴之。桓公親逆之于郊。』管子：『桓公謂管仲曰：「請致仲父。」』注：『父者，尊於老有德之稱。桓公欲尊事管仲，故以仲文之號致也。』**釣翁王者師。**見上『夢卜庸真相』⑭注。**無國要孟子，**史記：『孟子，鄒人也。受業於子思之門人。道既通，遊事齊宣王，齊宣王不能用。適梁，梁惠王不果所言，則見以爲迂遠而闊於事情。當是之時，秦用商君，富國強兵；楚、魏用吳起，戰勝弱敵；齊威王、宣王用孫子、田起之徒，而諸侯東面朝齊。天下方務於合從連衡，以攻伐爲賢，而孟軻迺述唐、虞、三代之德，是以所好者不合。退而與萬章之徒，序詩書，述仲尼之意，作孟子七篇。』**有人毀仲尼。**論語：『叔孫武叔毀仲尼。子貢曰：「無以爲也。仲尼不可毀也。他人之賢者，丘陵也，猶可踰也；仲尼，日月也，無得而踰焉。人雖欲自絶，其何傷於日月乎！多見其不知量也。」』

秦因逐客令，柄歸丞相斯。

史記：『李斯，楚上蔡人也』，西説秦王，拜爲客卿，『會韓使鄭國來間秦，以作漑渠，已而詐覺。秦之大臣皆言秦王曰：「諸侯人來使秦者，大抵爲其主遊間耳，請一切逐客。」斯議在逐中。迺上書，王迺除逐客之。今復斯官。後始皇爲皇帝，以斯爲丞相』。

安知魏齊首，見斷簀中屍。

史記：『范雎者，魏人也，字叔。游説諸侯，欲事魏王，家貧無以自資，迺先事魏中大夫須賈。須賈爲魏昭王使於齊，范雎從。留數月，未得報。齊襄王聞雎辯口，迺使人賜雎金十斤及牛酒，雎辭謝不敢受。須賈知之，大怒，以爲雎知魏國陰事告齊，故得此饋，令雎受其牛酒，還其金。既歸，以告魏相魏齊。魏齊大怒，使舍人笞擊雎，折脅摺齒。雎佯死，即卷以簀，置厠中。賓客飲者醉，更溺雎，故僇辱以懲後，令無妄言者。睢從簀中謂守者曰：「公能出我，我必厚謝公。」守者請出弃簀中死人。魏齊醉，曰：「可矣。」范睢得出亡。伏匿，更姓名曰张祿。秦封范睢以應，號爲應侯。范睢既相秦，秦號曰張祿，而魏不知，以爲范睢已死久矣。魏聞秦且東伐韓、魏，魏使須賈於秦。范睢坐，須賈於堂下，置莝豆其前，令兩黥徒夾而馬食之。數曰：「爲我告魏王，持魏齊頭來！不然者，我且屠大梁。」魏齊自剄，趙王取其頭予秦。』簀音責，床簀也。**給喪蹶張輩，廊廟冠峨危。**漢書：『周勃以織薄曲爲生，常以吹簫給喪事』，高祖初起，勃以中涓從。『文帝即位，以勃爲右丞相，邑萬户』。前漢書：『申屠嘉以材官蹶張，從高祖擊項籍，遷爲隊率。文帝時以御史大夫，爲丞相封侯。』**珥貂七葉貴，何妨戎虜支。**漢書金日磾傳贊：『金日磾夷狄立⑮國，羈虜漢庭，而以篤敬寤主，忠信自著，勒功上將，傳國後嗣，世名忠孝，七世内侍，何其盛也！』左太沖詠史詩：『金張籍舊業，七葉珥漢貂。』注：『珥，插也。』

蘇武卻生返，漢書：『蘇武字子卿。武帝遣武以中郎將使持節送。匈奴單于欲降之，迺幽武大窖中，絶不飲食。天雨雪，武臥齧雪與旃毛並咽之，數日不死，匈奴以爲神，迺徙武北海上，使牧羝，羝乳迺得歸。武杖節牧羊，臥起操持，節旄盡落。昭帝立，匈奴與漢和親，漢求武等，匈奴詭言武死。常惠教使者謂單于，言天子射上林中，得雁，足有係帛書，言在某澤中云云。武以始元六年春至京師，拜爲典屬國。武留匈奴凡十九歲，始以強壯出，及還，鬚髮盡白。』鄧通終死飢。漢書：『鄧通以濯舡爲黄頭郎，文帝尊幸之，上使善相者相通，曰：「當貧餓死。」上曰：「能富通者在我，何説貧？」於是賜通蜀嚴道銅山，得自鑄錢。鄧氏錢布天下，其富如此。及文帝崩，景帝立，通免，家居。居無何，人有告通盜出徼外鑄錢，下吏驗問，頗有，遂竟不得名一錢，寄死人家。』主張既難測，莊子：『天其運乎？孰主張是？』翻覆亦其宜。廣絶交論：榮悴富貧，存亡約泰，『循環翻覆，迅若波瀾。』

地蓋有何物，天外復何之？指何爲而捉，足何爲而馳？耳何爲而聽，目何爲而窺？己身不自曉，此外何思惟。因傾一樽酒，題作杜秋詩。愁來獨長詠，聊可以自貽。

校勘記

①『玄宗紀』即舊唐書玄宗本紀。『開元三十年』原文如此，據舊唐書玄宗本紀改爲『開元二十年』。

②『後漢靈帝紀』 即後漢書孝靈帝紀。

③『廣延國來』 原文如此，似有誤。

④『婕妤伎人』 原文如此，陸機吊魏武帝文並序作『婕妤妓人』。

⑤『代』 禮記注疏卷十五，作『出』。

⑥『集』 原文行文有誤，不知指的何字。

⑦『鄒』 原文作『雛』，據西京雜記卷四改。

⑧『宇』 原文作『于』，據枚乘七發改。

⑨『夭』 原文作『太』，據左傳成公二年改。

⑩『屈巫巫臣』 原文如此。原爲雙行，點校者改成一行，加了括號。

⑪「春」　原文作『春』，據後漢書光武帝紀改。

⑫「山歸」　原文如此。北史應作『巋』。

⑬「難二」　北史作『離貳』。

⑭「夢卜庸真相」　卷一感懷詩。

⑮「立」　原文如此，漢書金日磾傳贊作『亡』。

郡齋獨酌 黃州作

前年鬢生雪，今年鬚帶霜。時節序鱗次，選：四氣忽鱗次。古今同雁行。禮記：兄弟之齒鴈行①。甘英窮西海，四萬到洛陽。

後漢西域傳：『永元九年，班超遣掾甘英窮臨西海而還。史臣論：甘英迺抵條支而歷安息，臨西海，以望大秦，距玉門、陽關者四萬餘里，靡不周盡焉。』東南我所見，北可計幽荒。中畫一萬國，角角棊布方。博弈論：『所志不出一枰之上，所務不過方罫之間。』注：『枰，棊局線道也，罫線之間方目也。』吳都賦：『廨署棊布。』注：『如棊分布也。』地頑壓不穴，天迴老不僵。後漢書：『左迴天。』屈指百萬世，過如霹靂忙。人生落其內，何者爲彭、殤？莊子：『天下莫大於秋毫之末，而太②山爲小，莫壽於殤子，而彭祖爲夭。天地與我並生，而萬物與我爲一。』促束自繫縛，儒衣寬且長。旗亭雪中過，西京賦：『旗亭五重，俯察百隧。』注：『旗亭，市樓也。』敢問當壚娘。漢書：『相如之臨邛，盡賣車騎，買酒舍，迺令文君當壚。』注：『賣酒之處累土爲壚以居酒瓮，四邊③隆起，其一面高，形如鍜壚，故名壚耳。而俗之學者，皆謂當壚爲對溫酒火盧，失其義矣。』

我愛李侍中，摽摽摽，必小切。七尺强。唐書：『李光顔字光遠。葛旃少教以騎射，每歎其天資票健，己所不逮。長從河東軍爲裨將。元和九年討蔡，以陳州刺史充忠武軍都知兵馬使。踰月，擢本軍節度使，詔以其軍當一面。光顔迺壁溵④水。明年，大破賊時曲。初，時晨壓其營以陣，衆不得出，光顔毁其柵，將數騎突入賊中，返往一再，衆識光顔，矢集其身如蝟。子攬馬鞅諫無深入，光顔挺刃叱之，於是士爭奮，賊迺潰北。當此時，諸鎮兵環蔡十餘屯，相顧不肯前，獨光顔先敗賊。始，裴度宣尉諸軍還，爲憲宗言：「光顔勇而義，必立功。」十一年，屢困賊，遂拔淩雲柵。捷奏入，帝大悅，厚賚其使。進檢校尚書左僕射。十二年四月，敗賊於郾城，云云。裴度築赫連城於沲口，率輕騎觀之。賊以奇兵自五溝至，大呼薄戰，城爲震壞，度危甚，光顔力戰卻之。先是，光顔策賊必至，密遣田布伏精騎溝下，扼其歸。賊敗，棄騎去，顛死溝中者千餘。由是賊悉鋭士當光顔，而李愬得乘虛入蔡矣。光顔躍馬入賊營大呼，衆萬餘人投甲請命。賊平，加檢校司空。入朝，召對麟德殿，賜與蕃渥，命宴其第，穆宗立，召還，贈開化里第，加同中書門下平章事。還軍，進兼侍中。敬宗初，直拜司徒。寶曆二年卒，年六十六，贈大尉，謚曰忠。』

白羽八札弓，

鮑明遠擬古詩：『留我一白羽。』注：『白羽，矢名。』左傳：『養由基蹲甲射之，徹七札。』列女傳：『晉平公使工人爲弓，三年迺成，射不穿一札。公怒，將殺工。其妻見公曰：「妾之夫造此弓勞矣，□⑤生太⑥山之阿，一日三覩陽，傅以燕牛之角，纏以荆麋之筋，附以河魚之膠。此四者，天下之選也，不穿一札，是君不能射也，而反欲殺妾之夫，不亦謬乎。妾聞射之道，左手如拒，右手如附枝，右手發之，左手不知，此射之道也。」公以其言爲儀而穿七札。工得出，賜金三鎰。』注云：『札，鎧札也。燕角善，楚筋細，河膠黏。』**胜壓綠檀槍。**遁甲開山圖：『河東有獨頭山多青檀，可以爲良弓。』**風前略橫陣，紫髯分兩傍。**三國志：『張遼問吳降人：「向有紫髯將軍，長上而短下，便馬善射，是誰？」降人曰：「是孫會稽仲謀也。」』**淮西萬虎士，怒目不敢當。**見上『李侍中』⑦注。又韓公平淮西碑。**功成賜宴麟德殿，**韓文李惟簡墓銘：『元和十三年，公與忠武軍節度使司空光顔俱來朝，上爲之燕三殿，張百戲，公卿侍臣咸與。』**猿超鶻掠廣毬場。**西京賦：『臨迴望之場，程角觝之侈⑧戲。』**三千宮女側頭看，**後漢書皇后紀論：『自武、元之後，世增淫費，至迺掖庭三千，增級十四。』相排踏碎雙明璫。洛神賦：『獻江南之明璫。』注：『耳珠曰璫。』旌竿幖幖旗燿燿，意氣橫鞭歸故鄉。我愛朱處士，謂朱道靈⑨，三卷有贈詩。後漢書劉寬傳注：『處士，有道藝而在家者。』三吳當中央。十道志『蘇州』注：秦始皇二十五年，以越並吳、丹陽、吳興三郡，是爲三吳。罷亞本注：稻名。百頃稻，西風吹半黃。尚可活鄉里，豈唯滿囷倉。後嶺翠撲撲，普禾切，拂著也。前溪碧泱泱。詩：『瞻彼洛矣，惟水泱泱。』霧曉起鳧鴈，日晚下牛羊。詩：『日之夕矣，牛羊下來。』叔舅欲飲我，社甕爾來嘗。伯姊子欲歸，彼亦有壺漿。西阡下柳塢，東陌繞荷塘。姻親骨肉舍，煙火遥相望。太守政如水，漢書：『郡守，秦官，掌理其郡，秩二千石。景帝中元二年更名郡守爲太守。』詩史：『政化平如水。』長官貪似狼。語林：以縣令爲長官，以縣丞爲贊府。漢書項羽傳：『猛如虎，狠如羊，貪如狼，強不可令者，皆斬。』征輸一云畢，任爾自存亡。我昔造其室，羽儀鸞鶴翔。易：『鴻漸干陸，其羽可用爲儀。』幽通賦：『皇十紀而鴻漸兮，有羽儀於上京。』交横碧流上，竹映琴書牀。出語無近俗，堯、舜、禹、武、湯。問今天子少，唐書文宗本紀：『文宗元聖昭獻⑩孝皇帝諱昂，穆宗第二子。元和四年十月十日生。長慶元年封江王。寶曆二年十二月八日，敬宗遇害，乙巳即位于宣政殿。開成五年正月，上崩於大明宮之太⑪和殿，享壽三十三。』誰人爲棟梁？晉書：庾敳見和嶠而歎曰：『森森如千丈松，施之大廈，有棟梁之用。』我曰天子聖，晉公提紀綱。聯兵數十萬，附海正誅滄。舊唐書文宗紀：『大和四年九月壬午，以守司徒、平章軍國重事、晉國公裴度守司徒、兼侍中，充山南東道節度使。』裴度傳：『滄景節度使李全略卒，其子同捷⑫竊弄兵柄，以求繼襲，度請行誅伐，踰年而同捷誅，因拜疏上陳調兵食，非宰相事，請歸諸有司。詔從之。』謂言大義小不義，取易席卷如探囊。漢書高紀：『千嚳而運，席卷三秦。』莊子：『胠篋探囊。』犀甲吳兵鬬弓弩，周禮冬官：『函人爲甲。犀甲七屬，兕甲六屬，合甲五屬。犀甲壽百年，兕甲壽二百年，合甲壽三百年。』蚍矛燕騎馳鋒鋩。晉書載記：晉將陳安與劉曜力戰，敗遁山谷間。曜使人斬之，『隴上人歌曰：「隴上壯士曰陳安，軀幹雖小腹中寬，愛養壯士同心肝。丈八虵矛左右盤，七尺刀奮如湍⑬。一』豈知三載凡百戰，本集罪言⑭：『昨日誅滄，頓之三年。』漢書：武安君⑮百戰百勝。鉤車不得望其牆。芼萇⑯詩傳：『夏后氏曰鉤車，先正也；殷曰寅車，先疾也；周曰元戎，先良也。』鄭玄云：『鉤鞶行，曲直有正也。』答云此山外，有事同胡羌。誰將國伐叛，話與钓魚郎。溪南重迴首，一逕出修篁。爾來十三歲，按本集⑰大和四年。陪沈公自江西幕移鎮宣城，會昌二年七月，出守黃州，自會昌二年，逆數至大和四年，十三歲矣。斯人未曾忘。往往自撫己，淚下神蒼茫。御史詔分洛，唐書本傳：『擢監察御史，分司東都。』舉趾何猖狂。左傳：『舉趾高，心不固矣。』闕下諫官業，拜疏無文章。尋僧解幽夢，乞酒緩愁腸。豈爲妻子計，未去山林藏。平生五色線，願補舜衣裳。易：『黄帝[18]、堯、舜垂衣裳而天下治。』詩：『袞職有闕惟仲山甫補之。』絃歌教燕、趙，論語：『子之武城，聞絃歌之聲，莞爾而笑，曰：「割雞焉用牛刀？」』蘭芷浴河湟。楚辭：『浴蘭湯兮沐芳華。』又曰：『蘭芷變而不芳兮。』新唐書吐蕃傳：『吐蕃本西羌屬，蓋百有五十種，散處河、湟、江、岷間。贊曰：吐蕃贊普回[19]鶻號強雄，爲中國患最久。贊普遂盡盜河湟。』腥羶一掃灑，嵇康絶交書：『漫之羶腥』注：『羶亦腥也，又羊羊臭也。』音尸連切。兇狠皆披攘。曹子建責躬詩：『朱旗所拂，九土披攘。』注：『披攘，猶披靡也。』生人但眠食，壽域富農桑。漢書王吉上疏：『「陛下驅一世之民，躋仁壽之域，則俗何以不若成康？壽何以不若高宗也？」』

孤吟志在此，自亦笑荒唐。莊子天下篇：『荒唐之説』，敘文謂：『荒唐，廣大無域畔也。』江郡雨初霽，刀好截秋光。池邊成獨酌，擁鼻菊枝香。醺酣更唱大平曲，仁聖天子壽無疆。唐書武宗紀：『會昌二年四月乙丑，太子太保⑳牛僧孺等上章，請加尊號曰仁聖文武至神大孝皇帝。』

校勘記

①『兄弟之齒雁行』禮記王制無『弟』字。

②『太』原文作『大』，據莊子内篇改。

③『邊』原文作『過』，據漢書司馬相如列傳改。

④「溵」原文作「殷」，據新唐書李光顔傳改。

⑤「□」此字不清，形似「斡」。

⑥「太」原文作「大」，據列女傳晉弓工妻改。

⑦「李侍中」卷一郡齋獨酌。

⑧「侈」西京賦作「妙」。

⑨「朱道靈」卷三有贈朱道靈詩。

⑩「獻」原文作「憲」，據舊唐書文宗本紀改。

⑪「太」原文作「大」，據舊唐書文宗本紀改。

⑫「捷」原文作「榩」，據舊唐書裴度傳改。

⑬『丈八虵矛左右盤，七尺刀奮如湍。』原文如此，晉書載記作『七尺刀奮如湍，丈八虵矛左右盤』。

⑭『罪言』樊川文集卷五有罪言。

⑮『武安君』原文如此，漢書韓信傳作『成安君』。

⑯『芼萇』外集牧陪昭應盧郎中在江西宣州佐今吏部沈公幕罷府周歲公宰昭應牧在淮南縻職敘舊成二十韻用以投寄『井閭安樂易』注：『芼萇詩傳云。』

⑰『本集』樊川文集卷十池州造刻漏記。

⑱『黄帝』原文作『皇帝』，據周易系辭改。

⑲『回』原文作『迴』，據新唐書吐蕃傳改。回鶻，唐少數民族名。

⑳『太保』 原文作『大保』，據舊唐書武帝本紀改。太子太保，官職名。

張好好詩並序

牧大和三年，佐故吏部沈公江西幕，唐書：『沈傳師字子言。材行有餘。貞元末，舉進士。復登制科，授太子校書郎，召入翰林爲學士，改中書舍人。出爲湖南觀察使。寶曆二年，入拜尚書右①丞。復出江西觀察使，徙宣州。入爲吏部侍郎，卒，年五十九，贈尚書。傳師性夷粹無競，更二鎮十年，無書賄入權家。初拜官，宰相欲以姻私託幕府者，傳師固拒曰：「誠爾，愿罷所授。」故其僚佐如李景讓、蕭寘、杜牧，極當時選。』好好年十三，始以善歌來樂籍中。後一歲，公移鎮宣城，復置好好於宣城籍中。後二歲，爲沈著作述師以雙鬟納之。後二歲，於洛陽東城重覩好好，感舊傷懷，故題詩贈之。

君爲豫章妹，新唐書地理志：『江西道洪州有豫章郡，領内南昌縣，本豫章。武德五年折置鍾陵縣。』十三纔有餘。翠茁測劣、止律二切，草生皃。鳳生尾，丹葉蓮含跗。甫無切，足也。高閣倚天半，新唐書：『王勃字子安。道出鍾陵，九月九日都督大宴滕王閣，宿命其婿作序以夸客，因出紙筆徧請客，莫敢當，至勃，汎然不辭。』云云。又摭言：『王勃著滕王閣序，時年十四，都督閻公不之信。勃雖在坐，而閻公意屬子婿孟學士者爲之，已宿構矣。及以紙墨巡讓賓客，至勃略不辭讓，公大怒，拂衣而起，專令人伺其下筆。第一報云，「南昌故郡，洪都新府」，公曰：亦是老生常談。又報云：「星分翼軫，地接衡廬。」公聞之，沉吟不言，又言：「落霞與孤鶩齊飛，秋水共長天一色。」公矍然而起，曰：「此真天才矣！」遂亟請宴所，極歡而罷。』章江聯碧虛。十道志：『江南道洪州有豫章江。』注：江連九江。此地試君唱，特使華筵鋪。主公顧四座，始訝來踟躕。吴娃起引贊，劉淵林吴都賦注：『吴俗謂妙女爲娃。』低徊映長裾。雙鬟可高下，纔過青羅襦。梁王僧孺寵姬詩：『玉釵時可掛，羅襦詎難解。』盼盼乍垂袖，一聲離鳳呼。繁絃迸關紐，塞管裂圓蘆。漢書：胡笳者，胡人卷蘆葉吹之作樂。李延年因胡曲更造新聲，以爲武樂。有出塞、入塞之曲。衆音不能逐，裊裊穿雲衢。主公再三嘆，謂言天下殊。贈之天馬錦，見上『辟邪旗②』注。副以水犀梳。韋昭越語：『犀形似豕而大，今徼外所送，有山犀、有水犀。』酉陽雜俎：『辟塵犀爲簪梳，塵不著髮。』龍沙看秋浪，廣記許真君傳：『豫章有龍沙洲。』明月遊東湖。自此每相見，三日已爲疎。玉質隨月滿，拾遺記：『蜀先主甘后生於賤微，里中相者云：「此女後貴，位極宮掖。」迺后長而體貌特異，至十八，玉質柔肥，態媚容冶。先主召入綃帳中，於户外理③者如月下聚雪。』艷態逐春舒。絳脣漸輕巧，蕪城賦：『東都妙姬，南國佳人，蕙心紈質，玉貌絳脣。』雲步轉虛徐。爾雅：『其虛其徐，威儀容止也。』旌旆忽東下，沈公移鎮宣城。笙歌隨舳艫。漢書武紀：『舳艫千里。』注：『舳，舡後持拖處也；

艫，舡前頭刺櫂如也。』霜凋謝樓樹，李翰林集有秋夜登宣城謝朓北樓詩。沙暖句溪蒲。李翰林集宣州别事少府詩④：『洗心句溪月，清耳敬亭猨。』身外任塵土，罇前極觀娱。飄然集仙客，本注：『著作嘗任集賢校理。』廣記：『陶洪景率性⑤輕虚。飄飄然恒有云間興。』唐六典：『開元十三年，召學士張説等宴於集仙殿，於是改名集賢殿。』諷賦欺相如。揚子法言：『或曰：「賦可以諷乎？」曰：「諷則已，不已，吾恐不免於勸也。」「如孔氏之門，用賦也，則賈誼升堂，相如入室。」』漢書：『相如事景帝，帝不好詞賦，因病免，遊梁，迺著子虚賦。上讀子虚賦而善之。相如曰：「此迺諸侯之事，未足觀，請爲天子遊獵之賦。」其卒章歸之於節儉，因以風諫。』聘之碧瑶珮，載以紫雲車。漢武内傳：『王母乘紫雲車，駕九色班麟。』洞閉水聲遠，月高蟾影孤。五經通義：『月中有兔，與蟾蜍何，月，陰也，蟾蜍，陽也，而與兔並明，陰係陽也。』爾來未幾歲，散盡高陽徒。史記酈生傳：『沛公至高陽傳舍，使人召酈生。酈生曰：「吾高陽酒徒也，非儒人也。」』洛城重相見，婥婥昌若切，美貌。爲當壚⑥。見上注。怪我苦何事，少年垂白鬚？朋遊今在否，落拓更能無？廣記：『杜子春落拓不事産業。』門館慟哭後，舊唐書文宗本紀：『大和九年四月，吏部侍郎沈傳師卒。』晉書謝安傳：『羊曇者，太山人，知名士也，爲安所愛重。安薨後，輟樂彌年，行不由西州路，嘗因石頭大醉，扶路唱樂，不覺至州門。左右白曰：「此西州門。」曇悲感不已，以馬策扣扉，誦曹子建詩曰：「生存華屋處，零落歸山丘。」因慟哭而去。』水雲秋景初。斜日掛衰柳，涼風生座隅。灑盡滿衿淚，短歌聊一書。

校勘記

①『右』 原文作『左』，據新唐書沈傳師傳改。

②『辟邪旗』 卷一杜秋娘詩。

③『理』 原文如此，應作『望』。

④『宣州別事少府詩』 原文如此，全唐詩卷一百七十四作『別韋少府』。

⑤『性』 原文作『姓』，據太平廣記卷十五改。

⑥『當壚』 卷一郡齋獨酌。

冬至日寄小姪阿宜詩

小姪名阿宜，未得三尺長。頭圓筋骨緊，兩臉明且光。去年學官人，竹馬遶四廊。『竹馬』①見上注。指揮群兒輩，意氣何堅剛。今年始讀書，下口三五行。隨兄旦夕去，歛手整衣裳。去歲冬至日，拜我立我旁。祝爾願爾貴，仍且壽命長。今年我江外，今日生一陽。易復卦：『疏：「冬至一陽生。」』憶爾不可見，祝爾傾一觴。陽德比君子，初生甚微茫。排陰出九地，孫子：『善守者，藏於九地之下，善攻者，動於九天之上。』萬物隨開張。一似小兒學，日就復月將。詩：『日就月將。』勤勤不自已，二十能文章。仕宦至公相，致君作堯、湯。我家公相家，劍珮嘗丁當。舊第開朱門，長安城中央。第中無一物，萬卷書滿堂。家集二百編，唐書：『杜佑字君卿，佑資嗜學，雖貴猶夜分讀書。先是，劉秩撫百家，侔周六官法，爲政典三十五篇，房琯稱才過劉向。佑以爲未盡，因廣其闕，參益新禮爲二百篇，自號通典。』上下馳皇王。多是撫州寫，今來五紀強。孔安國尚書傳：十二年日紀。尚可與爾讀，助爾爲賢良。經書刮根本，史書閱興亡。高摘屈、宋豔，濃薰班、馬香。謝靈運傳論：『屈平、宋玉導清涼於前，賈誼、相如，振芳塵於後，自兹以降，情志愈廣。王褒、劉向、揚、班、崔、蔡之徒，異軌同奔，遞相師祖。』李、杜泛浩浩，韓、柳摩蒼蒼。近者四君子，與古爭強梁。老子：『強梁者不得其死。』願爾一祝後，讀書日日忙。一日讀十紙，一月讀一箱。朝廷用文治，大開官職場。願爾出門去，取官如驅羊。晉紀總論：『擾天下，如驅群羊。』注：『驅群羊言易也。』吾兄若好古，學問不可量。晝居府中治，夜歸書滿牀。後貴有金玉，必不爲爾藏。新唐書：杜佑子式方，式方子杜悰，式方弟從郁，子杜牧。舊唐書：『悰，以蔭三遷太子司議郎。元和九年，選尚公主，召見于麟德殿。尋尚岐陽公主，加殿中少監、駙馬都尉。岐陽，憲宗長女。會昌中，拜中書侍郎、同中書門下平章事，尋加左僕射。大中初，出鎮西川，俄復入相，加司空，繼加司徒，歷鎮重藩。至是加太傅②、邠國公。』崔昭生崔芸，李兼生窟郎。唐書齊映傳：『李兼爲江西，獻六尺銀瓶。』堆錢一百屋，破散何披猖。蚩良切，猖狂也。韓公詩：『詭怪相披猖。』今雖未即死，餓凍幾欲僵。參軍與縣尉，塵土驚劻勷。上音匡，下汝羊切。劻勷，逼迫貌。一語不中治，笞箠身滿瘡。遯齋③閑覽：參軍簿尉受笞，『杜甫詩云：「脱身簿尉中，始與捶楚辭。」韓愈云：「判司卑官不敢説，未免捶楚塵埃間。」杜牧云：「參軍與縣尉，塵土驚劻勷。」一語不中治，笞箠身滿瘡。』以此知唐之參軍、簿尉，有過即受笞杖之刑，猶今胥吏。』官罷得絲髮，唐書張柬之傳：『於國家無絲髮之利。』好買百樹桑。稅錢未輸足，得米不敢嘗。願爾聞我語，懽喜入心腸。大明帝宮闕，唐會要：『貞觀八年。營永安宮。至九年改名大明宮。以備太④上皇清暑。咸亨元年改爲含元殿。長安元年又改爲大明宮。』**杜曲我池塘。**詩史：『杜曲幸有桑麻田。』注：『杜曲，在長安，俗云城南韋杜，去天尺五，言近京。』**我若自潦倒，**嵇康書曰：『足下舊知吾潦倒麤疎，不切事情。』**看汝爭翺翔。總語諸小道，此詩不可忘。**

晉書：『王羲之字逸少，司徒導之從子也。深爲從伯敦、導所器重。敦嘗謂羲之曰：「汝是吾家佳子弟。」』阮裕曰：「羲之與王承、王悅爲王氏三少。」時大尉郗鑒使門生求女婿於導，導令就東廂遍看子弟。門生歸，謂鑒曰：「王氏諸少並佳，然聞信至，咸自矜持。唯一人在東床坦腹食，獨若不聞。」鑒曰：「正此佳婿也！」訪之，迺羲之也，遂以女妻之。』

校勘記

①『竹馬』 此處始出現，以前未注。

②『太傅』 原文作『大傅』，據舊唐書杜悰傳改。

③『齋』 原文作『齊』，中國古籍善本書目著録説郛中有遯齋閑覽（宋范正敏撰），據此改。

④『太』 原文作『大』，據唐會要卷三十改。

李甘詩

唐書：『李甘字和鼎。長慶末，第進士，舉賢良方正異等。累擢侍御史。鄭注侍講禁中，求宰相，朝廷譁言將用之，甘顯倡曰：「宰相代天治物者，當先德望，後文藝。注何人，欲得宰相？自①麻出，我必懷②之。」既而麻出，迺以趙儋爲鱗坊節度使，甘坐輕肆，貶封州司馬。而李訓内亦惡注，繇是注卒不相。甘終于貶。』」

大和八九年，

文宗年號，盡九。

訓注極虓虎。

職林：『鄭注始以藥術遊長安，元和中李愬爲襄陽節度使，注往依之，愬得其藥力，因厚遇之。從愬移鎮徐州，又爲職事。注詭辯陰佼，善探人意旨，與愬籌謀，未嘗不中其意，軍政可否，與之參次。然挾邪任數，專作威福。時王守澄監徐軍，深怒注，白于愬。愬曰：「彼奇才也，將軍試與之語。」及見注與語，恨見之晚也。及守澄入知樞密，授注通王府司馬、神策判官，中外駭歎。文宗召注對浴堂門，賜錦採召對之。夕彗出東方，長三尺，光輝甚緊。尋遷工部尚書、翰林侍講學士。李訓已在禁庭，兩奸合從，天子益惑其説。李訓者進士擢第，形貌魁梧，神情灑落，辭敏智捷，善揣人意。李逢吉訓之從父也，逢吉爲河南尹，思復爲宰相，且深惡裴度。訓揣知其意，即以奇計動之，自言與鄭注善，逢吉以爲然，遺訓金帛珍寶數百萬，令持入長安，以賂注。注得賂甚悦，因薦于中尉王守澄，迺以注之藥術，訓之易道，合薦于文宗。帝見甚奇之，俄遷翰林侍講學士。兩省諫官伏閤切諫，言訓姦邪不宜令侍宸扆。文宗終不聽。訓在翰林講易之際，語及巷伯之事，則再三憤激，以動上心。上謀於訓注。自是二人寵幸，言無不從。俄授訓禮部侍郎、平章事。訓既秉權，即謀誅内竪。中官陳弘慶自元和末負殺逆之名，時爲襄陽監軍，召而杖殺於青泥驛，復酖殺王守澄。訓愈承恩，顧天下之人，有冀訓以致太平者，不獨人主惑其言。訓雖爲鄭注引用，勢不兩立，復出注爲鳳翔節度使。俟誅内竪，即兼圖注。迺以郭行餘爲邠寧節度使，王璠③爲太原節度使，羅立言知京兆尹事，韓約爲金吾事。冀行餘、王璠未赴鎮間，廣令召募豪俠及金吾臺府之從者，俾集其事。一日，帝御紫宸。韓約奏：「金吾左仗院宅石榴樹，夜來自有甘露。」李訓奏：「請親幸左仗觀之。」班退，上乘軟輿出紫宸門，昇含元殿。令内臣先往視之。中尉樞密至左仗，聞幕下有兵聲，驚恐走出，迎帝入内。訓攀輦呼曰：「陛下不得入内！」帝瞋目叱訓，内官郄志榮奮拳擊訓胸，即僕於地。須臾，内官率禁兵露刃出閤門，遇人即殺。宰相王涯、賈餗、舒元輿④聞難走出。訓單騎入終南山，投僧宗密。迺趨鳳翔，欲依鄭注。爲盩厔⑤鎮將所得，械送京師。訓恐受搒掠，迺謂兵士曰：「所在有兵，得我者即富貴，不如持我首行。」迺斬訓行。注聞訓事發，自鳳翔率兵五百餘人赴闕，至扶風，聞訓死，迺還。監軍使已得密詔，斬注傳首京師。籍没其家財，得綃⑥一百萬疋，他貨稱是。王涯、賈餗、舒元與、王璠等並族誅，涯等十一家資貨，並爲軍士所分。昭義軍節度使劉從諫上三章，求示涯等三相辠名，仇士良頗懷憂恐，宦官等兇焰稍息，士人賴之。』詩：『蓋厥武臣，闞如虓虎。』潛身九地底，『九地』⑦已出上。轉上青天去。四海鏡澄清，千官雲片縷。公私各閑暇，追遊日相伍。豈知禍亂根，枝葉潛滋茂。九年夏四月，天誡若言語。烈風駕地震，獰雷驅猛雨。夜於正殿階，拔去千年樹。新唐文宗紀：『大和九年四月辛丑，大風拔木，落含元殿鴟尾，壞門觀。』吾君不省覺，二凶日威武。操持北斗柄，開閉天關路。後漢書：『李固待詔曰：「今陛下之有尚書，猶天之有北斗也。斗爲天之喉舌，尚書亦爲陛下喉舌。斗斟酌元氣，運平四時。尚書出納王命，賦政四海。」』韓公詩：『瞻相北斗柄，兩手自相接。』森森明庭士，縮縮循墻鼠。左傳：『夫鼠，晝伏夜動，不穴於寢廟，畏人故也。』柳子鶻説：『鼠不穴寢廟，循墻而走。』平生負名節，一旦如奴虜。指名爲錮黨，後漢書有黨錮傳。狀跡誰告訴。喜無李、杜誅，後漢書靈帝紀：『建寧二年，中常侍侯覽諷有司奏前司空虞放、太僕杜密、長樂少府李膺等，皆爲錮黨，下獄⑧，死者百餘人，妻子徙邊，諸附從者錮及五屬。』杜密傳：『密遷河南尹，轉太僕。黨事既起，免歸本郡，與李膺俱坐，而名行相次，故時人亦稱「李杜」焉。』敢憚髡鉗苦。史記：『季布楚人也，項籍使將兵，數窘漢王。及項羽滅，高祖求布千金，季布匿濮陽周氏。周氏迺髡鉗布，衣葛衣，並輿其家僮數十人，之魯朱家所賣之，朱家心知是季布，迺買而置之田。朱家之洛陽，見汝陰侯滕公。謂曰：「季布何大罪，而上求之急也？臣各爲其主用，季布爲項籍用，職耳。項氏臣可盡誅邪？」滕公待間，果言如朱家指。上迺赦布。』時當秋夜月，日直曰庚午。喧喧皆傳言，明晨相登注。予時與和鼎，官班各持斧。漢書百官公卿表：『侍御史有繡衣直指，出討姦猾。』雋不疑傳：『暴勝之爲直指使者，衣繡衣，持斧，逐捕盜賊，督課郡國。』本集，大和九年，爲監察御史。和鼎顧予云：『我死有處所。』左傳：『其友謂佷瞫曰：「盍死！」瞫曰：「吾未獲死所。」』當庭掣詔書，退立須鼎俎。天官：『内饔王舉，則陳其鼎俎，以牲體實之。』注：『取於鑊以實鼎，取於鼎以實俎。』君門曉日開，赭案横霞布。儼雅千官容，魯靈光殿賦⑨注：『儼雅，不動貌。』勃鬱吾纍怒。風賦：『勃煩冤。』揚雄反離騷：『欽吊楚之湘纍。』又曰：『陵陽侯之素波兮，豈吾纍之獨見許？』注：『諸不以罪死曰纍，荀息、仇牧皆是屈原赴湘死，故曰湘纍。』適屬命鄜將，唐書文宗紀：『大和九年八月甲申，以左神策軍大將軍趙儋爲鄜坊節度使。』昨之傳者誤。明日詔書下，謫斥南荒去。夜登青泥坂，郡國志：『興州青泥嶺，懸崖萬仞，上多雲雨，屢成泥淖，遂以爲名。』墜車傷左股。病妻尚在牀，稚子初離乳。幽蘭思楚澤，楚辭：『結幽蘭兮延佇。』恨水啼湘渚。史記：『屈原投汨羅以死。』賈誼弔屈原文：『造託湘流兮，敬弔先生。』注：『汨羅水流入湘川。』李白行路難：『屈原終投湘水濱。』怳怳三閭魂，西都賦：『魂怳怳以失度。』楚辭漁父篇：『屈原既放江潭，行吟澤畔，顔色憔悴，形容枯槁。漁父見而問之曰：「子非三閭大夫歟？何故至於斯？」』注：『三閭大夫原故官。』悠悠一千古。其冬二兇敗，涣汗開湯罟。易：『涣汗其大號。』史記：『成湯出，見野張綱四面，祝曰：「自天下四方皆入吾綱。」湯曰：「嘻，盡之矣！」迺去其三面，祝曰：「欲左，左。欲右，右。」』賢者須喪亡，讒人尚堆堵。予於後四年，諫官事明主。本集啓⑩：文宗改號，開成初年，爲御史分察東都，至二年間，顒⑪病眼告滿百⑫日，東下，見病弟于揚州，其年秋末，自揚州入宣州幕，至三年冬除補闕，四年二月北渡赴官。常欲雪幽冤，於時一裨補。拜章豈艱難，膽薄多憂懼。原化記：『人有勇怯，必由膽氣，膽氣尚盛，自無所懼，可謂丈夫。』如何干斗氣，晉書張華傳：『斗牛之間常有紫氣。華聞雷煥妙達緯象，問之，煥曰：「寶劍之精，在豫章豐城。」即補煥豐城令。到縣，掘獄屋基，得一石函，光氣非常，中有雙劍，送一劍與華，留一自佩。華得劍報曰：「詳觀劍文，迺干將也，莫耶何復不至？雖然，神物終當合耳。」』竟作炎荒土。題此涕滋筆，以代投湘賦。漢書賈誼傳：『天子以誼爲長沙王太⑬傅。誼既以謫去，意不自得，迺渡湘水，爲賦以吊屈原。』

校勘記

①『自』唐書李甘傳作『白』。

②『懷』唐書李甘傳作『壞』。

③『播』原文作『播』，據舊唐書王璠傳改。

④『輿』原文作『與』，據舊唐書舒元與傳改。

⑤『盩厔』原文作『盩屋』，據舊唐書李訓傳改。

⑥『綃』 原文如此，舊唐書鄭注傳作『絹』。

⑦『九地』 此句始出，以前未出。

⑧『獄』 原文作『嶽』，據後漢書靈帝紀改。

⑨『魯靈光殿賦』 原文作『魯虛光殿賦』，據王延壽魯靈光殿賦改。

⑩『本集啓』 指卷十六上宰相求湖州第三啓。

⑪『顓』 上宰相求湖州第二啓當作『顗』。

⑫『百』 原文作『白』，據樊川文集上宰相求湖州第三啓改。

⑬『太』 原文作『大』，據漢書賈誼傳改。

洛中送冀處士東遊詩

處士有儒術，走可挾草鞅。左傳：『公孫閼與潁考叔爭車，潁考叔挾輈以走。』注：『輈，車轅也。』壇宇寬帖帖，荀子儒效：『君子言有壇宇，行有方表。』注：『累土爲壇。宇，屋邊也。言有壇宇，謂有所尊高也；行有方表，謂有所準也。』帖，託協切，安也，静也。符彩高酋酋。蜀都賦：『符彩彪炳，暉麗灼爍。』詩史：『符彩高無敵，聰明達所爲。』酋，自秋切，長也。不愛事耕稼，不樂干王侯。四十餘年中，超超爲浪遊。元和五六歲，客于幽、魏州。幽、魏多壯士，意氣相淹留。劉濟願跪履，唐書劉濟傳：『貞元五年，遷左僕射，充幽州節度使。時烏桓①、鮮卑數寇邊，劉濟率②軍擊走之，深入千餘里，虜獲不可勝記，東北晏然。』漢書：『張良遊下邳圯上，有一老父，衣褐，至良所，直墮其履圯下，顧謂良曰：「孺子下取履！」良愕然，欲毆之。爲其老，迺強忍，下取履，因跪進。父以足受之，笑去。里所復還，曰：「孺子可教矣。」』**田興請建籌。**唐書憲宗紀：七年魏博節度使田季安卒，其子懷諫自稱知軍府事。季安之將田興以六州歸于有司。季安本傳：『立其子懷諫，最幼，不能事，政決於私奴蔣士則，數易置諸將，軍中怒，取田興爲留後。』唐書：『建籌過樓。』**處士拱兩手，笑之但棹頭。**詩史：『巢父棹頭不肯住。』**自此南走越，**漢書季布傳：『北走胡，南走越。』**尋山入羅浮。**羅浮山記：『山高三千丈，長八百里。舊説浮山從會稽來，博于羅山，故稱「博羅」。今羅浮山上獨有東方草木。』南越志③：羅浮山本蓬萊山一峰也，有璿房、瓊室七十二所。**願學不死藥，**

世說蓬萊有群仙及不死之藥。粗知其來由。卻於童頂上，蕭蕭玄髮抽。謝惠連詩：『各勉玄髮歡，無貽白首嘆。』我作八品吏，通典：監察御史從八品。洛中如縶囚。見上『諫官事明主』④注。忽遭冀處士，豁若登高樓。拂榻與之坐，十日語不休。論今星璨璨，考古寒飀飀。治亂掘根本，蔓延去聲相牽鉤。寡婦賦：『顧葛藟之蔓延。』武事何駿壯，文理何優柔？顏回捧俎豆，項羽橫戈矛。祥雲繞毛髮，高浪開咽喉。但可感鬼神，安能爲獻酬。好入天子夢，刻像來爾求。見上『夢卜庸真相』⑤注。胡爲去吳會，魏文帝雜詩：『吳會非我鄉，安能久留滯？』詩史：『輕舟下吳會。』注：『都會之會也，謂當全吳都會之地。』欲浮滄海舟。贈以蜀馬箠，雍端公以馬鞭贈送鄆州裴巡官詩：『採鞭曾上蜀山遥，斸斷雲根下石橋。』副之胡罽裘。爾雅：『氂，罽也。』郭璞曰：『毛氂所以爲罽。舍人曰：「氂謂毛罽也。胡人續毛作衣。」』文罽，西胡毳布，音居例切。餞酒載三斗，東郊黄葉稠。我感有淚下，君唱高歌詶。嵩山高萬尺，洛水流千秋。十道志：『河南道洛州有洛水。嵩，高山。』往事不可問，天地空悠悠。四百年炎漢，歷代統記：『東西兩漢，自高祖盡獻帝通王莽，合二十四帝，四百二十六年。』東觀漢記：『序曰：漢以炎精布耀，或幽而光。』三十代宗周。左傳：『成王定鼎于郟鄏，卜世三十，卜年七百，天所命也。』詩：『赫赫宗周。』二三里遺堵，八九所高丘。人生一世内，何必多悲愁。歌闋張良傳：『高祖歌數闋。』解攜去，信非吾輩流。

校勘記

①『桓』 原文作『植』，據舊唐書劉濟傳改。

②『率』 原文作『師』，據舊唐書劉濟傳改。

③『南越志』 原文作『南志』，據太平御覽卷四十一羅浮山條改。

④『諫官事明主』 卷一李甘詩。

⑤『夢卜庸真相』 卷一感懷詩。

送沈處士赴蘇州李中丞招以詩贈行

山城樹葉紅，下有碧溪水。溪橋向吳路，酒旗誇酒美。下馬此送君，高歌爲君醉。念君包材能，百工在城壘。空山三十年，鹿裘掛窗睡。漢書司馬遷傳：『夏日葛衣，冬日鹿裘。』自言隴西公，飄然我知己。史記晏嬰傳：君子伸於知己，屈於不知己。舉酒屬吳門，今朝爲君起。懸弓三百斤，東觀漢記：蓋延彎弓三百斤。囊書數萬紙。戰賊即戰賊，爲吏即爲吏。盡我所有無，惟公之指使。予曰隴西公，滔滔大君子。楚辭注：『滔滔，盛貌。』常思掄群材，新序：『子貢曰：「獨不聞子產相鄭乎？掄材推賢，抑惡揚善。」』

一爲国家治。譬如匠見木，礙眼皆不棄。大者麤十圍，漢書枚乘傳：『十圍之木，始生如蘖。』小者細一指。榍櫼與棟梁，榍，先結切，限也；櫼，其月切，門梱也。施之皆有位。忽然豎明堂，孝經援神契：『明堂者，天子布政之宫。』一揮立能致。予亦何爲者？史記項羽本紀：『樊噲瞋目視①項王，頭髮上指，目眦盡裂。項王按劍跽②曰：「客何爲者？」張良曰：「沛公驂乘樊噲者也。」』亦受公恩紀。曹植表：『廢恩紀之違，甚於路人。』注：『恩紀，謂應有恩情相紀録，處皆如路人也。』處士常有言，殘虜爲犬豕。常恨兩手空，不得一馬箠。今依隴西公，如虎搏兩翅。東京賦：『嬴③氏搏翼，擇肉西邑。』李善注：『嬴，秦姓也。周書：無爲虎搏翼，將飛入邑，擇人而食也。搏翼，謂著翼也。「搏」與「附」同。』公非刺史材，堂坐巖廊地。漢書董仲舒傳：『遊於巖廊之上。』注：『堂邊廡巖廊，巖峻之廊邑。』處士魁奇姿，必展平生志。東吳饒風光，翠巘多名寺。疏煙疊疊秋，無匪切，美貌。獨酌平生思。因書問故人，能志杫疋迷切。紙尾？公或憶姓名，爲説都憔悴。

校勘記

①『視』 原文作『想』，據史記項羽本紀改。

②『跽』 原文作『跪』，據史記項羽本紀改。

③『羸』原文作『羸』，據昭明文選卷三東京賦條改。

長安送友人遊湖南

子性劇弘和，愚衷深褊狷。上方緬切，急也，狹也；下古縣切，褊急也。相捨囂譊中，吾過何由鮮。楚南饒風煙，湘岸苦縈宛。山密夕陽多，人稀芳草遠。青梅繁枝低，班筍新梢短。莫哭葬魚人，楚辭漁父篇：『屈原曰：「寧赴湘流，葬於江魚腹中。安能以皓皓之白，蒙世俗之塵埃乎？」』酒醒且眠飯。

皇風

仁聖天子神且武，見上『仁聖天子壽無疆』①注。內興文教外披攘。詩車攻：『宣王復古也。宣王能內修政事，外攘夷狄，復文武之境土。』以德化人漢文帝，見上『作漢太平基』②注。側身修道周宣王。詩雲漢：『仍叔美宣王也。宣王承厲王之烈，內有撥亂之志，遇烖而懼，側身修行，欲銷去之。天下喜於王化復行。』迒音剛。蹊巢穴盡窒塞，西京賦：『迒杜③蹊塞。』注：『迒、蹊，皆獸徑也。』杜塞也。禮樂刑政皆弛張。禮：『張而不弛，文、武不能也。』何當提筆侍巡狩，東坡詩史補注：『李斯曰：丈夫□④提筆鼓吻，取富貴易若舉杯。』孟子：『巡狩者，巡所守也。』前驅白旆弔河湟。前漢：『司馬相如至蜀，太守已下郊迎，縣令負弩矢先驅。』詩：『織文鳥章，白旆央央。』『河湟』⑤已出上。

校勘記

①『仁聖天子壽無疆』卷一郡齋獨酌。

②『作漢太平基』卷一杜秋娘詩。

③『杜』原文作『桂』，據西京賦改（文選李注義疏）。

④『□』此字不清，似『兒』。

⑤『河湟』卷一郡齋獨酌。

雪中書懷

臘雪一尺厚，雲凍寒頑癡。孤城大澤畔，人踈煙火微。憤悱欲誰語？論語：『不憤不啓，不悱不發。』憂慍不能持。天子號仁聖，任賢如事師。凡稱曰治具，漢書：『法令者，治之具。』大小無不施。明庭開廣敞，才儁受羈維。如日月恒升，詩：『如月之恒，如日之升。』若鸞鳳葳蕤。景福賦：『流羽毛之葳蕤』注：『葳蕤，毛羽美貌。』人才自朽下，棄去亦其宜。北虜壞亭障，聞屯千里師。牽連久不解，他盜恐旁窺。史記：『始皇迺使蒙恬發兵三十萬人北擊胡，略取河南地。城河上爲塞。又使蒙恬渡河取高闕、陶山、北假中，築亭障。』舊唐書武宗紀：『會昌二年八月，回鶻①烏介可汗過天德，至把頭峰北，俘掠雲、朔北川，詔劉沔出師守鴈門諸關。』『三年二月，劉沔奏：「昨率諸道之師至大同軍，遣石雄襲回鶻牙帳，雄大敗回鶻於殺胡山，烏介可汗被創而走。迎得大和公主至雲州。」是日，御宣政殿，百僚稱賀。』本集上李司徒論用兵書②：『以某愚見，不言劉積終不能取，貴欲速擒，免生他患。昨者北虜才畢，復生上黨，賴相公廟筭深遠，北虜即日敗亡。儻使北虜至今尚存，沿過③猶須轉戰，回顧上黨，豈能計。天下雖言無事，若上黨久不能解，别生患難，此亦非難。自古皆因攻伐未解，旁有他變，故孫子曰：「兵聞拙速，未睹巧之處④也。」』漢書高紀：『吾入關，封府庫，待將軍。所以守關者，備他盜也。』臣實有長策，彼可徐鞭笞。如蒙一召議，食肉寢其皮。左傳襄公二十一年：『知起、中行喜、州綽、邢蒯出奔齊，（四子，晉大夫。）⑤齊莊公朝，指殖綽、郭最曰：「是寡人之雄也。」州綽曰：「君以爲雄，誰敢不雄？然臣不敏，平陰之役，先二子鳴。」莊公爲勇爵，殖綽、郭最與焉。州綽曰：「東閭之役，臣左驂迫，還於門中，識其枚數，其可以與於此乎？」公曰：「子爲晉君也。」對曰：「臣爲隸新，然二子者，譬於禽獸，臣食其肉，而寢處其皮矣。」』**斯迺廟堂事，**淮南子：『運籌於廟堂之上，而決勝乎千里之外。』通典：『明堂者，明諸侯之尊卑，東曰青陽，南曰明堂，西曰總章，北曰玄堂，中央曰大廟。』**爾微非爾知。向來躐等語，**戴禮：學不躐等。**長作陷身機。**燕太子丹西質於秦。秦王不禮，丹迺求歸。秦王曰：『待烏頭白，馬生角，當放子歸。』太子仰天而嘆：烏爲之白頭，馬爲之生角。秦王大驚，迺遣丹歸。秦王使人爲機，發之橋，欲陷丹。丹過而橋不發，橋下迺有二龍負之，丹遂得歸。**行當臘欲**

破，酒齊去聲不可遲。周禮酒正：『辨五齊之名：一曰泛齊，二曰醴齊，三曰盎齊，四曰醍齊，五曰沈齊。』且想春候暖，甕間傾一巵。

校勘記

①『回鶻』原文作『迴鶴』，據舊唐書武宗本紀改。回鶻：唐少數民族名。

②『上李司徒論用兵書』樊川文集卷第十一，上李司徒相公論用兵書。

③『過』上李司徒相公論用兵書作『邊』。

④『處』上李司徒相公論用兵書作『久』。

⑤『四子，晉大夫』是左傳的注，加括號，以示區別。

雨中作

賤子本幽慵，漢書：王邑請召賓邑，稱賤子。多爲儁賢侮。得州荒僻中，更值連江雨。一褐擁秋寒，小窗侵竹塢。濁醪氣色嚴，皤腹瓶甖古。左傳：『皤甘①腹。』酣酣天地寬，怳怳嵇、劉伍。嵇康、劉伶。但爲適性情，豈是藏鱗羽。後漢書逸民傳曰：『陳留老父者，不知何許人也。桓帝世，黨錮事起。大息言曰：「夫龍不隱鱗，鳳不藏羽，綱羅高懸去將安所？」』一世一萬朝，論語注：三十年曰世。朝朝醉中去。

校勘記

①『甘』原文如此，左傳宣公作『其』。

偶遊石盎僧舍 宣州作

敬岑草浮光，宣城郡圖經：敬亭山在宣城縣北十里。句沚水解脈。見上『句溪』①注。盎鬱乍怡融，凝嚴忽頹拆。梅纇力對切，絲節也。暖眠酣，風緒和無力。晁浴漲汪汪，烏光切，停水也，又水深廣大也。鵶嬌村羃羃。莫秋切。說文，覆也。落日美樓臺，輕煙飾阡陌。瀲綠古津遠，積潤苔基釋。孰謂漢陵人，漢陵，杜陵。來作江汀客。載筆念無能，謝朓詩：『載筆陪旌棨。』注：載，用也。捧籌慚所畫。漢書高紀：『運籌帷幄之中，決勝千里之外，吾不如子房。』任轡偶追閑，逢幽果遭適。僧語淡如雲，塵事繁堪織。今古幾輩人，而我何能息。

校勘記

①『句溪』卷一張好好詩。

赴京初入汴口曉景即事先寄吳中李郎中

清淮控隋漕，通典：『隋煬帝開引黃河水，以通江淮漕運，兼引汴水，即浪宕渠也。』北走長安道。檣形櫛櫛斜，浪態迤迤時他切。好。初旭紅可染，明河澹如埽。澤闊鳥來遲，村饑人語早。露蔓蟲絲多，風蒲鷰雛老。秋思高蕭蕭，客悉長裊裊。因懷京、洛間，宦遊何戚草。什伍持津梁，漢書刑法志：『連其什伍，居處同樂，死喪①同憂。』注：『五人爲伍，伍伍爲什。』須湧爭追討。翾便去聲詎可尋，幾秘安能考。小人乏馨香，左傳：修明德，以薦馨香。上下將何禱，論語：『禱爾于上下神祇。』唯有君子心，顯豁知幽抱。

校勘記

①『喪』原文如此，漢書刑法志作『生』。

獨酌

長空碧杳杳，萬古一飛鳥。生前酒伴閑，愁醉閑多少。煙深隋家寺，殷乙山切，赤黑色也。葉暗相照。獨佩一壺遊，秋毫泰山小。見上『何者爲彭殤』①注。

校勘記

①『何者爲彭殤』 卷一郡齋獨酌。

惜春

春半年已除，其餘強爲有。即此醉殘花，便同嘗臘酒。悵望送春杯，殷勤掃花帚。誰爲駐東流，年年長在手。

題安州浮雲寺樓寄湖州張郎中

去夏疏雨餘，同倚朱欄語。當時樓下水，今日到何處？

恨如春草多，事與孤鴻去。楚岸柳何窮，十道志：『淮南道有安州。』注：戰國時入楚。別愁紛若絮。

過驪山作

始皇東遊出周鼎，史記：『大立杜土①而鼎没於泗水彭城下。始皇過彭城，齋戒禱祠，欲出周鼎。使千人入水求之，不得。』劉、項縱觀皆引頸。漢書高紀：縱觀秦皇帝，（縱，放也。天子出行，放人令觀。觀音土喚切。）喟然大息，曰：『嗟乎，大丈夫當如此矣！』史項羽本紀：『秦始皇遊會稽，渡浙江，梁與籍俱觀。籍曰：「彼可取而代也。」』削平天下實辛勤，卻爲道旁窮百姓。黔首不愚爾益愚，史記秦始皇紀：『更名民曰「黔首」。』太②史公曰：『廢先王之道，焚百家之書，以愚黔首。』

千里函關囚獨夫。漢書，張良曰：『關中沃野千里。』又曰：『金城千里，天府之國。』『函關』③『獨夫』④見上。牧童火入九泉底，燒作灰時猶未枯。

三輔黄圖：『秦始皇葬驪山，六年之間爲項籍所發。牧兒放羊而墮羊冢中，燃火求羊，燒其藏椁。』

西都賦⑤：『貫三光而洞九泉。』李善注：『燕太子丹懷恨入於九泉。』

校勘記

①『大立杜土』　原文如此，史記封禪書作『太丘社亡』。

②『太』　原文作『大』，據史記秦始皇本紀改。

③『函關』始見此句。

④『獨夫』卷一阿房宮賦。

⑤『西都賦』實爲晉潘岳西征賦。

池州送孟遲先輩

昔子來陵陽，十道志：宣州有陵陽山。時當苦炎熱。我雖在金臺，

按本集，開成三年復爲宣州幕團練判官。新語①：『燕王噲爲齊所殺。昭王立，迺謂左右曰：「安得賢士與之同心，以報先王之耻。」郭隗曰：「誠欲致士，請從隗始。」隗且見事，况賢於隗者乎。昭王於是爲隗築臺，於碣石山前，以金玉飾之，號曰「黄金臺」，以尊郭隗而師之。樂

毅自魏往，鄒衍自齊往，劇辛自趙往，士爭赴燕。』頭角長垂折。奉披塵意驚，立語平生豁。寺樓最騫軒，坐送飛鳥沒。一罇中夜酒，半破前峰月。韓公詩：『新月憐半破。』煙院松飄蕭，風廊竹交戛。古八切，口②也。書：『戛擊鳴球。』時步郭西南，繚逕苔圓折。尸子：『凡水方折者有玉，圓折者有珠。』好鳥響丁丁，小溪光汃汃。詩：『伐木丁丁。』汃，普八切，水貌。籬落見娉婷，張釋之出塞行：『騣裹青綠騎，娉婷紅粉裝。』機絲弄啞軋。煙濕樹姿嬌，雨餘山態活。仲秋往歷陽，十道志：『淮南道和州歷陽。』注：漢縣。同上牛磯歇。十道志：宣州有牛渚山。大江吞天去，一練横坤抹。千帆美滿風，曉日殷鮮血。

歷陽裴太守，襟韻苦超越。鞔鼓畫麒麟，看君擊狂節。魏略：『王朗答太祖曰：「承宗之曰，撫掌擊節。」』離袖颭職琰切，風動物也。應勞，恨粉啼還咽。明年忝諫官，見上『諫官事明主』③注。綠樹秦川闊。見上『晚晴賦並序』。子提健筆來，詩史：『健筆凌鸚鵡。』勢若夸父渴。列子：『夸父不量力，欲追日影，逐之於嵎谷之際。渴欲得飲，赴飲河渭。河渭不足，將走北飲大澤，未至道渴而死。』九衢林馬檛，十道志：『長安有六街九陌。』左傳：『繞朝贈之以策。』杜預云：『馬檛也。』類篇：『簻檛同音，張爪切，箠也。』千門織車轍。秦臺破心膽，西京雜記：高祖初入咸陽宮。其尤驚異者，有方鏡，廣四尺。高五尺九寸，表裏有明。人直來照之，影則倒見。以手捫心而來，則見腸胃五臟④，歷然無礙，人有疾病在內，掩而照之，則知病之所在。又女子有邪心，則膽張心動。始皇帝以照宮人，膽張心動者殺之。**黥阵驚毛髮。**漢書黥希傳：布反，上自將擊布，『布兵精甚，上迺壁庸城，望布軍置陳如項籍軍。上惡之。』**子既屈一鳴，**史記，淳于髡曰：『此鳥不飛則已，一飛沖天；不鳴則已，一鳴驚人。』**余固宜三刖。**韓非子：『楚人和氏得玉璞於荆山中，獻之厲王，使玉人相之。曰：「石也。」王以和爲誑，而刖其左足。及武王即位，又獻之。王使玉人相之，又曰：「石也。」王又刖其右足。文王即位，和抱其璧而哭於楚山之下，三日三夜，泣盡而繼之以血。王迺使人理其璞而得寶焉。遂命「和氏之璧」。』**慵憂長者來，**漢書：『陳平少時家貧，然門外多長者車轍。』韓子：『重厚自尊，謂之「長者」。』**病怯長街喝。**何葛切，呼也。**僧爐風雪夜，相對眠**

一褐。暖灰重擁瓶，曉粥還分鉢。青雲馬生角，史記：『須賈謂范睢曰：「不意君自致青雲之上。」』揚雄解嘲：『當塗者升青雲，失路者委渠溝。』『馬生角』⑤已出上。黄州使持節。唐書本傳曰：『歷黄、池、睦三州刺史，復乞爲湖州刺史。』唐會要：『武德元年，詔諸州總管，加號使持節。』秦嶺望樊川，見上『晩晴賦並序』注。祇得迴頭別。商山四皓祠，漢書：『漢興，有東園公、綺里季、夏黄公、角里先生，當秦之時，避世入商洛深山，以待天下之定。』十道志：『商州高車山注：高士傳，山上有四皓碑，又有祠，皆惠帝所立，高后使張良諸此迎四皓，因召之。』心與樗蒲説。『樗蒲』見藝文類聚。大澤蒹葭風，孤城狐兔窟。且復考詩、書，無因見簪笏。古訓屹如山，古風冷刮骨。

周鼎列瓶罍，『周鼎』⑥已出上。荆壁橫拋撥。『荆壁』⑦已出上。下音薩，抹撥也⑧。力盡不可取，忽忽狂歌發。司馬子長書：『居則忽忽。』注：忽忽，愁亂貌。三年未爲苦，兩郡非不達。秋浦倚吳江，通典：秋浦縣今池州分宣州置。去檝飛青鶻。溪山好圖畫，洞壑深闉闠。竹罔森羽林，花塢團宮纈。胡結切，帛梁爲花也。景物非不佳，獨坐如韝紲。上古侯切，射韝臂捍也。下私列切，系也。李白詩：『羈紲韝上鷹。』丹鵲東飛來，拾遺記：『周成王時，塗循國獻丹鵲一雄一雌。孟夏取翅爲扇，一名條翮，一名素影。』西京雜記：『陸賈曰：「乾鵲噪而行人至，踟蹰集而百事喜。」』遯齋⑨閑覽：『南人喜鵲聲而惡鴉聲，吉兇不常，鵲聲吉多凶少，故俗號鵲聲吉，所謂乾鵲是也。』喃喃女咸切。送君札。呼兒旋去聲供衫，走門空踏襪。士發切。說文：『足衣也。』手把一枝物，桂花香帶雪。庾肩吾詩：『苑桂恒留雪，天花不待春。』喜極至無言，笑餘翻不悦。人生直作百歲翁，亦是萬古一瞬中。我欲東召龍伯翁，列子：『龍伯之國有大人，舉足不盈數步，而暨五山之所，一釣而連六鼇，合負而趨，歸其國，灼其骨以數焉。帝憑⑩怒，侵減龍伯之國使阨，侵小龍伯之民使短。至伏羲神農時，其國人猶數十丈。』上天揭取北斗柄，見上『操持北斗柄』⑪注。蓬萊頂上斡海水，水盡到底看海空。續神仙傳：『蓬萊隔弱水，三萬里，非舟楫可行，非飛仙無以到。』月於何處去？日於何處來？跳丸相趁走不住，韓公詩：『日月如跳丸。』堯、舜、禹、湯、文、武、周、孔皆爲灰。酌此一杯酒，與君狂且歌。離别豈足更關意，衰老相隨可奈何。

校勘記

①『新語』 原文如此，漢陸賈撰，引文實爲劉向撰的『新序』。

②『口』 此字不清，是朝鮮用漢字簡化字，應作『敲』。

③『諫官事明主』 卷一李甘詩。

④『臟』 原文作『藏』，據西京雜記改。

⑤『馬生角』 卷一池州送孟遲先輩。

⑥『周鼎』卷一過驪山作。

⑦『荆璧』卷一池州送孟遲先輩。

⑧『下音薩，抹撥也』原文如此，似有誤。

⑨『齋』原文作『齊』，中國古籍善本書目著録説郛載有遯齋閑覽，據此改。

⑩『憑』原文作『馮』，據列子改。

⑪『操持北斗柄』卷一李甘詩。

重送一首

手撚金僕姑，左傳：『乘丘之役，公以金僕姑射南宫長萬。』注：『金僕姑，矢名。』腰懸玉轆轤。藝文類聚：『羅敷行腰中鹿盧劍，價直千萬餘。』晉灼漢書注：『古長劍首，以玉作井轆轤形，上刻木作山形，如蓮花初生未敷時。今大劍木首，其狀似此。』爬頭峰北正好去，見上『聞屯千里師』①注。唐書李德裕傳：『回鶻進逼振武保大柵爬頭峰，以略朔川，轉戰雲州，德裕曰：「爬頭峰北皆大磧，利用騎，不可以步當之。」』係取可汗鉗作奴。唐書：可汗，蕃王稱也。汗音河干切。漢高紀：『田叔、孟舒等自髡鉗爲王家奴。』六宮雖念相如賦，周禮注：『皇后正寢一，燕寢五，是爲六宮也。夫人已下分居焉。』長門賦序：『孝武皇帝陳皇后時得幸，頗妬。別在長門宮，愁悶悲思。聞屬郡司馬相如天下工爲文，奉金百斤，爲相如、文君取酒，因于解悲愁之辭。而相如爲文以悟主上，皇后復得幸。』其那防邊重武夫。那，迺可切，何也。又迺介切，奈也。詩：『糾糾武夫。』

校勘記

①『聞屯千里師』卷一雪中書懷。

題池州弄水亭

弄水亭前溪，颭灩上凝霄切，清風曰颭。下音焰，水波動貌。翠綃舞。綺席草芊芊，音千，草盛貌。紫嵐峰伍伍。螭蟠得形勢，翬飛如軒户。詩：『如翬斯飛。』一鏡奩曲提，萬丸跳猛雨。檻前燕鴈棲，枕上巴帆去。叢筠待脩廊，密蕙媚幽圃。杉樹碧爲幢，花駢紅作堵。停樽遲去呼晚月，咽咽上幽渚。客舟耿孤燈，萬里人夜語。漫流罥苔槎，饑鳧曬雪羽。玄絲落鉤餌，吳都賦：『鉤餌縱橫。』注：『鉤餌，鉤也，置食者。』冰鱗看吞吐。斷霓天帔垂，狂燒失照切，放火也。漢旗怒。漢書高紀贊：『漢旗幟上赤，協于火德。』曠朗半秋曉，張景陽七命：『野曠朗而無塵。』注：曠，遠。朗，明也。蕭瑟好風露。宋玉九辨①：『悲哉秋之爲氣也，蕭瑟兮草木搖落而變衰。』注：『蕭瑟，秋風貌。』光絜凝可攬，欲以襟懷貯。幽抱吟九歌，楚辭：『昔楚南郢之邑，沅、湘之間，其俗信鬼而好祠。屈原放逐，竄伏其域，愁思排鬱。出見俗人祭祀之禮，歌舞之樂，其詞鄙野，因爲作九歌之曲。』羇情思湘浦。四時皆異狀，終日爲良遇。應德璉詩：『良遇不可值，伸眉路何階。』小山浸石稜，撐舟入幽處。孤歌倚桂巖，晚酒眠松塢。紆餘帶竹村，上林賦：『紆餘逶迤。』注：『屈曲貌。』蠶鄉足砧杵。塍神陵切，稻田畦也。泉落環珮，畦苗差纂組。漢書景帝紀：『錦繡纂組，害女紅者也。』注：『纂，亦組也。』風俗知所尚，豪強耻孤侮。隣喪不相舂，禮：『隣有喪舂不相。』注：『所以助哀也。相，謂以音聲相勸。』公租無詬負。農時貴伏臘，楊惲書：『田家作苦，歲時伏臘，烹羊炰羔，斗酒自勞。』簪瑱事禮賂。鄉校富華禮，征行產強弩。不能自勉去，但愧來何暮。

後漢書：『廉范爲蜀郡太守，舊制禁民夜作，以防其火災，范迺毁削先令，但嚴儲水。百姓爲歌曰：「廉叔度，來何暮，不禁火，民安堵，平生無襦今五袴。」』故園漢上林，十道志：『關内道雍州上林苑注：武帝建元元年，虞丘壽王奏置方三百里。』信美非吾土。王仲宣登樓賦：『雖信美而非吾土兮，曾何足以少留。』

校勘記

①『辨』原文如此，應作『辯』。

題宣州開元寺 本注：寺置於東晉時

南朝謝朓城， 建康實錄：『始自吳起漢興平元年，終於陳末禎明三年。吳四帝，東晉十一帝，而禪于宋；宋帝八而禪于齊；齊七帝，而禪于梁；梁五帝而入于陳；陳五帝，立隋開皇九年。南朝六代四十帝，三百三十一年。』南史：謝朓字玄暉，爲宣城太守。東吳最深處。 吳都賦：『東吳王孫囅然而咍。』亡國去如鴻，遺寺藏煙塢。樓飛九十尺，廊環四百柱。高下高下①中， 吳語：『今王既變，鮌、禹之功，而高高下下，以罷民於姑蘇。』注：『高高，起臺榭。下下，深汙池也。』風繞松桂樹。青苔照朱閣，白鳥兩相語。溪聲入僧夢，月色暉粉堵。閲景無旦夕，凴欄有今古。留我一鐏酒，前山看春雨。

校勘記

①「高下高下」原文如此，上海古籍出版社樊川文集此句作「高高下下」。

大雨行

本注：開成三年宣州開元寺作

東垠黑風駕海來，海底卷上天中央。三吳六月忽悽慘，晚後點滴來蒼茫。錚棧仕限切，竹木之車曰棧。雷車軸轍壯，矯躩蛟龍爪尾長。神鞭鬼馭載陰帝，來往噴灑何顛狂。

四面崩騰玉京仗，萬里橫牙羽林槍。韻語陽秋：『詩人比雨如絲如膏之類甚多。杜牧迺以羽林槍爲比，恐未盡其形。似念昔遊詩云：「分明擻擻羽林槍。」大雨行云：「四面崩騰玉京仗，萬里橫牙羽林槍。」豈去國妻斷之情，不能忘雞翹豹尾中邪？』雲纏風束亂敲磕，黃帝未勝蚩尤強。史記黃帝本紀：『蚩尤作亂，不用帝命。於是黃帝迺徵諸侯，與蚩尤戰於涿鹿①之野，遂擒殺蚩尤。而諸侯咸尊軒轅爲天子。』百川氣勢若豪俊，坤關密鏁愁開張。大和六年亦如此，本集邢②君墓誌：『牧大和初舉進士第，後六年，牧於宣州事吏部沈公。』我時壯氣神洋洋。東樓聳首看不足，恨無羽翼高飛翔。盡召邑中豪健者，闊展朱盤開酒場。奔觥槌鼓助聲勢，眼底不顧纖腰娘。思玄賦：『舒眇婧之纖腰。』注：眇婧，纖腰貌。今年闒茸鬢已白，漢書，賈誼賦：『闒茸尊顯兮，讒諛得志。』注：『闒茸，下材不肖之人也。』上吐盍切，下人勇切。奇遊壯觀唯深藏。吳都賦：『抑非大人之壯觀也。』景物不盡人自老，誰知前事堪悲傷！

校勘記

①『鹿』原文作『漉』，據史記黃帝本紀改。

②『邢』原文作『邴』，據樊川文集卷八唐故歙州刺史邢君墓誌銘改。

自宣州赴官入京路逢裴坦判官歸宣州因題贈 本集啓，開成三年自宣州幕除補闕，四年二月赴官。

敬亭山下百頃竹，十道志：『宣州敬亭山。』注：齊謝朓爲宣城守，於此賡嘉雨而賦詩，山有神祠。中有詩人小謝城。城高跨樓滿金碧，下聽一溪寒水聲。梅花落徑香繚繞，雪白玉璫花下行。縈風酒旆掛朱閣，半醉遊人聞弄笙。我初到此未三十，大和四年年二十九，陪沈公自江西幕移镇宣城。頭腦釤思廉切，利也。利筋骨輕。畫堂檀板秋拍碎，李白後序：『李龜年以歌擅一時之名，手捧檀板，押衆樂前，將欲歌之。』一引有時聯十漢書引蒲舉白①詩史：『一舉類十觴』。

觥。音□②老閑腰下丈二組，淮南王③曰：『方寸之印，丈二之組。』塵土高懸千載名。陳書，郭沔④曰：『若輩不見晁錯、紀信名，如日月懸空，誰可掩敝。』重遊鬢白事皆改，见上『我雖在金臺』⑤注。唯見東流春水平。對酒不敢把，逢君還眼明。雲罍看人捧，詩：『我姑酌彼金罍。』許慎說文：『龜目酒樽，刻木作雲雷之象。』沈括筆談：『據禮書言罍畫雲雷之象，然莫知雷作何狀，今祭器中畫雷有作鬼神伐鼓之象，此甚不經，予⑥嘗得一古銅罍，環其腹皆有畫，正如人間屋梁所畫，曲水細觀之，是迺雲雷相間爲飾，如□⑦者古雲字也，象雲氣之形，如□者雷字也，古文□为雷象回旋之聲，其铜罍之饰，皆一□一□相間迺所謂雲雷之象也。今漢書罍字作□，蓋古人以此飾罍，後世自失傳耳。』波瞼任他橫。舞賦：『目流睇而横波。』瞼，九儉切，眼瞼也。一醉六十日，古來聞阮生。晉書阮籍傳：『籍本有濟世志，屬魏晉之際，天下多故，名士少有全者，籍由是不與世事，遂酣飲爲常。文帝求婚於籍，醉六十日，不得言而止。』是非離別際，始見醉中情。晉書：『桓溫問孟嘉曰：「酒有何好，而卿嗜之。」嘉曰：「公未得醉中趣耳。」』今日送君話前事，高歌引劍還一傾。江湖醉伴如相問，終老煙波不計程。

校勘記

①『漢書引蒲擧白』原文如此，似有誤。

②『□』原文此字缺。

③『淮南王』出自漢書嚴助傳。

④陳書無郭沔，南朝宋齊梁陳皆無郭沔。只有宋史卷三八二有郭沔事蹟，内容簡單。

⑤『我雖在金臺』卷一池州送孟遲先輩。

⑥『予』原文作『子』，據夢溪筆談改。

⑦『乁』原文作『入』，據夢溪筆談改。

贈宣州元處士

陵陽北郭隱，陵陽①已出上。身世兩忘者。李白答蘇秀才詩：『身世如兩忘，從君老煙水。』蓬蒿三畝居，三輔決錄：『張仲蔚，平陵人，隱身不仕，所居蓬蒿没人。』淮南子：『任一人之能，不足以治三畝之宅也。』寬於一天下。樽酒對不酌，默與玄相話。人生自不足，愛嘆遭逢寡。

校勘記

①『陵陽』卷一池州送孟遲先輩。

村行

春半南陽西，通典：南陽鄧州。柔桑過村塢。娉娉普了切。垂柳風，點點迴塘雨。蓑唱牧羊兒，籬窺蒨此見切，青葱之貌。裙女。半濕解征衫，主人饋雞黍。論語：『子路遇丈人，以杖荷蓧。子路問曰：「子見夫子乎？」丈人曰：「四體不勤，五穀不分。孰爲夫子？」植其杖而芸。子路拱而立。止子路宿，殺雞爲黍而食之。』

史將軍二首

長鋋周都尉，閑如秋嶺雲。取蝥孤登壘，左傳：『公會齊侯、鄭伯伐許。潁考叔取鄭伯之旗蝥孤先登。』注：『蝥孤，旗名。』以駢鄰翼軍。百戰百勝價，漢書：武安君百戰百勝。河南、河北聞。今遇太平日，老去誰憐君？

壯氣蓋燕、趙，漢書：『項羽曰：「力拔山兮氣蓋世。」』選詩：『燕、趙多壯士。』耽耽魁傑人。易：『虎視耽耽。』彎弓五百步，閑居賦：『谿子巨黍。』李善注：『史記蘇秦説韓王曰：「谿子巨黍者，皆射六百步之外。」許愼曰：「南方谿子，蠻夷柘弩。」孫卿子曰：「繁弱巨黍，古之良弓。」』長戟八十斤。魏志：『典韋，陳留己吾人也，形貌魁梧，有志節。太祖拜韋都尉，引置左右，將親兵數百人，常繞大帳。韋既壯武，每戰鬭，常先登陷陣，太祖壯之。韋好持大雙戟與長刀，軍中爲之語曰：「帳下壯士有典君，提一雙戟八十斤。」』河湟非内地，安、史有遺塵。安禄山、史思明。何日武臺坐，漢書李陵傳：『陵召見武臺。』注：『未央宫有武臺殿。』

兵符授虎臣。史記：『侯嬴①謂魏公子無忌曰：「嬴聞晉鄙之兵符常在魏王臥内，而如姬出入臥内，力能竊之。」』

校勘記

①『侯嬴』原文作『嬴』，據史記魏公子列傳改。

樊川文集卷第一

添注

阿房宮賦，漁隱叢話：『潘子真詩話云：「南豐先生曾子固言：『阿房宮賦鼎鐺玉石，金瑰珠礫，棄擲邐迤，秦人視之，亦不甚惜。瑰當作塊，蓋言秦人視珠玉如土塊瓦礫也。』又言：『牧賦宏壯巨麗，馳騁上下，累數百言，至楚人一炬，可憐焦土，其論盛衰之變，判於此矣。』」』

晚晴賦，漁隱叢話：『隱居詩話云：「杜牧晚晴賦：『忽引舟于深灣，覩①八九之紅芰，姹然如婦，娩然如女』。芰菱也，牧迺指爲荷花。」』張好好詩：『一聲離鳳呼』，詩話總龜：『杜牧張好好詩聲同雛鳳呼。』寄阿宜詩：『多是撫州寫』，文粹：『杜佑遺愛碑②再爲撫州刺史。』遊石盎僧舍詩：『載筆念無能』，禮記：史載筆，士載言。沈處士赴蘇州詩：『酒旗誇酒美』，酒譜：『韓非子云：「宋人酤酒，懸幟甚高。」酒市有旗，始見於此。或謂之簾。』汴口曉景即事，沈休文鍾山詩：『即事既多美。』李善注：『即事，即此山中之事。』列子曰：周之尹氏有老役夫，晝即呻吟即事，夜則昬穢熟寐。』自宣州赴官入京路逢裴坦判官歸宣州詩：『中有詩人小謝城。』白氏集有詠『小謝紅藥當階翻』詩。按文選『紅藥當階翻』，謝朓直中書省詩也。

校勘記

①『覩』　晩晴賦作『忽』。

②『杜佑遺愛碑』　即權德輿撰的大唐銀青光祿大夫檢校司徒同中書門下平章事太清宫及度支諸鹽鐵轉運等使崇文館大學士上柱國岐國公杜公淮南遺愛碑銘。

樊川文集卷第二 夾注

律詩六十七首

華清宮三十韻

唐書房琯傳：『天寶五載，玄宗有逸志，數巡幸，廣溫泉爲華清宮，環宮所置百司區署。以琯資機筭，詔總經度驪山，疏巖剔藪，爲天子游觀。』方士子韋傳：『華清井水之澄華也。』

繡嶺明珠殿，倦遊錄：『古華清宮在繡嶺之下。』按膺叔華清宮圖：『有東、西繡嶺，上有明珠殿。』**層巒下繚墻。**見一卷『二川溶溶，流入宮墻』①注。西都賦：『繚以周墻，四百餘里。』注：『繚，繞也。』**仰窺雕檻影，猶想赭袍光。昔帝登封後，**唐書玄宗紀：開元十三年，封泰山。漢書：『元封元年四月癸卯，上還，登封泰山。』應劭②注：『王者功成治定，告成功於天。封代宗，助天高也。刻石紀號，有金策石函金泥玉檢之封也。』白虎通：『王者受命必封禪。封者增高也，禪者廣厚也，皆刻石紀號，著己之功績，以自效也。天以高爲尊，地以厚爲德，故增泰山之高以視報天，附梁甫之地，以報地也。』

中原自古強。一千年際會，拾遺記：『黄河一千年一清，聖人之大瑞也。』運命論：『夫黄河清而聖人生。』三萬里農桑。几席延堯舜，東京賦：『度堂以筵，度室以几。』注：『筵，席也，几，俎也。室中度以几，堂上度以筵。皆取几筵爲准。』軒墀立禹湯。雷霆驅號令，後漢書郎頭傳：『雷者號令。』星斗煥文章。釣築乘時用，見一卷『夢卜庸真相』③注。孟子：『傅説舉於板築之間。』芝蘭在處芳。家語：『芝蘭生於深林，不以無人而不芳；君子修道立德，不謂困窮而改節。』北扉閑木索，李白詩：『告急清憲臺，脱余北門厄。』司馬子張書：『其次關④木索，被箠楚受辱。』注：關木索，杻械索繩也，拘縛也。南面富循良。論語：

『夫何爲哉，恭己正南面而已矣。』史書有循吏、良吏傳。至道思玄圃，神仙傳：『廣成子者，古之仙人也。居崆峒山。黄帝聞而造焉，曰：「敢問至道之要。」』漢書郊祀志注：『崑崙玄圃五城十二樓，仙人所居也。』平居壓未央。『未央』⑤已出一卷。鈎陳裏巖谷，西都賦：『周以鈎陳之位，衛以嚴更⑥之署。』注：『鈎陳，後宫也。』甘泉宫賦注：『紫宫外營，鈎陳星也。然王者亦法之。』文陛壓青蒼。漢書梅福傳：『願壹登文石之陛，涉赤墀之塗。』歌吹千秋節，樓臺八月涼。通載：『開元十七年，群臣表請八月五日上降誕日，爲千秋節，從之。』神仙高縹緲，海賦：『群仙縹緲，餐玉清涯。』環珮碎丁當。泉暖涵窗鏡，雲嬌惹粉囊。嫩嵐滋翠葆，上林賦：『建翠華之旗。』注：『以翠羽葆也。』郭璞曰：『華，葆也。』

清渭照紅粧。帖泰生靈壽，歡娱歲序長。月聞仙曲調，霓作舞衣裳。逸史：『羅公遠中秋侍明皇宫中玩月，曰：「陛下要至月宫否？以桂枝向空擲之。」一化爲銀橋，與帝升橋。寒氣侵人，遂至大城。曰：「此月宫也。」見仙女數百，素練霓衣，舞于廣庭。上問曲名，曰霓裳羽衣也。上記其音調，歸作霓裳羽衣曲。』雨露偏金穴，後漢書：『光武郭皇后弟況爲大鴻臚，帝數賞賜金錢，京師號況家爲金穴也。』乾坤入醉鄉。唐王績作醉鄉記。玩兵師漢武，荀悦漢紀：『武皇帝窮兵黷武。百姓窮竭。萬民疲敝。當此之時，天下騷然，海内無聊，而孝文之業衰矣。』迴手倒干將。前漢書：『倒持泰阿，授楚其柄。』吴越春秋：『干將者，吴人』，造劍二枚，『一曰干將，二曰莫耶。』莫耶、干將，劍名。鯨鬣掀東海，王裒劍頌：『斷奸亂之領項，斬漏綱之鯨鯢。』杜預左傳注：『鯨鯢，以喻不義之人，吞食小國。』胡牙揭上陽。唐書：安祿山柳城胡人也。兵書牙將軍之旗。通載：『天寶十五載，祿山僭雄武皇帝于東京，國號燕。』唐書：『東都上陽宮，在宮城之西南隅。南臨洛水，西拒穀水，東即宮城，北連禁苑。』嗚呼馬嵬血，零落羽林槍。翰府名談、玄宗遺錄：『玄宗一日坐朝，聞宮中奏霓裳曲，聽之甚久，已而俛首不適者。后刻朝起，顧近侍取筆，私書於殿柱，又命取紙副其上，意不欲人見也。高力士跪膝前請：「臣晨侍立帝右，帝聽宮樂，何聖顏不怡之甚也？又宸翰親書後楹。副以外封，不使人見，臣竊惑之，是以敢有請也。」帝仰面長吁，曰：「非汝所知也。」上謂力士曰：「朕所書殿柱，迺半月後當有叛者，而志之也。事纏大禍，理在不收，朕早來聽宮樂知之也。吾憂邊臣之將叛，天下之將亂也。」力士曰：「日近臺諫繼有封章，言漁陽事，陛下尚未處置，豈非此乎？」上曰：「天下精兵所聚，無如漁陽，朕且暮疢悵久，事以膠固，無計可解。」力士曰：「祿山吐蕃奴也，無奇謀遠略，其所以叛者，臣知之矣。」上曰：「汝無再言，令人憒然不樂。」翌日，漁陽叛書至，帝及御前殿詔高力士護六宮，意留貴妃守宮。力士奏曰：「陛下留貴妃消患乎？天下謂之如何也？」帝許貴妃從駕，由承天門西去。至馬嵬，前鋒不進，六師迴合，侍衛周旋。帝欲攬轡，近侍奏曰：「帝且待之，恐生不測。」力士前曰：「外議籍籍，皆曰楊國忠久盜天機，持國柄，結患邊臣，幾傾神器，致天步西遊，蒙塵萬里，皆國忠一門之所致也。是以六軍不進，請圖之。」俄頃，有持國忠首奏曰：「國忠謀叛，以軍法誅之。」帝曰：「國忠非叛也。」力士遽躡帝足，曰：「軍情萬變，不可有此言。」帝悟，顧左右曰：「國忠族矣。」不久，國忠弟妹少長皆爲所殺。帝曰：「一門死矣，軍尚不進，何爲也？」力士奏曰：

「軍中皆言，禍胎尚在行宫。」帝曰：「朕不惜一人以謝天下，但恐後世之切譏後宫也。」神衛軍揮使侯元吉前奏：「願斬貴妃首縣之于大白旗，以令諸軍。」帝怒叱元吉曰：「妃子后宫之貴人，位亞元后之尊。古者投鼠尚忌器，何必懸首而軍中方知也，但令之死則可矣。」力士曰：「此西有古佛廟，諸軍之所由路也，願令妃子死其中，貴諸軍知也。」「汝引妃子從他路去，無使我見而悲戚也。」力士曰：「陛下不見，左右不知，未爲便也。願陛下面賜妃子死，貴左右知而慰衆軍之心也。」帝可其奏。貴妃泣曰：「吾一門富貴傾天下，今以死謝，又何恨也。」遽索朝服見帝曰：「夫上帝之尊，其勢豈不能庇一婦人使之生乎？一門俱族，而及臣妾，得無甚乎？且妾居處深宫，事陛下未嘗有過失，外家事妾則不知也。」帝曰：「萬口一辭，牢不可破，國忠等雖死，軍師猶未發，備子死以塞天下之謗。」妃子曰：「願得帝送妾數步，妾死無憾。」

左右引妃子去，帝起立送之，如不可步，而九反顧。帝涕下交頤。左右擁妃子行，速由軍中過。至古寺，妃子取擁頂羅，掩面大慟，以其羅付力士曰：「將此進帝。」左右以帛縊之，陳其尸於寺門，迺解其帛。俄而氣復來，其喘綿綿，遽用帛縊之，迺絶。揮使侯元吉大呼於軍中，曰：「賊本以死，吾屬無患矣。」於是鳴鼓揮旗，大軍以進。力士迴奏，以妃子擁頂羅上進。視其淚痕皆若淡血。帝不勝其悲，曰：「古者情恨之感，悉有所應，舜妃泣竹而爲班，妃子擁羅而成血，異矣。」夫前軍作樂，帝不樂，欲止之。力士曰：「不可，今日之理，且順人情。」』『羽林』⑦出一卷。**傾國留無路，**漢書：『孝武李夫人，本以倡進。兄延年性知音，善歌舞，延年侍上起舞，曰：「北方有佳人，絶世而獨立，一顧傾人城，再顧傾人國。寧不知傾城與傾國，佳人難再得！」』云。**還魂怨有香。**漢武内傳：『聚窟⑧洞中，有反魂樹，採其根於釜中，以水煮，候成汁，方去滓，重火煉之如漆，候凝，則香成也。西國使云，其香名有六：一名返魂，一名驚精，一名回生，一名震壇，一名人馬精，一名節死香。燒之，一豆許，凡有疫死者聞香再活，故曰返魂香也。』

蜀峰橫慘澹，秦樹遠微茫。鼎重山難轉，天扶業更昌。

左傳：『楚子伐陸渾之戎，遂至于雒，觀兵于周疆。定王使王孫滿勞楚子。楚子問鼎之大小、輕重焉。對曰：「在德不在鼎。昔夏之方有德也，遠方圖物，貢金九牧，鑄鼎象物，百物爲之備，使民知神、姦，故民入川澤、山林，不逢不若。螭魅魍魎，莫能逢旃。協于上下，以承天休。桀有昏德，鼎遷于商，載祀六百。商紂暴虐，鼎遷于周。成王定鼎于郟鄏，卜世三十，卜年七百，天所命也。周德雖衰，天命未改。鼎之輕重，未可問也。」』

望賢餘故老，

通鑑：至德二載，復京師，至自靈武，遣太子太師韋見素入蜀，奉迎上皇至咸陽，上備法駕迎於望賢之宮，咸陽上備法駕迎於望賢宮。花萼舊池塘。唐會要：『開元二年，以興慶里舊邸爲興慶宮。初。上在藩邸。與宋王等同居于興慶里，時人號曰「五王子宅」。至景⑨龍末，宅内有龍池涌出。日以浸廣。望氣者云。有天子氣。中宗數行其地。命泛舟。以駝象蹋氣以厭之。至是爲宮焉。後於西南置樓。西面題曰花萼相揮之樓。南題曰勤政務本之樓。』往事人誰問，幽襟淚獨傷。碧簷斜送日，殷葉半凋霜。迸水傾瑶砌，疏風罅呼嫁切，破裂也。玉房。陸士衡吊魏武帝文：『陪窈窕於玉房。』塵埃羯鼓索，羯鼓錄：『羯鼓出外夷，以戎羯之鼓，故曰羯鼓。其音主太蔟一均，龜兹部、高昌部、疏勒部、天笙⑩部皆用之，次在都曇鼓、答臘鼓之下。雞婁鼓之上。豁如漆桶，下以牙牀承之。擊用兩杖，其聲焦殺鳴烈，尤宜促曲急破，作戰杖連碎之聲，又宜高樓晚景，明月清風，碎空透遠，極異衆樂。』又曰：明皇尤愛羯鼓玉笛。常云八音之袖，春雨初晴，景色明麗。帝曰：『對此景物，豈可不與他判斷之乎？』命取羯鼓，臨軒縱擊，曲名曰春光好，及顧柳杏。皆以發拆。上笑曰：『此一事不喚我作天公，可乎？』通典：『羯鼓，正如漆桶，兩頭俱擊。以出羯中，故號羯鼓，亦謂之兩杖鼓。』

片段荔枝筐。本草：『荔枝子生嶺南及巴中，二廣州郡皆有之。五六月盛熟時，彼方皆燕會其下以賞之。』唐書：『貴妃嗜荔枝，必欲生致之，迺置騎傳送，走數千里，味未變已至京師。』

鳥啄摧寒木，蝸誕蠹畫梁。孤煙知客恨，遥起泰陵傍。唐書：玄宗葬泰陵。

校勘記

①『二川溶溶，流入宫墻』卷一阿房宫賦。

②『應劭』原文作『應昭』，據後漢書應劭傳改。

③『夢卜庸真相』卷一感懷詩。

④『關』原文作『閑』，據漢書司馬遷傳改。

⑤『未央』卷一望故園賦。

⑥『更』原文作『吏』，據西都賦改。

⑦『羽林』卷一杜秋娘詩。

⑧『窟』原文作『屈』，據文意改。

⑨『景』原文作『慶』，據唐會要卷三十改。

⑩『笙』原文如此，應作『竺』。

長安雜題長句六首

觚稜金碧照山高，『觚稜』①已出一卷。萬國珪璋捧赭袍。舐筆和鉛欺賈、馬，莊子：『舐筆和墨。』文選序：『荀、宋②表之於前，賈馬繼於末。』讚功論道鄙蕭、曹。西都賦：『左右庭中，朝堂百僚之位，蕭曹魏邴，謀謨乎其上。』注：朝廷百寮之位，即有丞相蕭何、曹參，魏相邴吉等爲謀謨。東南樓日珠簾卷，拾遺記：『石虎高四十丈，結珠爲簾，垂五色玉珮。』西北天宛玉厄豪。本注：『詩曰：

「鞗革金厄」，蓋小環③。』漢書：『初天子發書易，曰：「神馬當從西北來。」得烏④孫馬，名曰「天馬」。及得宛汗血馬，更名烏孫馬曰「西極馬」，宛馬曰「天馬」。』注：發書易，謂發易書卜。

四海一家 漢高紀：天子以四海爲家。**無一事，將軍攜鏡泣霜毛。**

晴雲似絮惹低空，紫陌微微弄袖風。韓嫣金丸莎覆綠， 西京雜記：『韓嫣好彈，常以金爲丸，所失者有十餘。長安爲之語曰：「苦饑寒，逐金丸。」京師兒童每聞嫣出彈，輒隨之望丸所落，輒拾焉。』**許公韉汗杏黏紅。** 許公韉，見添注⑤。初學記：『鄣泥鄣汗，亦曰弇汗。』鹽鐵論曰：弇汗。**煙生窈窕深東第，** 選魯靈光殿賦曰：『洞房叫窱而幽邃。』漢書司馬相如傳：『居列東第。』注：『東第，甲宅也，居帝城之東，故曰東第也。』**輪撼流蘇下北宮。**吴都賦：『張組幃，構流蘇。』注：『流蘇，五色羽飾帷，而垂之軒門也。』倦遊錄：『流蘇，迺是四角所擊盤綫繪繡之毬，五色，同心而下垂者。流蘇帳者，古人繫帳之四隅以爲飾耳。』漢書霍光傳注：北宮在未央宫北。**自笑苦無樓護智，**漢書：『樓護字君卿，爲京兆吏，甚得名譽。是時王氏方盛，賓客滿門，五侯兄弟爭名，其客各有所厚，不得左右，唯護盡入其門，咸得其驩心。與谷永俱爲五侯上客，長安語曰「谷子雲筆札，樓君卿脣舌」，言其見信用也。』**可憐鉛槧竟何功。**西京雜記：揚雄懷鉛提槧，從計吏訪四方，語作方言。**雨晴九陌鋪江練，**十道志：『惠帝逐長安城，城中作九陌。』謝朓詩：『澄江靜如練。』**嵐嫩千峰疊海濤。南苑草芳眠錦雉，**『南苑』⑥出一卷。

藩岳射雉賦：『毛體摧落，霍若碎錦。』

夾城雲暖下霓旄。『夾城』⑦出一卷。少年羈絡青文玉，遊女花簪紫帶桃。江碧柳深人盡醉，一瓢顔巷日空高。論語：『子曰：「賢哉，回也！一簞食，一瓢飲，在陋巷。人不堪其憂，回也不改其樂，賢哉，回也！」』束帶謬趨文石陛，論語：『子曰：「赤也，束帶立於朝，可使與賓客言也。」』『文石陛』⑧已出上。有章曾拜皂囊封。後漢蔡邕傳：『詔曰：「具對經術，以皂囊封上。」』注：『漢官儀曰：「凡章表皆啓封，其言密事得皂囊也。」』期嚴無奈睡留癖，勢窘猶爲酒泥慵。泥，怒計切，滯陷不通也。偷釣侯家池上雨，韓公獨釣詩：『侯家林館勝，偶入得垂竿。』醉吟隋寺日沉鐘。

九原可作吾誰與？禮記：『趙文子與叔譽觀乎九原。文子曰：「死者如可作也，吾誰與歸？」叔譽曰：「其陽處父乎？」』注：『作，起也。』**師友瑯琊邴曼容。**孫卿子曰：『人必將求賢師而事之，擇良友而友之。』漢書：『瑯琊邴漢兄子曼容亦養志自修，爲官不肯過六百石，輒自免去，其名過出於漢。』儒林傳：『瑯琊邴丹字曼容，著清名。』

洪河清渭天池濬，西都賦：『帶洪河涇渭之流。』⑨注：洪，大河也，涇、渭，二水名。西征賦：『北有清渭濁。』莊子：『南冥者，天池也。』**太白、終南地軸横。**唐六典：關内道古雍州之境，其名山有太白山。太白山在京兆武功縣。西京賦：『於前則終南太一。』五經要義曰：太一名終南山，在扶風武功縣，終南山，山之總名，太一，山之别號也。海賦：『又似地軸挺拔而爭迴。』注：『河圖括地象曰：地下有四柱，廣十萬里，有三千六百軸。』

祥雲輝映漢宮紫，春光綉畫秦川明。草妬佳人鈿朵色，風迴公子玉銜聲。六飛南幸芙蓉苑，漢書袁盎傳：「聘六飛」注：「六馬之疾若飛也。」傳記：「京師芙蓉園者，本名曲江園，隋文帝以曲名不正，改之。」十里飄香入夾城。唐書楊貴妃傳：「每十月，帝幸華清宮，五宅車騎皆從。國忠導以劍南旗節。遺鈿墮舄，狼籍于道，香聞數十里。」梁王訓應令詠舞詩：「笑態千金動，衣香十里傳。」豐貂長組金、張輩，駟馬文衣許、史家。典略⑩：「劉楨曰：「豐貂之尾，綴侍臣之幘。」」正見艷歌⑪：「執戟超⑫丹地，豐貂入建章。」「長組」⑬見一卷。要下文二組⑭。漢書，四皓採芝歌：「四馬高蓋，其憂甚大。」漢書：「上無許、史之屬，下無金、張之託。」應劭曰：「許伯，宣帝皇后父。史高，宣帝外家也。金，金日磾也，張，張安世也。』師古曰：『許氏、史氏有外屬之恩，金氏自託在於近狎也。』左太沖詠史詩：『朝集金、張館，莫宿許、史家⑮。』云云。白鹿原頭迴獵騎，通典：『晉穆帝永和十年，桓溫討行健⑯於今京兆府萬千縣白鹿原，戰敗。』云。紫雲樓下醉江花。松窗錄：『曲江池本秦時隑州。唐開元中，疏鑿爲勝景。南則紫雲樓、芙蓉苑，北則杏園、慈恩寺。』九重樹影連清漢，楚辭：君之門以九重。萬壽山光學翠華。詩：『如南山之壽，不騫不崩。』南都賦：『望翠華兮葳蕤。』注：『翠華，蓋也。』誰識大君謙讓德，本注：聖上不受徽號。籍田賦：大君戾止。注：大君，天子也。云云。一毫名利鬬鼃蟇。漢武帝元鼎五年秋，鼃蝦蟇鬬。注：鼃，黽也，似蝦蟇而長腳，其色青。音下蝸反，蝦音遐，蟇音麻，音莫幸反。

校勘記

①『舺稜』 卷一杜秋娘詩。

②『荀、宋』 原文作『苟米』，據上海古籍出版社昭明文選（梁蕭統撰）改。指戰國時期楚國辭賦家荀子、宋玉。

③『蓋小環』 原文如此，應是杜牧的『本注』。

④『烏』 原文作『鳥』，據漢書西域傳改。

⑤『添注』 卷二添注北史宇文述。

⑥『南苑』 卷一不見『南苑』，只見此詩。

⑦『夾城』 卷一不見『夾城』，只見此詩。

⑧『文石陛』只見此詩。

⑨『帶洪河涇渭之流』西都賦原文作『帶以洪河涇渭之川』。

⑩『典略』原文作『曲略』，據中華書局三國志魏志改。爲三國曹魏魚豢所著。原文爲：『典略曰：「文帝嘗賜楨廓落帶，楨答曰：『楨聞荊山之璞，曜元后之寶；隨侯之珠，燭衆士之好；南垠之金，登窈窕之首；鼲貂之尾，綴侍臣之幘。』」』『鼲』今作『豐』。

⑪『艷歌』指南北朝陳張正見所作『艷歌行』。

⑫『超』原文作『追』，據宋郭茂倩所作樂府詩集相和歌辭南北朝陳張正見艷歌行改。

⑬『長組』卷一不見『長組』，只見此詩。

⑭『要下文二組』原文如此。

⑮『家』左思詠史詩之四作『廬』。

⑯『行健』晉書作『苻健』。

河湟 見一卷『蘭芷浴河湟』①

元載相公曾借箸， 新唐書元載傳：『代宗立，進拜中書侍郎、許昌縣子。與王瑨②請以河中爲東③都，裒關輔河東十州税奉京師，選兵五萬屯中都，鎮御四方，杪秋行幸，上春還，可以避羌戎患。李少良上書詆其醜狀，帝積怒，遣左金吾大將軍吴湊收載及王瑨，分捕親吏、諸子並賜死。』漢書張良傳：『臣請借前箸以籌之。』**憲宗皇帝亦留神。** 舊唐書憲宗紀：『史臣曰：由是中外咸理，紀律再張，果能剪削亂階，誅除群盜，睿謀英斷，近古罕儔，唐室中興，章武而已。』又宣宗紀：『初以河、湟收復，百僚請加徽號，帝曰：「河、湟收復，繼成先志，朕欲追尊祖宗，以昭功烈。」』云云。宣宗憲宗第十三子④。旋見衣冠就東市，衛宏漢舊儀⑤：『東市獄屬京兆尹。』漢書：『晁錯潁川人也。遷爲御史大夫，請諸侯之罪過，削其支郡。吳楚七國俱反，以誅錯爲名。迺使中尉召錯，紿載行市。錯衣朝衣斬東市。』忽遺弓劍不西巡。詩史：『宣帝弓劍遠。』注：黄帝葬於橋山南，空棺無尸，唯劍舄存。漢書郊祀志：『黄帝採首山銅，鑄鼎於荆山下。鼎既成，有龍垂胡髯下迎黄帝。黄帝上騎，群臣后宫從上龍七十余人，龍迺上去。餘小臣不得上，迺悉持龍髯拔，墮黄帝之弓。百姓仰望黄帝既上天，迺抱其弓與龍髯，故後世因名其處曰鼎湖，其弓曰烏號。』牧羊驅馬雖戎服，白髮丹心盡漢臣。漢書：『張良曰：「顧上不能致者四人。四人年老矣，皆以上嫚侮士，故逃匿山中，義不爲漢臣也。」』**唯有涼州歌舞曲，**十道志：『隴右有涼州。』楊妃外傳：『上皇居南内，夜登勤政樓，煙月滿目，閭⑤里中隱如歌舞聲，顧力士曰：「得非梨園舊人乎？」明日，力士潛召同去，果梨園弟子。其夜上皇與妃侍者紅桃，歌妃所製涼州詞，上因廣其曲。今涼州流傳者益加焉。』傳載彔：『天寶中，樂章多以邊地爲名，若涼州、伊州之類是焉。』**流傳天下樂閑人。**

校勘記

①『蘭芷浴河湟』 卷一郡齋獨酌。

②『瑨』 原文如此，新唐書元載傳作『縉』。

③『東』原文如此，新唐書元載傳作『中』。

④『十三子』原文『七王子』，據舊唐書憲宗本紀改。

⑤『漢舊儀』原文作『漢書』，據太平御覽刑法部改。

⑥『閭』原文如此，應作『聞』。

許七侍御棄官東歸瀟灑北山移文：『蕭灑出塞之態。』①江南

頗聞自適高秋企望題詩寄贈十韻

天子繡衣吏，見一卷『官班各持斧』②注。東吳美退居。有園同

庾信，詩史梅雨詩注：『庾信小園賦曰：穿漏兮茅茨。』避事學相如。漢書嚴助傳：

司馬相如帝召稱疾避事。蘭畹清香嫩，離騷經：『既滋蘭之九畹。』王逸③注：『十二畝爲畹。』筠溪翠影疏。江山九秋後，風月六朝餘。建康實錄：吳、晉、宋、齊、梁、陳，並都金陵，是爲六朝。錦肆開詩軸，珠林傳④：『曹公曰：「吾昔使人至蜀買錦，於錦肆見公使。」』青囊結道書。晉書：『郭璞字景純，璞好經術，博學有高才，妙於陰陽算曆。有郭公者，客居河東，精於卜筮，璞從之受業。公以青囊中書九卷與之，由是遂洞五行、天文、卜筮之術，攘災轉禍，通致無方，雖京房、管輅不能過也。璞門人趙載嘗竊青囊書，未及讀，而爲火所焚。』霜巖紅薜荔，楚辭王逸注：『薜荔，香草也。』露沼白芙蕖。爾雅：『荷，芙蕖。』注：『江東呼荷華爲芙蕖。』睡雨高梧密，棋燈小閣虛。凍醪元亮秫，晉書：『陶潛字元亮，以爲彭澤令。在縣公田悉令種秫穀，曰：「令吾常醉於酒足矣。」』世本：小康作秫酒。寒鱠季膺魚。晉書：『張翰字季膺，吳郡吳人也。有清才，而縱任不拘，時人號爲「江東步兵」。齊王冏辟爲大司東曹掾，翰謂顧榮曰：「吾本山林間人，無望於時。」因見秋風起，迺思吳中蓴羹、鱸魚鱠。遂命駕而歸。』塵意迷今古，雲情識卷舒。他年雪中棹，晉書：『王子猷雪夜乘舟訪戴安道，既至，造門不前而返。人問其故，曰：「乘興而來，興盡而返，何必見安道邪！」』陽羨訪吾廬。本注：『於義興縣，近有水榭。』後漢書注：『陽羨古城在今常州，義興縣也。』陶潛詩：『吾亦愛吾廬。』

校勘記

①孔稚珪北山移文此句作『瀟灑出塵之想』。

②『官班各持斧』 卷一李甘詩。

③此處爲李善引用王逸對屈平離騷經作的注解。

④『珠林傳』 原文如此，上海商務印書館縮印明萬曆刊本作『法苑珠林』，本書也叫法苑珠林傳，爲佛教類書。唐釋道世撰。

李給事詩二首

唐書：『李中敏字藏之，元和中，擢進士第。性剛峭，與杜牧、李甘善，其文辭氣節大抵相上下。沈傳師觀察江西，辟爲判官。入拜侍御史。鄭注誣逐宰相宋申錫，天下以目。大和六年，大旱，文宗内憂，詔詢所以致雨者，中敏時以司門員外郎上言：「雨不時降，憂陽驕愆，苗欲槁枯，陛下憂勤，降德音，俾下得盡言。臣聞昔東海誤殺一孝婦，大旱三年。臣頃爲御史臺推囚，華封儒殺良家子三人，陛下赦封儒死。然三人者，亦陛下之赤子也。神策士李秀殺平民，法當死，以禁衛，刑止流。宋申錫位宰相，生平饋致一不受，其道勁正，姦人忌之，陷不測之辜，獄不參驗，銜恨而没，天下士皆指目鄭注。臣知數寃必列訴上帝，天之降災，殆有由然。漢武帝國用空竭，桑弘羊興筦榷之利，然卜式請亨以致雨。况申錫之枉，天下知之，何惜斬一注以快忠臣之魂，則天且雨矣。」帝不省。中敏以病告滿，歸潁陽。注誅，以司勳員外郎召。累遷諫議大夫，爲理匭使，建言：「上書者將納於匭，有司先審其副，有不可，輒欲之。臣謂匭出禁中，暮而入，爲下開必達之路，廣聰明，直枉結。若有司先裁可否，恐事不重密，非窮塞得自申意。請一裁諸上。」詔可。遷給事中。仇士良以開府階蔭其子，中敏曰：「內謁者監安得有子？」士良慚恚。繇是復棄官去。開成末，爲婺、杭二州刺史，卒于官。』

一章緘拜皂囊中，『皂囊』①出上。慄慄力乙切，戰慄也。朝廷有古風。元禮去歸緱氏學，本注：『李膺退罷，歸緱氏，教授生徒，給事論鄭注，告滿歸潁陽。』後漢書：『李膺字元禮，初舉孝廉，爲司徒胡廣所辟，舉高第，再遷青州刺史，轉護烏桓校尉。以公事免官，還居緱②氏，教授常千人。』注：『緱氏，縣，屬潁川郡，故城今陽城縣也。』江充來見犬臺宮。本注：『鄭注對於浴室。』漢書：『充字次倩③，趙國邯鄲人也。本名齊，有女弟善鼓琴，嫁之趙太子丹。齊得幸於敬肅王，爲上客。久之，太子疑齊以己陰私告王，與齊忤，使吏遂捕齊，遂亡，西入關，更名充。詣闕告太子丹與同產姊及后宮姦亂。初，充召見犬臺宮。』紛紜白晝驚千古，鈇鑕朱殷幾一空。

公羊傳：『不忍加之鈇鑕。』注：『鈇鑕，腰斬之刑也。』左傳：『左輪朱殷。』殷，烏閑切，赤黑色也。韻語陽秋：『杜牧之集有李給事詩二首，其中有「紛紜白晝驚千古，鈇鑕朱殷幾一空」之句，謂鄭注「甘露」之事也。又有「可憐劉校尉，曾訟石中書」之句，牧之自注云：「給事曾忤仇士良，人遂以爲給事者李石也。余嘗考之：李石雖嘗爲給事，然劾鄭注之事，史所不載，雖載語言悞仇士良，然亦在石拜相之後。石既拜相，則牧之詩題，不應以給事爲稱，其非李石明矣。當時惟有李中敏與牧之厚善，嘗因旱欲乞斬注，以申宋申錫之冤，帝不省，遂以病告歸潁陽。今牧之詩有「元禮去歸緱氏學」之句，牧之自注云：因論鄭注告歸潁陽。又史云：注誅，遷給事，其後仇士良以開府蔭其子。中敏曰：「内謁者安得有子。」士良慚恚，由是復棄官去。由是論之，則是中敏無疑矣。』**曲突徙薪人不會，**漢書霍光傳：『人爲徐生上書曰：「臣聞客有過主人者，見其竈直突，傍有積薪，客謂主人，更爲曲突，遠徙其薪，不者且有火患。主人嘿然不應。俄而家果失火，鄰里共救之，幸而得息。於是殺牛置酒，謝其鄰人。灼爛者在於上行，餘客以功次坐，而不錄言曲突者。」人曰：「鄉使聽客之言，不費牛酒，終亡火患。今論功而請賓，曲突徙薪亡恩澤，燋頭爛額者爲上客耶？」主人迺寤而請之。』**海邊今作釣魚翁。**

晚髮悶還梳，憶君秋醉餘。可憐劉校尉，曾訟石中書。

本注：『給事因忤仇軍容，棄官東歸。』漢書：『向字子叔，本名更生。元帝初即位，太傅蕭望之、少傅周堪，皆領尚書事，甚見尊任。更生年少於望之、堪，然二人重之，薦更生擢爲散騎宗正給事中，與侍中金敞拾遺於左右。四人同心輔政，患苦外戚許、史在位放縱，而中書宦官弘恭、石顯弄權。望之、堪、更生議，欲白罷退之。未白而語泄，遂爲許、史及恭、顯所譖愬，堪、更生下獄，及望之皆免官。』又曰向爲中壘校尉。**消長雖殊事，**周易否卦：『小人道長，君子道消也。』**仁賢每見如。**尹文子曰：『親疏，係乎勢利，不係乎不肖與仕賢也。』④西征賦：『貴道德與仕賢。』**因看魯褒論，何處是吾廬？**晉書：魯褒字元道，南陽人也。好學多聞，以貧素自任。元康之後，綱紀大壞，褒傷時之貧鄙，迺隱姓名，而著錢神論以刺之。其畧曰：『錢之爲體，有乾坤之象，内則其方，外則其圓。其積如山，其流如風⑤。動靜有時，行藏有節，市井便易，不患耗折。故能長久，爲世神寶。親之如子⑥，字曰「孔方」，失之則貧弱，得之則富昌。無翼而飛，無足而走，解嚴毅之顏，開難發之口。

錢多者居⑦前，錢少者居後。處前者爲君長，在後者爲臣僕。君長者豐衍而有餘，臣僕者窮竭而不足。錢之爲言泉也，無遠不往，無幽不至。京邑衣冠，疲勞講肆⑧，厭聞清談，對之睡寐，見我家兄，莫不驚視。錢之所祐，吉無不利，何必讀書，然後富貴！』

校勘記

①『皂囊』　卷二長安雜題長句六首之四。

②『緱』　後漢書黨錮列傳李膺傳作『綸』。

③『充字次倩』　原文缺『江』字，應爲『江充字次倩』。

④此句原文爲『文字親疎，係乎勢利，不係乎不肖與仕賢也』。據欽定四庫全書提要 尹文

子一卷改。

⑤『風』晋書魯褒傳作『川』。

⑥『子』晋書魯褒傳作『兄』。

⑦『居』晋書魯褒傳作『處』。

⑧『肆』晋書魯褒傳作『肄』。

題永崇西平王宅太尉愬院六韻

唐書：李晟字良器，錫弟永崇里，封鳳翔隴右節度使，行營副元帥，從王西平郡。貞元三年，帝坐宣政殿引見晟，備册禮，進拜太尉、中書令。愬，晟第三子。

天下無雙將，關西第一雄。授符黃石老，漢書張良傳：良嘗遊下邳圯上，有一老父，至良所，出一編書，曰：『讀是爲王者師，後十年興。三十年①，孺子見我，濟北穀城山下黃石即我已。』遂去不見。但示其書，迺太公兵法。學劍白猿翁。吳越春秋：越王問范蠡手戰之術。范蠡答曰：『臣聞越有處女，國人稱之。願王請問手戰之道。』於是王迺請女，女將北見王，道逢老人，自稱袁公。問女曰：『聞子善爲劍，願得一觀之。』處女曰：『妾不敢隱有所也，唯公所試。』公即挽林内之竹，以枯槁末折墮地，女接取其末。袁公操其本而刺處女。處女應即入之，三入，因舉杖擊袁公。袁公則飛上樹，化爲白猿。女去見越王，王命五校之高才習之。當此之時，皆稱『越女劍』。矯矯雲長勇，高祖功臣頌：『矯矯三雄。』注：矯矯，雄勇貌。蜀志：『關羽字雲長，亡命奔涿鹿郡。先主於鄉里合徒衆，而羽與張飛爲之禦侮。羽聞馬超來降，羽書與諸葛亮，問超人才可誰比類。亮曰：「孟起兼資文武，雄烈過人，一世之傑，猶未及髯之絶倫逸群也。」羽美鬚髯，故亮謂之髯。評曰：關羽、張飛皆稱萬人之敵，爲世虎臣。』

恂恂郤縠風。漢書李廣傳：『恂恂如鄙人。』注：『恂恂，誠謹貌也。』左傳：『晉侯作三軍謀元帥，趙衰曰：「郤縠可，臣亟聞其言矣，説禮樂而敦詩書。詩、書義之府也。禮樂，德之則也。君其試之。」及使郤縠將中軍。』

家呼小太尉，國號大梁公。本注：『太尉季弟司徒聽，亦封梁國公。』唐書：『愬字元直，有籌略，善騎射。進撿校尚書左僕射，封梁②國公，實封户五百，賜一子五品官。帝方經略隴右，故徙愬節度鳳翔，卒年四十九，贈太尉。愬行己儉約，其昆弟賴家勳貴。飾輿馬，矜室廬，唯愬所處迺父時故院，無所增廣。始，晟克京師，市不改肆，愬平蔡，亦如之。

功名之奇，近世所未有。』又曰：『季弟聽，字正思，以功封涼國公，卒年六十一，贈司徒。』

半夜龍驤去，舊唐書李晟傳：將襲蔡州取吳元濟也。『愬自帥中軍三千，比至懸瓠城，夜半，雪愈甚。賊恃吳房、郎山之固，晏然無一人知者。黎明，雪止，愬入，止元濟外宅。田進誠焚子城南門，元濟城上請罪，進誠梯而下之，洒檻送京師。』晉書：王濬爲龍驤將軍。

中原虎穴空。吳志：呂蒙從軍，母止之，蒙曰：『不探虎穴，安得虎子？』隴山兵十萬，通典：『汧陽郡隴州領縣汧原有隴山，一曰隴城。』嗣子握琱弓。本注：『今鳳翔李尚書，太尉長子。』孫卿子：『天子琱弓，諸侯彤弓，大夫黑弓。』

校勘記

①『三十年』漢書張良傳作『十三年』。

②『梁』新唐書李愬傳作『涼』。

東兵長句十韻

上黨爭爲天下脊，通典：『潞州今治上黨郡，春秋時初爲黎國，後狄人奪其地，爲晉所滅，其地盡屬焉。戰國時爲韓之別都，以遠韓近趙，後卒降趙。』史記張儀傳：『席卷常山之險，必折天下之脊。』邯鄲四十萬秦坑。史記：『趙軍長平，使武安君白起爲上將軍。其趙將軍趙括出鋭卒自搏戰，秦軍射殺趙括。括軍敗，卒四十萬人降武安君。武

安君迺挾詐而盡阬殺之。』通典：『邯鄲，戰國時趙國所都。』**狂童何者欲專地，**

舊唐書武宗本紀：『會昌三年四月，昭義軍節度使劉從諫卒，三軍以從諫姪稹爲兵馬留後，上表請授節鉞。尋遣使齎詔潞府，令稹護從諫之喪歸洛陽。稹拒朝旨。詔中書門下兩省御史臺，會議劉稹可誅可宥之狀以聞。九月，制，昭義軍節度使劉悟，頃居海岱，嘗列爪牙。屬師道阻兵，王師問罪，三面開網，四①境離心，乘此危機，遂能歸命。憲宗嘉其誠款，授以南燕，穆宗待以腹心，委之上黨。招致死士，固護一方，迨于末年，已虧臣節。劉從諫生禀戾氣，幼習亂風。因跋扈之資，以專封壤；恃綱紀之力，以襲兵符。猶駐將盡之魂，恣行邪僻之志，因或舊校②，自樹狡童。逆節甚明，人神共棄。其贈官及先所授官爵、並稹在身官爵，宜並削奪。成德軍節度使王元逵，北面招討澤潞使，以陳許節度王宰充澤潞南面招討使。以晉絳副招討石雄爲澤潞西面招討，潞州大將郭誼遣人至王宰，請殺稹以自贖。王宰以聞，迺詔石雄率軍七千入潞州，誼斬稹首以迎雄，澤、潞五州平。王宰傳稹首與大將郭誼等一百五十人，露布獻於京師，上御安福門受俘，百僚樓前稱賀。』又見本集賀石澤潞啓③。**聖主無私豈玩兵。**聖主謂聖宗。**玄象森羅摇北落，**晉書謝安傳：『皆仰模玄象，合體辰極，而役無勞怨。』晉書志：『北落師門一星，在羽林西南。北者，宿在北方也；落，天之藩落也。長安城北門，曰北落門，以象此也。主非常以候兵。』**詩人章句詠東征。**詩東山：『周公東征也。周公東征，三年而歸，勞歸士，大夫美之，故作是詩也。』**雄如馬武皆彈劍，**後漢書：『馬武字子張，南陽湖陽人也。』吳漢、陳后傳：『論曰：臧宮、馬武之徒，撫鳴劍而抵掌，志馳於伊吾之北矣。』**少似終軍亦請纓。**漢書：『軍自

請：「願受長纓，必羈南越王而致之闕下。」軍死年二十餘，故謂之「終童」。』屈指廟

堂無失策，垂衣堯、舜待昇平。羽林東下雷霆怒，詩采芑：

『宣王南征也。戎車嘽嘽，嘽嘽焞焞，如雷如霆，顯允方叔，征伐玁狁，蠻荆來威。』注：『嘽

嘽，衆也。焞焞，盛也。』箋云：『言戎車既衆盛，其威又如雷霆，方叔先與吉甫征伐玁狁，

今將往伐蠻荆，皆使來服於宣王之威，美其功之多也。』楚甲南來組練明。左傳：

『楚子重伐吳，爲簡之師，克鳩兹，至于衡山。使鄧廖帥組甲三百、被練三千以侵吳。』注：

『組甲、被練，皆戰備也，組甲，漆甲成組文。被練，練袍。』即墨龍文光照曜，

史記：『燕史樂毅破齊，田單東保即墨。燕既盡降齊城，唯獨莒、即墨未下。燕引兵圍即墨，

田單迺取城中得千餘牛，爲絳繒衣，畫以五彩龍文，束兵刃於其角，而灌脂束葦於尾，燒其端。

鑿城數十穴，夜縱牛，壯士五千人隨其後。牛尾熱，怒而奔燕軍，燕軍夜大驚。牛尾炬火光照炫耀，燕軍視之皆龍文，所觸盡死傷。』常山蛇陣勢縱橫。孫子：『善用兵者、如卒④然；卒然者，常山之蛇也，擊其首則尾至，擊其尾則首至，擊其中則首尾俱至。』落雕都尉萬人敵，北史：『斛律金子，見一大鳥，射之正中其頸，形如車輪，旋轉而下，迺鵰也。邢子高歎曰：「此射鵰手也。」人號落鵰都督。』漢書：『曰：學萬人敵耳。』黑矟將軍一鳥輕。後魏書：『于栗磾築壘於河上，劉裕憚之，遺栗磾書，題書曰：「黑矟公麾下。」栗磾以聞太宗，太宗因授黑矟將軍。栗磾常用黑矟，故劉裕有此呼。』詩史：『身輕一鳥過，槍急萬人呼。』漸見長圍雲欲合，南史：『齊廢帝東昏侯喜遊獵，時人以其所圍處，號爲「長圍」。』可憐窮壘帶猶縈。陽給事誄：『翳翳窮壘，嗷嗷群悲。』陳孔璋書：『墨子之守，縈帶爲垣。』凱歌應是新年唱，周訓：大軍獻功，則鼓其凱樂。便逐春風浩浩聲。

校勘記

①『四』　舊唐書武宗本紀作『一』。

②『因或舊校』　舊唐書武宗本紀作『罔或奮拔』。

③『賀石澤潞啓』　樊川文集卷十六賀中書門下平澤潞啓。

④『卒』　原文如此，孫子九地篇作『率』。

過勤政樓

見上『花萼舊池塘』①注。

千秋佳節名空在，承露絲囊世已無。隋宣帝②詔：『八月五日，明皇生辰，號千秋節。王公戚里進金鏡綬帶，士庶結承露絲囊，以相遺問。』續齊諧紀：『弘農鄧紹，嘗八月旦入華山採藥，見一童子，執五綵囊承栢葉上露，皆如珠，滿囊。紹問之，答曰：「赤松先生取以明目。」言終，便失所在。』唯有紫苔偏稱意，沈休文詩：『賓堦綠錢滿，客位紫苔生。』年年因雨上金鋪。長門賦：『擠玉户以撼金鋪兮。』注：『撼，摇也。金鋪，扉上有金花，花中作鈕環以貫鎖。』

校勘記

①『花萼舊池塘』 卷二華清宮三十韻。

②『隋宣帝』 原文如此，内容是唐玄宗的事。

題魏文貞

唐書：『魏徵字玄成。貞觀三年，以秘書監參預朝政。帝嘆曰：「今大亂之後，其難治乎？」徵曰：「大亂之易治，譬飢人之易食也。」帝曰：「古不云善人爲邦百年，然後勝殘去殺邪？」答曰：「此不爲聖哲論也。聖哲之治，其應如響，期月而可，蓋不其難。」封德彝曰：「不然。三代之後，澆詭日滋。秦任法律，漢雜霸道，皆欲治不能，非能治不欲。徵書生，好虚論，徒亂國家，不可聽。」徵曰：「五帝、三王不易民以教，行帝道而帝，行王道而王，顧所行何如爾。黄帝逐蚩尤，七十戰而勝其亂，因致無爲。九黎害德，顓頊征之，已克而治。桀爲亂，湯放之；紂無道，武王伐之。湯、武身及太平。若人漸澆詭，不復返朴，今當爲鬼爲魅，尚安得而化哉！」德彝不能對，然心以爲不可。帝納之不疑。至是，天下大治。蠻夷君長襲衣冠，帶刀宿衛。東薄海，南踰嶺，户闔不閉，行旅不賫糧，取給於道。帝謂群臣曰：「此徵勸我行仁義，既効矣。惜不令封德彝見之！」它日，宴群臣，帝曰：「貞觀以前，從我定天下，間關草昧，玄齡功也。貞觀之後，納忠諫，正朕違，爲國家長利，徵而已。雖古名臣，亦何以加！」親解佩刀，以賜二人。謚曰文貞。』

蟪蛄寧與雪霜期，莊子：『蟪蛄不知春秋。』賢哲難教俗士知。

可憐貞觀太平後，天且不留封德彝。新唐書：『封倫字德彝。』

早春閣下寓直蕭九舍人亦直内署因寄書懷四韻

御水初銷凍，宮花尚怯寒。千峰横紫翠，雙闕凭欄干。

選：『結客少年場行：「雙闕似雲浮。」』西都賦：「重軒三堦。」』注：『重軒，謂重欄干。』

玉漏輕風順，張衡漏水轉渾天儀制：『以銅爲器。再疊差置，實以清水，下各開孔，以玉虬吐漏水入兩壺。右爲夜，左爲晝。』金莖淡日殘。三輔故事：『漢武以銅作承露盤，高二十丈。上有仙人掌承露，和玉屑飲之，將以求仙。』西都賦：『抗仙掌與承露，推①雙立之金莖。』注：『金莖，銅柱也。』王喬在何處？仙傳拾遺：『王喬，河東人也。漢顯宗時爲鄴縣令，有神術。每月朔望，常詣京朝。帝怪其來數，而不見車騎，密令大史伺望之。言臨至，必有雙鳧從南飛來。於是侯鳧至，舉羅張之，但得一舄焉。迺四年時所賜尚書官屬履也。

每當朝時，鄴縣門下鼓，不擊自鳴，聞於京師。』清漢正驂鸞。別賦：『驂鸞勝天』，注：『張僧鑒豫章記曰：「洪井西有鸞岡。舊説云，洪崖先生乘鸞所憩處也。」』

校勘記

①『推』原文如此，西都賦作『擢』。

秋晚與沈十七舍人期遊樊川不至

邀侶以官解，泛然成獨遊。川光初媚日，山色正矜秋。野竹疏還密，巖泉咽復流。杜村連潏水，杜村杜陵。十道志：『八水注：水自長安界流入涇、渭、灞、滻、澇、潏、澧、滈。』晚步見垂鉤。

念昔遊三首

十載飄然繩檢外，本集上刑部崔尚書狀①：『十年爲幕府吏，每促束於簿書宴遊間。』樽前自獻自爲酬。秋山春雨閑吟處，倚遍江南寺寺樓。

雲門寺越州外逢猛雨，林黑山高雨脚長。曾奉郊宮爲近侍，詩雲漢：『不殄禋祀，自郊徂宮。上下奠瘞，靡神不宗。』箋言：『宮，宗廟也，爲旱故潔祀，不絶，從郊而至宗廟，奠瘞天地之神，無不齊肅而尊敬之，言徧至也。』分明攫攫筍勇、雙誦二切，執也。羽林槍。見一卷『萬里橫牙羽林槍』②注。

李白題詩水西寺，宣州涇縣。古木迴巖樓閣風。半醒半醉

遊三日，紅白花開山雨中。

校勘記

①『上刑部崔尚書狀』樊川文集卷十六有此文。

②『萬里橫牙羽林槍』卷一大雨行。

今皇帝陛下蔡邕獨斷：『謂之陛下者，群臣與至尊言，不敢指斥天子，故呼

在陛下者而告之，因卑達尊之意也。』**一詔徵兵不日功集河湟關郡次第歸降臣獲覩聖功輒獻歌詠** 舊唐書宣宗本紀：『制曰：「朕猥荷丕圖，思弘景運。憂勤庶政，四載于兹。每念河、湟土疆，綿直①遐闊。自天寶末，犬戎因我多難，無迺禦姦，遂縱腥羶，不遠京邑。事更十葉，時近百年。收復無由。今者天地儲祥，祖宗垂祐，左衽輸款，邊壘連降，制②耻建功，所謀必克。實樞衡妙算，將帥雄稜，莫大之休，指期而就。況將士等櫛沐風雨，暴露郊原，披荆棘而刁斗夜嚴，逐豺狼而穹廬曉破。動皆如意，古無與京，念此誠勤，宜加寵賞。」』

捷書皆應睿謀期， 張景陽七命：『三軍告捷。』注：捷，克勝之名。**十萬曾無一鏃遺。** 過秦論：『秦無亡矢遺鏃之費。』**漢武慚誇朔方地，**

漢書武帝本紀：定越地爲南海郡，北置朔方等五郡。宣王休道太原師。詩六月：『宣王北伐也。薄伐玁狁，至于大原。』威加塞外寒來早，漢高祖大風歌：『威加海内兮歸故鄉。』恩入河源凍合遲。漢書：『使窮河源。』聽取滿城歌舞曲，涼州聲韻喜參差。見上『涼州歌舞』③注。

校勘記

①『直』 舊唐書宣宗本紀作『互』。

②『制』 舊唐書宣宗本紀作『刷』。

③『涼州歌舞』 卷二河湟。

奉和白相公唐書①宣宗本紀：大中元年，以兵部侍郎白敏中守本官、同中書門下平章事。聖德和平致兹休運歲終功就合詠盛明呈上三相公長句四韻

行看臘破好年光，萬壽南山對未央。黠戛可汗修職貢，舊唐書宣宗本紀：大中元年，册黠戛斯王子爲英武誠明可汗。又見一卷『係取可汗鉗作奴』②注。文思天子復河湟。新唐書宣宗本紀：『大中二年，群臣上尊號曰聖敬文思和武光孝皇帝。』復河湟③出上。應須日御西巡狩，左傳④：『天子有日御，諸侯有日官。』書：『五載一巡狩。』孟子：『巡狩者巡所守也。』不假星弧北射狼。楚辭：『舉長矢兮射天狼。』王逸云：『天狼，星名，以喻貪殘。』思玄賦：『彎威弧之拔刺兮，射嶓冢

之封狼。』舊注：『威弧，星名也。』吉甫裁詩歌盛業，一篇江漢美宣王。

詩江漢：『尹吉甫美宣王也。能興衰撥亂，命召公平淮夷。』

校勘記

①『唐書』應爲舊唐書。

②『係取可汗鉗作奴』卷一重送一首。

③『河湟』卷二河湟詩題。

④左傳桓公十七年作『天子有日官，諸侯有日御。』

過華清宮絶句三首

漢上題襟長句兩韻，謂七言絶句也。

長安迴望繡城堆，山頂千門次第開。一騎紅塵妃子笑，無人知是茘枝來。

遯齋①閑覽：『杜牧華清宮詩云云，尤膾炙人口。按唐紀，明皇以十月幸驪山，即還宮，是未嘗六月在驪山也。然茘枝盛暑方熟，詞意雖美而失事實。』又按廣記：陳鴻長恨傳：『玉妃曰：「昔天寶十載，侍輦避暑于驪②山宮。」』

新豐綠樹起黄埃，

前漢地理志：『新豐』，注：『高祖七年置。應邵曰：「太上皇思東歸，於是高祖改築城寺街里以象豐，徙豐民以實之，故號新豐。」』

數騎漁陽探使迴。

本注：『帝使中使輔璆琳探祿山反否，璆琳受祿山金，言祿山不反。』

霓裳一曲千峰上，

見上『霓作舞衣裳』③注。

舞破中原始下來。

萬國笙歌醉太平，倚天樓殿月分明。雲中亂拍祿山舞，風過重巒下笑聲。

楊妃外傳：『安祿山晚年益肥，自稱重三百五十斤。於上前旋舞，如風。』

校勘記

①『齋』原文作『齊』，中國古籍善本書目著錄說郛載有遯齋閑覽，據此改。

②『驪』原文作『驢』。

③『霓作舞衣裳』卷二華清宮三十韻。

登樂遊原

西京雜記：『樂遊園漢宣帝所立。』

長空澹澹孤鳥没，萬古銷沉向此中。看取漢家何似業，五陵無樹起秋風。前漢書遊俠①傳：『郡國諸豪及長安、五陵諸爲氣節者，皆歸慕之。』注：『五陵，謂長陵、安陵、陽陵、茂陵、平陵也。』

校勘記

①『俠』原文作『使』，據漢書遊俠傳改。

聞慶州趙縱使君與党項戰中箭身死長句

十道志：『關内

道有慶州。』隋書：『党項羌者，三苗之後也。其種有宕昌、白狼，皆自稱獼猴種。東接臨洮、西平，西距葉護，南北數千里，處山谷間。每姓別为部落，大者五千餘騎，小者千餘騎。』

將軍獨乘鐵驄馬，榆溪戰中金僕姑。通典：『關内道榆林郡勝州，春秋戎狄之地，漢爲雲中五原郡地，所謂榆溪塞。』注：『今郡南界金漢姑』見一卷『手撚金僕姑』①注。**死綏卻是古來有，**司馬法：『將軍死綏』注：『綏，卻也。有前一尺，無卻一寸。』左傳注：『古名退軍爲綏。』**驕將自驚今日無。**通典：『秦末，項梁起兵吳中，北至定陶，再破秦軍。項羽等又斬三川守李由，益輕秦，有驕色。宋義諫曰：「戰勝而將驕卒惰者，必敗。」』**青史文章爭點筆，**江文通詣建平王上書：『俱啓丹册，並圖青史。』注：青史子，古史官。**朱門歌舞笑捐軀。**郭景純遊仙詩：『朱門何足榮。』白馬篇：『捐軀赴國難，視死忽如歸。』誰知我亦輕生者，不得君王丈二殳。詩伯兮：『伯也執殳，爲王前驅。』注：『殳，長丈二而無刃是也。』

校勘記

①『手撚金僕姑』 卷一重送一首。

送容州中承赴鎮十道志：嶺南道有容州。

交趾同星座，十道志：『安南都護府有交趾，古勾漏縣。』後漢書：『館陶公主爲子求郎，又①許，而賜錢千萬。謂群臣曰：「郎官上應列宿，出宰百里，有非其人，則民受其殃，是以難之。」』**龍泉佩斗文。**越絶書：楚王召風胡子，干將使鑄劍三枚，一曰龍泉。前漢書：『倅以龍泉。』注：『龍泉在西平界，其水可用淬刀劍，特堅利。古龍泉之劍蓋就取於此水也。』吴越春秋：伍子胥過江，解劍與漁父，曰：『此劍中有七星北斗文，其直百金。』**燒香翠羽帳，**西京賦：『帳②甲乙而襲翠被。』注：甲乙帳，各襲用也，謂用翡翠。**看舞鬱金裙。**李商隱詩：『招腰爭舞鬱金裙。』**鷁首衝瀧浪，**瀧，疏江切，水名，在嶺南。淮南子：『龍舟鷁首』注：『鷁，水鳥也，畫其象著船首。』揚雄方言：『江東呼船頭爲飛閭，或曰鷁首。今舟前所作青雀是也。』鷁，五歷切，水鳥也。西京賦：『游③鷁首，翳雲芝。』薛綜云：『船頭畫鷁首，以壓水神。』**犀渠拂嶺雲。**吴都賦：『家有鶴膝，户有犀渠。』注：鶴膝、犀渠皆楯名。**莫教銅柱北，空説馬將軍。**

後漢書：馬援爲伏波將軍，征蠻於安南道，立銅柱以爲漢界。南蠻懾伏，不敢侵漢封。

校勘記

①「又」後漢書顯宗孝明帝紀作「不」。

②「帳」西京賦作「張」。

③「游」西京赋作「浮」。

夏州崔常侍自少常亞列出領麾幢十韻

十道志：關内道有夏州。

帝命詩書將，壇登禮樂卿。見上「恂恂卻縠風」①注。漢書：漢王擇日齊戒，設壇場迎韓信爲大將。**三邊要高枕，**漢書地理志：『武帝開廣三邊。』後漢靈帝紀：『鮮卑寇三邊。』注：『謂東、西與北邊。』曹子建表：『謀士未得高枕者。』**萬里得長城。**史記蒙恬傳：『秦平天下，使恬將三十萬衆北逐戎狄，收河南。築長城，起臨洮，至遼東，延袤萬餘里。』新唐書：『李勣治並州十六年，以威肅聞。太宗嘗曰：「煬帝不擇人守邊，勞中國築長城以備虜。今我用勣守並，突厥不敢南，賢長城遠矣！」』**對客猶褒博，**漢書雋不疑傳：『褒衣博帶，盛服至門上謁。』師古曰：『褒，大裾也。言著褒大之衣，廣博之帶也。而説者迺以爲朝服垂褒之衣，非也。』**填門已旆旌。**漢書鄭莊傳：『賓客填門。』注：『填，滿也。』**腰間五綬貴，**東觀漢記：『馬防爲潁陽侯，特以前參醫藥勤勞，綏定西羌，以襄城羹亭一千二百户增防，防身带三綬，寵貴至盛。』朱叔元書身带三綬，職典大邦。注：言寵身带三官。天下一家榮。野水差新燕，詩：『燕燕于飛，差池其羽。』芳郊哢夏鶯。別風嘶玉勒，殘日望金莖。『金莖』②見上。榆塞孤煙媚，上見『榆溪』③注。銀川綠草明。十道志：關内道有銀川。通典：銀川郡今銀川。戈矛虓虎士，詩：『闞如虓虎。』弓箭落鵰兵。見上『落鵰都尉』④注。魏絳言堪採，晉語：『悼公五年，無終子嘉父使孟樂因魏莊子納虎豹之皮以和諸戎。公曰：「戎、狄無親而好得，不若伐之。」魏絳曰：「勞師於戎，而失諸華，雖有功，猶得獸而失人也，安用之？且夫戎、狄荐虎⑤，貴貨而易土，予之貨而獲其土，其利一也；邊鄙耕農不儆，其利二也；戎、狄事晉，四鄰莫不震動，其利三也。君其圖之！」公說，故使魏絳撫諸戎，於是乎遂伯。』注：『莊子，魏絳也。』**陳湯事偶成。**漢書陳湯傳：『郅⑥支單于數困辱漢使，不肯奉詔。湯與延壽出西域，與延壽謀曰：「郅支所在絶遠，蠻夷無金城強弩之守，如發屯田吏士，直指其城下，千載之功可一朝而成也。」延壽欲奏請之，湯曰：「國家與公卿議，大策非凡所見，事必不從。」』延壽入病，湯獨矯詔發兵。延壽聞之，驚起，欲湯，湯怒，按劍叱延壽曰：『大衆已集，豎子欲沮衆耶？』延壽遂從之，部勒行陳，益置楊威、白虎、合騎之校』，即日引軍分行斬單于首，『於是延壽、湯上疏曰：「臣聞天下之大義，當混爲一，昔有唐虞，今有強漢。匈奴呼韓邪已稱北藩，唯郅支單于叛逆，未伏其辜，臣延壽、臣湯將義兵，行天誅，賴陛下神靈，陷陳克敵，斬郅支首及名王以下，宜縣頭槀街，以示萬里，明犯強漢者，雖遠必誅。」』**若須垂竹帛，**墨子：以其所獲，書於竹帛，傳遺後世子孫。**靜勝是功名。**老子：『躁勝寒，靜勝熱，清靜爲天下正。』

校勘記

①『恂恂郤縠風』 卷二題永崇西平王宅太尉愬院六韻。

②『金莖』 卷二早春閣下寓直蕭九舍人亦直内署因寄書懷四韻。

③『榆溪』 卷二聞慶州趙縱使君與党項戰中箭身死長句。

④『落雕都尉』 卷二東兵長句十韻。

⑤『虎』 國語晉語作『虒』。

⑥『郅』 原文作『郢』，據漢書陳湯傳改。

街西長句

碧池新漲浴嬌鵶，分鎖長安富貴家。遊騎偶同人鬬酒，名園相倚杏交花。銀鞦騕褭嘶宛馬，鞦音秋，車馬鞦也。瑞應圖：『騰黄騕褭，皆爲神馬也。』『宛馬』見上下『西北天宛玉厄豪』①注。繡鞅璁瓏走鈿車。左傳：『韅靷鞅靽』注：『在背曰韅，在胸曰靷，在腹曰鞅，在後曰靽。』璁，倉紅切，石似玉。瓏，盧紅切，璁瓏，玉聲。韓悰公子行：『闌珊走鈿車。』一曲將軍何處笛，晉書：『桓伊字叔夏，以功封永修縣侯，進號右軍將軍。伊盡一時之妙，有蔡邕柯亭笛，常自吹之。王徽之赴召京師，泊舟青溪側。素不與徽之相識。伊於岸上過，舟中客稱伊小子曰：「此桓野王也。」徽之便令人謂伊曰：「聞君善吹笛，試爲我一奏。」伊是時已貴顯，素聞徽之名，便下車，踞胡牀，爲作三調，弄畢，便上車去，客主不交一言。』連雲芳樹日初斜。

校勘記

①『西北天宛玉厄豪』 卷二長安雜題長句六首之一。

春申君

史記：『春申君者，楚人也，名歇，姓黄氏。楚考烈王元年，以黄歇爲相，封爲春申君。是時齊有孟嘗君，趙有平原君，魏有信陵君，方爭下士，招致賓客，以相傾奪，輔國持權。平原君使人於春申君，春申君舍之上舍。趙使欲誇楚，爲玳瑁簪，刀劍室以珠玉飾之，請命春申君客。春申君客三千餘人，其上客皆躡珠履以見趙使，趙使大慚。考烈王無子，春申君患之，求婦人宜子者進之，甚衆，卒無子。趙人李園持其女弟，欲進之楚王，聞其不宜子，恐久毋寵。李園求事春申君爲舍人，於是迺進其女弟，則幸於春申君，知其有身，李園迺與其女弟謀。承閑以説春申君曰：「今君相楚二十餘年，而王無子，今妾自知有身矣，而人莫知。誠以君之重而進妾於楚王，王必幸妾；妾賴天有子男，則是君之子爲王也。」春申君大然之，迺出李園女弟，謹舍而言之楚王。楚王召入幸之，遂生子男，立爲太子，以李園女弟爲王后。楚王貴李園，園用事。恐春申君語泄，陰養死士，欲殺春申君以滅口。而國人頗有知之者。考烈王卒，李園果先入，伏死士於棘門之内。春申君入棘門，園死士來刺春申君，斬其頭，投之棘門外。』

烈士思酬國士恩，史記：『豫讓晉人也，欲爲智伯報讎。襄子當出，讓伏於所當過之橋下。襄子至橋，馬驚，襄子曰：「必是豫讓也。」使人問之，果豫讓也。襄子數讓曰：「子不嘗事范、中行氏乎？智伯滅之，而子不爲報讎，而反臣於智伯，智伯亦已死矣，何必讎深也？」讓曰：「范、中行氏衆人遇我，我故衆人報之。至於智伯，國士遇我，我故國士報之。」』

春申誰與快冤魂？三千賓客總珠履，欲使何人殺李園？

韻語陽秋：『杜牧、張祜皆有春申君絶句。杜牧云：「烈士思酬國士恩，春申誰與快冤魂？三千賓客總珠履，欲使何人殺李園？」張祜云：「薄俗何必議感恩，諂容卑迹賴君門。春申還道三千客，寂寞無人殺李園！」二詩語意相似。嗚呼，朱英之言盡矣，而春申不能必用，李園之計巧矣，而春申不能預防：春申之客衆矣，而無一人爲春申殺李園者，所以起二子之論也。』

奉陵宫人

本注：之任黄州日作。

相如死後無詞客，見一卷『六宫雖念相如賦』①注。**延壽亡來絶畫工。**西京雜記：『元帝后宫既多。不得相見，使畫工圖其形，按圖召幸之。諸宫人皆賂畫工，多者十萬，少者亦不減五萬。獨王嬙不肯，遂不得見。後匈奴入朝，求美人爲閼氏，於是上案圖，以昭君行。及去召見，貌爲后宫第一，善應對，舉止閑雅。帝悔之，而名籍已定。帝重失信於外國，故不復更人。迺窮案其事，畫工皆棄市。籍其家②，資皆巨萬。畫工杜陵毛延壽，爲人形，醜好，考正得其真。』**玉顔不是黄金少，**古詩：『燕趙多佳人，美者顔如玉。』又見一卷，『六宫雖念相如賦』注。**淚滴秋山入壽宫。**楚辭曰：『蹇將憺兮壽宫。』王逸注：『壽宫，供神處也。』祠祀宫。

校勘記

①『六宫雖念相如賦』卷一重送一首。

②『家』原文作『未』，據西京雜記改。

讀韓杜集

『南郊所旅無家問，死生寄書長不盡。』況迺求休兵後，没御舟來陽縣。杜牧之常覽其集，有詩。

杜詩韓筆愁來讀，似倩麻姑癢處抓。神仙傳：『三王方過吳晉門，住蔡經家，召麻姑至。麻姑手爪似鳥，經見之，心中念曰：「背大癢時，得此爪以爬，背當佳也。」』

天外鳳凰誰得髓，無人解合續絃膠。東方朔十洲記：『鳳麟洲上多鳳麟，數萬焉，群仙家煮鳳喙麟角，合煎作膠，名之爲集絃膠，一名連金泥。此物能連屬弓弩斷絃及斷折之金。』博物志：漢武帝時，西海有獻膠者，以注斷名，曰續絃膠。

春日言懷寄虢州李常侍十韻

十道志：河南有虢州。

岸蘚生紅藥，廣志：『空室無人行，則生苔蘚，或青或紫，一名圓蘚，一名綠錢。』謝玄暉直中書省詩：『紅藥當階翻。』**巖泉漲碧塘。地分蓮岳秀，**山海經：太華之山，削成而四方，之高千仞，其廣千里。華山記：『山頂有池，池中生千葉蓮華，服之羽化。』**草接鼎原芳。**通典：弘農郡虢州領縣湖城。注：故曰湖漢武，更名湖縣，有荊山，黃帝鑄鼎於荊山，其下曰鼎湖，則此也。詩史：『虢略鼎湖旁。』注：『虢有湖迺鼎湖。』雨派潨音叢。淙崢江反。急，風畦芷若香。織蓬眠舴艋，上音陟格反，下音莫杏反，舴艋，小舟。驚夢起鴛鴦。論吐開冰室，李白詩：『吐論多英音。』詩：『鑿冰沖沖，納于凌陰。』注：凌陰，冰室也。通典：立卷之月祭司寒啓冰室。詩陳曝錦張。南史：『鮑照曰：「顔延年詩，若鋪錦列繡，亦雕繢滿眼。」』貂簪荊玉潤，漢官儀：『秦置散騎，又置中常侍，皆銀鐺，附蟬爲文，貂尾爲飾，謂之貂璫革。』輿服志：金取堅剛，百鍊不耗，蟬取高居飲清，貂取内外溫潤。詩史：『荊玉簪頭冷。』荊玉見一卷『余固宜三刖』①注。丹穴鳳毛光。本注：『子弟新登甲科。』山海經：『丹穴之山，有鳥焉，其狀如雞，五采而文，曰鳳。』南史：『會稽太守靈運子鳳，坐靈運徙嶺南，早卒。鳳子超宗。隨父鳳嶺南，元嘉②末得還。選補新安王子鸞國常侍。王母殷淑儀卒，超宗作誄奏之，帝大嗟賞，謂謝莊曰：「超宗殊有鳳毛。」』今日還珠守，後漢書：孟嘗爲合浦太守，郡無耕稼所資，唯珠寶，郡民取之，以供衣食。前郡守多貪採求，珠遂涉於交趾郡界。後孟嘗到官，革易前敝，曾未踰歲，去珠復還。何年執戟郎？曹子建與楊德祖書：『楊子雲先朝執戟之臣耳。』注：楊雄爲郎執戟宿衛。且嫌遊晝短，古詩曰：『晝短苦夜長，何不秉燭遊。』莫問積薪場。前漢汲黯傳：『陛下用群臣，如積薪耳，後來者居上。』無計披清裁，後漢書：『范滂清裁，猶以利刃齒腐朽。』晉書王羲之傳：『庾亮稱羲之清貴有鑒裁。』音才，代切。唯持祝壽觴。閑居賦：『稱萬壽以獻觴。』願公如衛武，百歲尚康強。國語：昔衛武公年九十有五，誓於國曰：『苟在朝者，無謂我老而捨我也，必恭恪於朝，朝夕以警，我聞一二之言，誦志納之以訓道。』

校勘記

①『余固宜三刖』卷一池州送孟遲先輩。

②『元嘉』原文作『無嘉』，據南史謝超宗傳改。

李侍郎於陽羨里富有泉石某亦於陽羨粗有薄產敘舊述懷因獻長句四韻

見上『陽羨訪吾廬』①注。

冥鴻不下非無意， 揚子：『鴻飛冥冥，弋者②何篡③。』注：篡字諸本或爲慕，纂，取也。**塞馬歸來是偶然。**淮南子：『宋人好善，父子俱視。塞上有善術者，馬無故亡入胡。其父曰：「何處不爲福乎？」數月，馬歸。父曰：「何處不爲禍乎？」其子好騎，墮而折髀。』人予之，父曰：「何處不爲福乎？」居一年，胡人入塞，丁壯引絃而戰，死者十九，獨以跛故，父子相保。』**紫綬公卿今放曠，**東觀漢記：『漢制，公侯金印紫綬。』秋興賦：『放曠乎人間之世。』注：放曠，無拘束。**白頭郎吏尚留連。**荀悦漢紀曰：『馮唐白首居於郎署。』**終南山下抛泉洞，**本集啓④：『終南山下有舊廬，頗有水樹。』**陽羨溪中買釣舡。欲與明公操履杖，**後漢書：『蔡琰字文姬，謂曹公曰：「明公廄有萬馬，虎士成林，何惜疾足一騎，濟垂死之命乎！」』詩史：『明公獨妙年。』注：『明公，相尊美之稱。』**願聞休去是何年。**

校勘記

①『陽羨訪吾廬』 卷二許七侍御棄官東歸瀟灑江南頗聞自適高秋企望題詩寄贈十韻。

②『者』 揚子法言卷六問明篇作『人』。

③『纂』 揚子法言卷六問明篇作『慕』。

④樊川文集卷十六有上知己文章啓。

贈李處士長句四韻

玉函怪牒鎖靈篆，篆，直兖切。史籀造篆書以篆。漢書注：書有大篆小篆。

紫洞香風吹碧桃。尹喜傳①：『老子西遊，自太真、王母，共食碧桃。』老翁四目牙爪利，擲火萬里精神高。靈寶度人經：『擲火萬里，流八鈴衝。』注：『嚴東曰：「左右流金火鈴，一擲萬里，流光焕爛，交錯八衝，充瀝虚空之中，消魔滅鬼也。」』又薛幽栖曰：「擲火流鈴者，流金火鈴也。擲之有聲，聞乎大極，光振千里，故傲萬里以交焕，達八方以衝擊，則真人常持之以制御魔精。」』藹藹祥雲隨步武，老子内傳：『太上老君姓李氏，名耳，字伯陽。常有五色雲繞其形。』謝宣遠詩：『跬行安步武。』注：『武迹也。』

纍纍秋塚没蓬蒿。張孟陽七哀詩：『北邙何壘壘，高陵有四五。借問誰家墳，皆云漢世主。』續搜神記：『遼東城門華表柱，有白鶴來集，人欲射之。鶴於空中歌曰：「有鳥有鳥丁令威，去家千載今始歸。城郭猶是人民非，胡不學仙塚纍纍。」』三山朝去應非久，博物志：『滄海之中，有蓬萊方丈，瀛洲三神山。』姹女當窗織羽袍。

姹，陟嫁切，美女也。後漢書：『姹女工數錢。』前漢郊祀志注：『羽衣，以鳥羽爲衣，取其神仙飛翔之意。』

校勘記

①『尹喜傳』一句，原文如此，太平御覽卷九百六十七果部四作『关令尹喜内傳』。

送國棊王逢

玉子紋楸一路饒，雞跖集①：『日本國王子求唐人圍棊。上勑待詔顧師言，敵著出如楸玉局，今暖棊子，本國有乎？譚池，池中出玉子。不須制度，自然黑白，冬溫夏冷。

御前棊譜曰，饒一路勝一路。』最宜簷雨竹蕭蕭。羸形暗去春泉漲，猛勢橫來野火燒。守道還如周伏柱，史記：『老子者，周守藏室之史也。修道德，其學以自隱無名爲務。居周久之，見周之衰，遂去。』王琚②詩：『伯夷竄首陽，老聃伏柱史。』鏖兵不羨霍嫖姚。前漢書：『霍去病爲嫖姚③校尉，元狩④二年，將萬騎出隴西，戰六日，過焉支山千有餘里，合短兵，鏖皋蘭下。』注：『鏖謂苦戰而多殺也。皋蘭，山名也。言苦戰於皋蘭山下而投也。鏖，於求切。』得年七十更萬日，與子期於局上銷。

校勘記

①『雞跖集』一段，原文如此，多有脱字。

②『王琚』原文如此，此句詩應爲晉代王康琚返招隱詩。

③『姚』原文作『姓』，据漢書霍去病傳改。嫖姚：漢朝官職名，漢武帝始置。

④『狩』原文作『符』，據漢書霍去病傳改。

重送絶句

絶藝如君天下少，閑人似我世間無。别後竹窗風雪夜，一燈明暗覆吳圖。魏志：『王粲字仲宣，觀人圍棊，局壞，粲爲覆之。棊者不信，以帊蓋局，使更以他局爲之。用相比校，不誤一道。』碁譜有吳越戰陣圖。

少年行

沈炯少年行：『長安好少年，驄馬鐵連錢。陳王裝腦勒，晉后鑄金鞭。』

連環羈玉聲光碎，西京雜記：『武帝時，身毒國獻連環羈，皆以白玉作之。』

綠錦蔽泥虬卷高。西京雜記：『武帝時，長安始盛飾鞍馬，競雕鏤，或一馬之飾直百金，以綠地五色錦爲蔽泥，後稍以熊羆皮爲之，熊毛有綠光，皆長二尺者，直百金。』

春風細雨走馬去，珠落璀璀白罽袍。璀，取猥切。『玉光罽袍』見一卷。『副之胡罽裘』①注。

校勘記

①『副之胡罽裘』 卷一洛中送冀處士東遊詩。

奉和門下相公送西川相公兼領相印出鎮全蜀

盛業冠伊唐，帝王世記：堯姓伊耆氏。詩含神霧曰①：『慶都生伊堯。』孔安國書傳曰：『堯以唐侯升爲天子也。』**台階翊戴光。**後漢書：『郎顗曰：「三公上應三台。」』『褚淵碑外曜台階。』注：『黃帝泰階六符經曰：「泰階者，天之三階也。上階爲天子，中階爲諸侯、公卿、大夫，下階爲士、庶人。」』前漢書晁錯傳：『並建豪英，以爲官師，爲諫諍，補天子之闕，而翼戴筆宗也。』詩史：『宮禁絲綸密，台階翊戴全。』**無私天雨露，有截舜**

衣裳。詩：『海外有截。』鄭玄云：『四海之外率服，截爾整齊。』蜀轂新衡鏡，韓子：『鏡執清而無事，美惡從而比焉。衡執正而無事，輕重從而載焉。夫摇鏡，則不得爲明，摇衡，則不得正，法之谓之。』池留舊鳳凰。晉書荀勗傳：『以勖守尚書令。久在中書，專管機事。及失之，甚惘惘悵悵。或有賀之者，勖曰：「奪我鳳凰池，諸公賀我。」』同心真石友，潘岳寄石崇詩：『投分寄石友，白首同所歸。』前漢書韓信傳：『與漢王爲金石交。』注：『稱金石者，取堅固也。』寫恨蔑河梁。李陵與蘇武詩曰：『携手上河梁，遊子暮何之。』注：河梁，橋也。虎騎摇風旆，貂冠韻水蒼。禮記：天子佩白玉，公侯佩山玄玉，大夫佩水蒼玉。彤弓隨武庫，書：賚爾，彤弓，彤矢。注：『諸侯大功，賜弓矢，然後專征伐。』晉書：杜預字元凱，博學多通，明興喪之迹，又明於籌略，公家之事，知無不爲，凡所興造，必考度始終，鮮有敗事。朝野稱美，號曰『杜武庫』，言其無所不有。晉書裴頠②傳：『弘雅有遠識。周弼見而嘆曰：頠若武庫，五兵縱横，一時之傑。』

金印逐文房。

衛宏漢舊儀：『丞相將軍黄金□③。』南史：『趙知禮、蔡景曆④屬陳武帝經綸之日，居文房書記之任。』

棧壓嘉陵咽，

漢書：『高祖王漢中，張良辭歸韓。漢王送至褒中，良因説漢王燒絶棧道，以備諸侯。』十道志：『劍南道閬州有嘉陵江，九城圖，嘉州有嘉陵江，水沿流蜀界。』

峰横劍閣長。

張孟陽劍閣銘：『惟蜀之門，作固作鎮，是曰劍閣，壁立千仞。』酈元⑤水經注：小劍北去，大劍三十里，連山險絶，飛閣相通，故謂之劍閣也。

前驅二星去，

『前驅』見一卷，『前驅白旆予弔河湟⑥』注。後漢書曰：和帝分遣使者二人，『各至州郡，觀採風謠。二人當到益部』，投館吏李郃舍。

郤曰：『二君發京師時，知朝廷遣二使。』使問何以知之。郤云：『前有二星向益州分野。』

開險五丁忙。華陽國志：『周顯王三十二年，蜀使使朝秦，秦惠王數以美女進蜀王。蜀王感之，故朝焉。惠王知蜀王好色，許嫁五女於蜀。蜀遣五丁迎之。還到梓潼，見一蛇入穴中。一人攬其尾，曳之不禁，至五人相助，大呼拔蛇，山崩。同時壓殺五丁及秦五女，而山分爲五嶺。』唐書⑦：『陳子昂曰：蜀昔時不通中國。秦惠王用張儀計，飾美女，譎金牛，因間以啖蜀侯。蜀侯果貪其利，使五丁力士鑿通谷，棧褒斜，置道於秦，自是險阻不關，山谷不閉。張儀躡踵乘便，縱兵大破之，蜀侯誅，賨邑滅。至今蜀爲中州。』迴首崢嶸盡，連天草樹芳。丹心懸魏闕，莊子：『中山公子牟謂瞻子曰：「身在江海之上，心居乎魏闕之下。」』往事愴甘棠。詩：『蔽芾甘棠，勿剪勿伐，召伯所茇。』箋云：

『召伯聽男女之訟，不重煩勞百姓，止舍小棠之下而聽斷焉。國人被其德，説其化，思其人，敬其樹。』治化輕諸葛，蜀志：『諸葛亮與先主共圍成都，成都平，以亮爲軍師將軍，署左將軍府事。先主外出，亮常鎮守成都，足食足兵。建興元年，又領益州牧，政事無巨細，咸決於亮。』威聲懾夜郎。通典：『珍州，古蠻夷之地。貞觀七年，置珍州或爲夜郎郡。』君平教説卦，漢書：『蜀有嚴君平，卜筮於成都市，以爲「卜筮者賤業，而可以惠衆人。有邪惡非正之問，則依蓍龜爲言利害」。日閱數人，得百錢足自養，則閉肆下簾而授老子。』犬子召升堂。漢書：『司馬相如字長卿，蜀郡成都人也。少時好讀書，學擊劍，名犬子。相如既學，慕藺相如之爲人也，更名相如。』論語：『子曰：「由也升堂矣，未入於室也。」』塞接西山雪，成都記：『西山上有積雪，經夏不消。』橋維萬里檣。十道志：『劍南道益州萬里橋。』注：蜀使費禕聘吳，葛亮餞之於此，橋上揖曰：『萬里之路，於此爲始。』**奪霞紅錦爛，**譙周益州志：『成都織錦既成，濯於江水，其文分明，勝於初成，他水濯之，不如江水，故曰錦水。』**撲地酒壚香。**見一卷『敢問當壚郎』⑧注。**忝逐三千客，**上見『春申君』注。**曾依數仞墻。**論語：『夫子之墻數仞，不得其門而入，不見宗廟之美，百官之富。得其門或寡矣。』**滯頑堪白屋，**漢書蕭望之傳注：『白屋，謂白蓋之屋以茅覆之，賤人所居。』**攀附亦周行。**揚子法言：『攀龍鱗，附鳳翼。』詩：『置彼周行。』**肉管伶倫曲，**前漢律曆志：『黃帝使伶倫，自大夏之西，取竹嶰谷生，其竅厚均者，斷兩節閒而吹之，以爲黃鍾之宮。制十二筒以聽鳳之鳴，其雄鳴爲六，雌鳴亦六，比黃鍾之宮，而皆可以生之，是爲律本。』注云：『大夏，西戎之國也。嶰谷，谷名。晉灼曰：取谷中之竹，生而肉孔外内，厚薄自然均者，截以爲筒。』筒，徒東切。師古曰：『晉説是也。』**簫、韶清廟章。**樂緯：『舜曰簫韶。』注：『韶，繼也。舜繼堯之後，循行其道，故曰簫韶。』詩頌清廟：祀文王也。『於穆清廟，肅雝顯相。』

唱高知和寡，宋玉對問：『宋玉曰：「客有歌於郢中，其爲陽春白雪，國中屬而和者，數十人而已，引商刻羽，雜以流徵，國中屬而和者不過數人而已，是其曲彌高，其和彌寡。」』

小子斐然狂。論語：『子在陳曰：「歸歟！歸歟！吾黨之小子狂簡，斐然成章，不知所以裁之。」』

校勘記

①『曰』原文作『日』，據上海古籍出版社昭明文選改。『詩含神霧』即詩緯含神霧，是漢代無名氏創作的讖緯類典籍。

②『頎』原文作『潁』，據晉書裴頠傳改。

③『□』此字不清，疑是『印』。

④『曆』南史蔡景歷傳作『歷』。

⑤『酈元』應作酈道元，缺『道』字。

⑥『前驅白旆弔河湟』卷一皇風。

⑦『唐書』實爲舊唐書。

⑧『敢問當壚郎』卷一郡齋獨酌。

朱坡唐書杜佑傳：『朱坡樊川，頗治亭觀，與賓客置酒爲樂。子弟皆奉朝請，貴盛爲一時冠。』

下杜鄉園古，前漢宣帝紀『下杜』注：『在長安南。』師古曰：『下杜即今之杜城。』

泉聲繞舍啼。靜思長慘切，薄宦與乖睽。北闕千門外，西京賦：『北闕甲第，當道直啓。』西都賦：『張千門而立萬戶。』**南山午谷西。**前漢書注：『今京城直南山有谷通梁、漢道，名子午谷也。』**倚川紅葉嶺，連寺綠楊堤。迥野翹霜鶴，**舞鶴賦：『疊霜毛而弄影。』**澄潭舞錦雞。**

濤驚堆萬岫，珂急轉千溪。眉點萱牙嫩，風條柳幄迷。岸藤捎所交切，博推揣挓，摇捎也①。颵尾，沙渚印麑蹄。火燎緗桃塢，西京雜記：漢修上林苑，群臣遠方，各獻名果，有緗核桃、紫文桃。波光碧繡畦。日痕絚翠巘，陂影墮晴霓。蝸壁斕斑蘚，銀涎荳蔻泥。本草圖經②：『荳蔻，生南海，今嶺南皆有之。花作穗，嫩葉卷而生，初如芙蓉，穗頭深紅色，葉漸展，花漸出，而漸淡亦有黄白色者。』洞雲生片段，苔徑繚高低。偃蹇松公老，吴録：『丁固为尚書令，夢松生其腹上，意甚惡之。友人趙直解之曰：「松字十八公，君十八年後爲公乎？」果如其言。』森嚴竹陣齊。見一卷晚晴賦。小蓮娃欲語，李白渌水曲：『荷花嬌欲語，愁殺蕩舟人。』劉淵林吴都賦注：『吴俗謂好女爲娃。』幽筍稚相攜。冷齋夜話：『老杜詩：「筍根稚子無人見，沙上鳧雛傍母眠。」世不解「稚子無人見」何等語。唐人食筍詩曰：「稚子脱錦綳，騈頭玉香滑。則稚子爲筍明矣。」』

漢館留餘趾，周臺接故蹊。見一卷故園賦。蟠蛟岡隱隱，西京賦：『隱隱展展。』注：『隱展，相連屬貌。』斑雉草萋萋。楚辭：『春草生兮萋萋。』

樹老蘿紆組，巖深石啓閨。侵窗紫桂茂，拂面翠禽棲。

有計冠終挂，後漢書：『逢萌字子康。時王莽殺其子宇，萌謂友人曰：「三綱絶矣！不去。禍將及人。」即解冠挂東都城門，歸，將家屬浮海，客於遼東。』無才筆謾提。見一卷『何當提筆待巡狩』③注。自塵何太甚，休笑觸藩羝。易：『羝羊觸藩，羸其角。不能退，不能遂，無攸利。』

校勘記

①『搏推揣挓，摇捎也。』文意不明，原文照録。

②『經』原文作『紅』。

③『何當提筆待巡狩』卷一皇風。

早春寄岳州李使君李善棊愛酒情地閑雅

通典：江南西道巴陵郡岳州。

城高倚峭巘，地勝足樓臺。朔漠暖鴻去，後漢書袁安傳①：『朔漠既定。』管子：『桓公曰，「夫鳴鴈②，春北而秋南，不失其時。」』瀟湘春水來。

零陵記：瀟水、湘水在永州，二水合流謂之瀟湘。縈盈幾多思，掩抑若爲裁。返照三聲角，纂要：『日西落，光返照於東，謂反景。』寒香一樹梅。烏林芳草遠，赤壁健帆開。後漢獻帝紀：建安十三年，曹操自爲丞相，南征劉表。表卒，小子琮立，琮以荆州降操。以舟師伐孫權，將周瑜敗之於烏林、赤壁。魏志：孫權與周瑜、劉備等併力擊，曹公大敗，公軍於赤壁。通典：岳州領縣巴陵，有赤壁山，即曹公敗處。往事空遺恨，東流豈不迴。分符潁川政，漢書文帝紀注：『與郡守爲符者，謂各分其半，右留京師，左以與之也。』唐六典：『銅魚符，所以起軍旅，易守長，兩京留守，若諸州、諸軍、折衝府、諸處提兵鎮守之所及官總監，皆銅魚符。』漢書：『黄霸字次公，爲潁川③太守，秩比一千石，後有詔歸潁川太守，官以八百石，居治如其前。

前後八年，郡中愈治。』弔屈洛陽才。見一卷，『焚之遺賈生』④注。西征賦：『終童山東之英妙，賈生洛陽之才子。』拂匣調珠柱，別賦：『横玉柱而霑軾。』注：『瑟有柱，以玉爲之。』謝靈運詩：『殷勤訴危柱。』李善云：『危柱，琴也。』磨鉛勘玉杯。漢書董仲舒傳：『仲舒所著，皆明經術之意，及上疏條教，迺百二十三篇。而説春秋事得失，聞舉、玉杯、蕃露、清明、竹林之屬，復數十篇，十餘萬言，皆傳於後世。』棊翻小窟勢，棊譜：『有大兔窟勢，小兔窟勢。』壚撥涷醪醅。本注：『詩：爲此春酒，以介眉壽。』注：『陳醪。』此興予非薄，何時得奉陪？

校勘記

①『袁安傳』原文作『永安傳』，據中華書局後漢書袁張韓周列傳改。

②『鳴鴈』原文如此。管子作『鴻鵠』。

③『潁川』原文如此。應爲『潁川』，郡名。戰國秦王政置，以潁水得名。

④『焚之遺賈生』卷一感懷詩。

送王侍御赴夏口座主幕

十道志：江南道岳州有夏口浦。

君爲珠履三千客，見上『春申君』注。我是青衿七十徒。詩：『青青子衿。』毛萇傳曰：『青衿，青領也，學子之服。』史記：『孔子以詩書禮樂教，子弟蓋三千焉，身通六藝者七十有二人。』**禮數全優知隗始，**見一卷『我雖在金臺』①注。**討論常見念回愚。**孔安國尚書序：『討論墳典。』論語：『孔子曰：「吾與回言終日，不違，如愚。退而省其私，亦足以發，回也不愚。」』**黃鶴樓前春水闊，**十道志：『鄂州今江夏郡有黃鶴山。』□②傳：『荀環③，字叔瑋，潛栖卻粒④。嘗東遊，憩江夏黃鶴樓上，□⑤西南，有物飄然，降自霄漢，俄頃已至，迺駕鶴之賓也。鶴止户側，仙者就席，羽衣霓裳，賓客歡對。已而辭去，跨鶴空，渺然煙滅。』崔顥黃鶴樓詩：『黃鶴一去不復返，白雲千載空悠悠。』注云：『黃鶴，迺人名也。』**一杯還憶故人無？**

校勘記

①『我雖在金臺』 卷一池州送孟遲先輩。

②『□』 此字不識，字形似『述』。太平御覽作述異傳。

③『筍環』 原文如此，太平御覽作『荀環』。

④『□傳筍環字叔瑋潛栖郤粒』 原文如此照錄。

⑤『□』 此字不識，字形似『塗』，太平御覽作『望』。

自貽

杜陵蕭次君，遷少去宮頻。漢書：蕭育字次君，望之子，爲人嚴猛尚威，居官數免，稀遷。望之東海蘭陵人也，徙杜陵。寂寞憐吾道，依稀似古人。飾心無彩繢，到骨是風塵。自嫌如匹素，刀尺不由身。郭泰機答傅咸詩：『皦皦白素絲，織爲寒女衣。寒女雖巧妙，不得秉杼機。衣工秉刀尺，棄我忽若遺。』

自遣 黄州

四十已云老，況逢憂窘餘。且抽持板手，卻展少年書。嗜酒狂嫌阮，見一卷『一醉六十日，古來聞阮生』①注。知非晚笑蘧。淮南子曰：『蘧白玉②年五十，而有四十九年非。』注：『今年所③行是也，則還顧知去年之所行非也。歲歲悔之，以至於死，故有四十九年非也。』**聞流寧嘆吒，**禮記：儒行聞流言，不信其行。吒，音陟嫁切。嘆吒，二怒也。**待俗下親疏。遇事知裁剪，操心識卷舒。還稱二千石，**前漢書循吏傳：『宣帝嘗曰：「庶民所以安其田里，亾無嘆息愁恨之心者，政平訟理也。與我共此者，其唯良二千石乎。」』師古曰：『謂郡守、諸侯相也。』唐會要：『二千石者，今之刺史也。』**於我意何如？**

校勘記

①『一醉六十日，古來聞阮生。』卷一自宣州赴官入京路逢裴坦判官歸宣州因題贈。

②『蘧白玉』原文如此，淮南子原道訓作『蘧伯玉』。

③『所』原文如此，淮南子原道訓作『則』。

題桐葉

去年桐落故溪上，把葉因題歸燕詩。江樓今日送歸燕，正是去年桐落時。葉落燕歸真可惜，東流玄髮且無期。見一卷『蕭蕭玄髮抽』①注。笑筵歌席反惆悵，朗月清風見別離。晉書：劉惔字真長。夜在簡文座，愁然嘆曰：『清風朗月，恨無玄度。』許詢字玄度。莊叟彭殤同在夢，見一卷『何者爲彭殤』②注。陶潛身世兩相遺。陶潛歸去來辭：『世與我而相違③，復駕言兮焉求。』一丸五色誠虛語，魏文帝詩：『西山一何高，高高殊未極。上有兩仙童，不飲亦不食。與我一丸藥，光耀有五色。服之四五日，身體生羽翼。』**石爛松薪更莫疑。**三齊略記：『寧戚侯桓公出，扣牛角歌曰：「南山粲兮白石爛，生不逢堯與舜，短布單衣才至骭。黄昏飼牛到夜半，長夜漫漫何時旦。牛兮牛兮努力食，大豆細草在汝側，吾當與汝相齊國。」桓公聞之，遂用爲相。』古詩：『古墓犁爲田，松柏摧爲薪。』**哆**尺也切。**侈不勞文似錦，**詩：『萋兮斐兮，成是貝錦。』注：『萋斐，文章相錯也。貝錦，錦文也。箋云：錦文者，文如餘泉，餘蚔之貝文也。興者，喻讒人集作己過以成於罪，猶女工之集采色以成錦文也。』『哆兮侈兮，成是南箕。』箋云：『箕星哆然踵狹而舌廣，今讒人之因寺人之近嫌而成言其罪，猶因箕星之哆而又侈大之。』謝靈運詩：『白珪尚可磨，斯言易爲緇。雖抱中孚交④，猶勞貝錦詩。』**進**

趨何必利如錐。廣絶交論：『趨錐刀之走』注：『趨其小利。』晉書：『鐘推⑤語祖士言：「我汝潁之士，利如錐，獨燕代之士，鈍如槌。」祖曰：「以我鈍槌打爾利錐。」鍾曰：「自有神錐不可得而打。」祖曰：「既有神錐，亦有神槌。」』錢神任爾知無敵，見上『因看魯褒論』⑥注。酒聖於吾亦庶幾。魏略：『太祖時禁酒，而人竊飲之，故難言酒，以白酒爲賢人，清酒爲聖人。』醉鄉日月曰：『凡酒以色清味重而飴爲聖，色如金而味醇，且苦者爲賢，色黑而酸醨者爲愚。』江畔秋光蟾閣鏡，郭子横洞冥記：『望蟾閣上有青金鏡。廣四尺，元封⑦中波低國⑧献此青金鏡，照見魑魅，百鬼不敢隱形。』檻前山翠茂陵眉。西京雜記：『文君眉色不加黛，飾如望遠山，臉際常若芙蓉，肌膚如脂。』漢書相如傳：相如病，免家居茂陵。鐏香輕泛數枝菊，簷影斜侵半局棊。休指宦遊論巧拙，閑居賦：『字岳。嘗讀汲黯傳，至司馬安四至九卿，而良史題之以巧宦之目，未曾不慨然廢書，而嘆曰：「嗟乎！巧誠有之，拙亦宜然。」賦曰：「雖吾顔之云厚，猶内愧於寧，有道吾不仕，無道吾不愚。何巧智之不足，而拙艱之有餘也。」』只將愚直禱神祇。見一卷『上下將何禱』⑨注。三吳煙水平生念，『三吳』⑩已出一卷。寧向閑人道所之。

校勘記

①『蕭蕭玄髮抽』卷一洛中送冀處士東遊詩。

②『何者爲彭殤』卷一郡齋獨酌。

③『違』　原文作『遺』，據歸去來辭改。

④『交』　原文如此，應作『爻』。

⑤『鐘推』　原文如此，晉書鐘雅傳記爲『鐘雅』。

⑥『因看魯褒論』　卷二李給事詩二首之二。

⑦『元封』　原文作『元光』，據增訂漢魏叢書洞冥記改。

⑧『波低國』　疑似誤寫，應作『波祇國』，即波斯國，今稱古伊朗。

⑨『上下將何禱』　卷一赴京初入汴口曉景即事先寄吳中李郎中。

⑩『三吳』　卷一郡齋獨酌。

沈下賢

李商隱跋①沈下賢詩：『千二百輕鸞，春衫瘦著寬。倚風竹稍急，含雪語應寒。帶火遺金斗，珠兼破玉盤。河陽看花去，曾不尚淹安。』②

斯人清唱何人和？草逕苔蕪不可尋。一夕小敷山下夢，水如環珮月如襟。

校勘記

①『跋』 原文如此，李义山詩集及全唐诗均爲『拟』字。

②此詩與現今通行版本多有出入。

李和鼎 見一卷李甘詩注。

鵩鳥飛來庚子直， 賈誼鵩鳥賦序：『誼爲長沙王傅三年，有鵩①鳥飛入誼舍，止于座隅。鵩似鴞，迺不祥鳥也。誼以謫居長沙，卑濕，誼自傷悼，以爲壽不得長，迺爲賦以自廣。其辭曰：「單閼之歲，四月孟夏，庚子之日斜，鵩集余舍。」』**謫去日蝕辛卯年。由來枉死賢才事，消長相持勢自然。** 韻語陽秋：『杜牧之作李和鼎詩，曰：「鵩鳥飛來庚子直，謫去日蝕辛卯年。由來枉死賢才事，消長相持勢自然。」蓋序鄭注事也。方是時，和鼎論注不可爲相，旋致貶責，故牧之作詩痛之如此。議者謂辛卯年在憲宗之時，而憲宗未嘗謫李甘，甘仕文宗之時，而文宗之時無②辛卯，豈牧之誤乎！余謂牧之所云非謂實庚子辛卯也。鵩鳥集于舍，班固書庚子之日，日有蝕之，詩人有辛卯之詠，借其事以明李甘之寃爾。』前漢書：劉向上封事云云：『幽、厲之際，朝廷不和，轉相非怨。衆小在位而從邪議，歙歙相是而背君子。君子獨處守正，不橈衆枉，勉強以從王事，則反見憎毒讒愬。當是之時，日月薄蝕而無光，其詩曰：「朔日辛卯，日有蝕之，亦孔之醜！」』注：『周之十月，夏之八月，朔日辛卯，日月交會，而日見蝕之，陰侵於陽。辛，金日也。卯，木辰也。以卯侵金，則臣侵君，故甚惡之。』『消長』③已出上。

校勘記

①『鵩』 漢書賈誼傳作『服』。

②『無』 原文作『元』，據文意改。

③『消長』卷二李給事詩二首之二。

贈沈學士張歌人

見一卷張好好詩序。

拖袖得當年，郎教唱客前。斷時輕裂玉，收處遠繰煙。繰，蘇刀切，絡繭取絲也。孤直緪雲定，光明滴水圓。泥去聲情遲急管，流恨咽長絃。吳苑春風起，十道志：江南道常州有長洲苑。注：『苑有姑蘇臺，吳王所立。』河橋酒旆懸。憑君更一醉，家在杜陵邊。杜陵①已出一卷。

校勘記

①『杜陵』卷二自貽，不出一卷。

憶遊朱坡四韻

秋草樊川路，見一卷晚晴賦注。斜陽覆盎門。前漢書王嘉傳：『董賢起官寺上林中，爲賢治大第，開門鄉北閣，引王渠灌園池。』注：『渠，在城東覆盎門外。』

獵逢韓嫣騎，前漢書：『韓嫣字王孫，弓高侯穨當之孫也。武帝爲膠東王時，嫣與上學書相愛。及上爲太子，愈益親嫣。嫣善騎射，上即位，欲事伐胡，而嫣先習兵，以故益尊貴，官至上大夫。始時，嫣常與上共臥起。江都王入朝，從上獵上林中。天子車駕趕道未行，先使嫣乘副車，從數十百騎馳視獸。江都王望見，以爲天子，避從者，伏謁道傍。』樹識館陶園。前漢書：『初，帝姑館陶公主號竇太主。爰叔謂董偃曰：「足下何不白主獻長門園？」』如淳曰：『竇太主園在長門。長門在長安城東南，園可以爲宿館處所，故獻之。』又主曰：願陛下臨妾山林。應劭曰：『公主園中有山。』帶雨經荷沼，盤煙下竹村。如今歸不得，自戴望天盆。司馬子長書：『僕以爲戴盆，何以望天。』注云：『戴盆則不見天。』

朱坡絶句三首

故國池塘倚御渠，江城三詔換魚書。唐書杜牧傳：『歷黄、池、睦三州刺史。』本集，上高尚書狀①：『三守僻左，七换星霜。』唐書：大曆十二年，詔淮、戎諸州刺史替代，及别追，皆降魚書，然後離任。賈生辭賦恨流落，秖向長沙住歲餘。本注：『文帝歲餘思賈生。』前漢書：『賈誼以能訟②詩書屬文稱於郡中。超遷，歲中至太中大夫。天子後疏之，以誼爲長沙王太傅。歲餘，文帝思誼而徵之。』

煙深苔巷唱樵兒，花落寒輕倦客歸。藤岸竹洲相掩映，滿池春雨鸊鵜飛。方言：『野鳧，甚小好泛水中，南楚人謂之鸊鵜。』

乳肥春洞生鵝管，本草：『陶隱名③云：石鐘乳出始興，而江陵東境名山石洞亦皆有。通中，輕薄如鵝翎管，碎之如爪甲，中無鴈齒光明者善。』沼避迴巖勢犬牙。漢書：『廣封連城，犬牙相錯。』師古曰：『錯，雜也，言其地相交雜也。』自笑卷懷頭角縮，歸盤煙磴恰如蝸。古禾切，蝸牛。論語：『孔子曰：「君子哉蘧伯玉！邦有道，則仕；邦無道，則可卷而懷之。」』

校勘記

①『上高尚書狀』　樊川文集卷十六有上吏部尚書狀。

②『訟』　漢書賈誼傳作『誦』。

③『名』　當作『居』，陶弘景號華陽隱居。

出宮人二首

閑吹玉殿昭華管，西京雜記：『高祖初入咸陽宮，有玉管長二尺三寸，二十六孔。吹之，則見車馬山林，隱嶙相次。吹息，亦未復見，銘曰「昭華之管」。』尚書大傳：『堯致舜天下贈以昭華之玉。』醉折梨園縹蔕花。譚賓錄：『天寶中，玄宗命宮女數百人爲梨園弟子，皆居宜春北院。上素曉音律，時有馬仙期、李龜年、賀懷智皆洞知律度。安祿山自范陽入覲，亦獻白玉簫管數百事，皆陳於梨園。自是音響殆不類人間。』十年一夢歸人世，絳縷猶封繫臂紗。晉書：『晉武帝多簡良家子女以充內職，自擇其美者以絳紗繫臂。』

平陽拊背穿馳道，漢書：『孝武衛皇后字子夫，生微也。其家號曰衛氏，出平陽侯邑。子夫爲平陽主謳者。武帝即位，無子。平陽主求良家女飾置家。帝祓灞上，還過平陽主。主見所侍美人，帝不悦。既欲，謳者進，帝獨悦子夫，帝起更衣，子夫侍尚衣軒中，得幸。還坐歡甚，賜平陽主金千①斤。主因奏子夫送入宫。子夫上車，主拊其背曰：「行矣，强飯勉之。即貴，願無相忘！」』前漢書成帝紀：『上嘗急召，太子出龍樓門，不敢絶馳道。』注：『馳道，天子所行道也，若今之中道。』注：『絶，横道也。』銅雀分香下璧門。銅雀臺②、璧門③並出一卷。幾向綴珠深殿裏，妬抛羞態卧黄昏。

校勘記

①『千』原文作『十』，據漢書外戚傳改。

②『銅雀臺』卷一杜秋娘詩。

③『璧門』卷一未有此詞，實出此詩。

長安秋望

樓倚霜樹外，鏡天無一毫。南山與秋色，氣勢兩相高。

獨酌

窗外正風雪，擁爐開酒缸。何如鈞舡雨，蓬底睡秋江。

醉眠

秋醪雨中熟，寒齋落葉中。幽人本多睡，更酌一樽空。

不飲贈酒

細算人生事，彭、殤共一籌。彭、殤①已出一卷。與愁爭底事？要爾作戈矛。

校勘記

①『彭、殤』卷一郡齋獨酌。

昔事文皇帝三十二韻

自池州移守睦州時作。

昔事文皇帝，叨官在諫垣。見一卷『諫官事明主』①。奏章爲得地，齵齒齵，鋤陌切。齒，齧也；齧，王結切，齒也。負明恩。金虎知難動，東京賦：『周姬之末，不能厥政，政用多僻。始於宮鄰，卒於金虎。』李善注：『應劭漢官儀曰：「不制之臣，相與比周。比周者，宮鄰金虎也。宮鄰金虎，小人在位，比周相連，與君爲鄰，貪求之德堅若金，讒謗之言惡若虎也。」』毛氂亦耻言。西京賦：『遊麗辯論之士，街談巷議，彈射臧否，折毫氂，擘肌分理。』撩頭雖欲吐，到口卻成吞。照膽常懸鏡，見一卷『秦臺破心膽』②注。窺天自戴盆。見上『自戴望天盆』③注。周鐘既窕槬，左傳：『昭公二十一年，春，天王將鑄無射，（周景王也。無射，鍾名，律中無射也。）伶州鳩曰：「其王以心疾死乎！（伶，樂官，州鳩名。）夫樂，天子之職也。（職所主也。）夫音，樂之輿也；（樂因音而行。）鍾，音之器也。（音由器以發。）天子省風以作樂，（省風俗，作樂以移之。）器以鐘之，輿以行之。小者不窕，大者不槬。（横大不入也。）則和於物，物和則嘉成。（嘉樂成也。）故聲入於耳而藏於心，心億則樂，（億，和也。）窕則不咸。（不充滿人心。）槬則不容，（心不堪容也。）心是以感，感實生疾，今鐘槬矣，王心不堪，其能久乎？」』窕，他了切，槬，户化切，咸，户暗切。

黦陣亦瘢痕。上步官切，瘡瘢也；下户恩切，瘢痕也。黦陣④出一卷。

鳳闕觚稜影，闕中記：『建章宮園闕臨北道，鳳在上，曰鳳闕。』『觚稜』⑤出一卷。

仙盤曉日暾。見上『金莖淡日殘』⑥注。

雨晴文石滑，風暖戟衣翻。每慮號無告，孟子：

鰥寡孤獨，此四者，天下之窮民而無告者。**長憂駭不存。**相如諫獵書：『遇軼才之獸，駭不存之地。』**隨行**户郎切。**唯跼蹐，**詩：『謂天蓋高，不敢不跼，謂地蓋厚，不敢不蹐。』謝玄暉詩：『敕躬每跼蹐。』跼，梁玉切，踡曲也；蹐，子亦切，小步也。**出語但寒暄。**晉書：『王獻之字子敬，少有盛名，而高邁不羈。嘗與兄徽之、操之俱詣謝安，二兄多言俗事，獻之寒暄而已。』**宮省嚥喉任，**後漢書梁竦傳：宮省事密，莫有知者。尚書：『帝曰：「龍，命汝作納言。」』孔安國曰：『納言，喉舌之官。』詩：『出納王命，王之喉舌。』**戈矛羽衛屯。**晉書天文志：『郎位十五星在帝座東北，一曰依烏郎府也。周之元士，漢之光祿、中散、諫議、諫郎、三署郎中，是其職也。』又曰：『郎，主守衛。』職林：『漢中郎將分掌三署郎，凡郎官皆主更直執戟，宿衛諸殿門。』江淹詩『羽衛藹流景』注：『羽衛，羽葆也。護衛天子也。』**光塵皆影附，**老子：『和其光，同其塵。』琰大將軍夫人寇氏諫曰：『英雄景附。』**車馬定西奔。**一作『盡雲奔』。恨賦：『秦帝按劍，諸侯西馳。』**億萬持衡價，**王子年拾遺記：『糜蕭陶朱計術，日益億萬之利，皆擬王家有寶庫千間。』**錙銖挾契論。**『錙銖』⑦已出一卷。戰國策：『孟嘗君問門下諸客：「誰習計會，能爲文收債於薛者乎？」馮諼曰：「能。」於是約車治裝，載券計而辭，問曰：「債爭收，何市而反？」孟嘗君曰：「視吾家所寡有者。」驅而之薛。』**堆時過北斗，**李白詩：『黄金高北斗，不惜買陽春。』白樂天勸酒詩：『身後堆錢拄北斗，不如生前一樽酒。』**積處滿西園。**後漢書：崔烈有重名於北州，四位九卿。靈帝時，聞⑧鴻都門牓賣官，崔烈時因傅母入錢三⑨百萬，得爲司徒。』桓範世論：『漢靈帝置西園之邸，賣官號曰禮錢。』**接棹隋河溢**，見一卷『清淮控隋漕』⑩注。**連蹄蜀棧刓**。漢書：張良説漢王，燒絶棧道。刓，五丸切，圓削也。**漉空滄海水，搜盡卓王孫**。漢書：蜀卓氏之先，趙人也，用鐵冶富，秦破趙，遷卓氏之蜀。相如傳：『臨邛多富人，卓王孫僮客八百人。』**鬪巧猴雕刺**，韓子：燕王好微巧。衛人曰⑪：『能以棘刺之端爲沐猴母。』燕王説之，養以五乘之奉。王曰⑫：『誠觀容爲棘刺之沐猴。』曰：『人主欲觀之，必半歲不入宮，不飲酒食肉，而齊⑬日出，視之晏陰之間，而棘刺之沐猴迺可見也。』燕王恩養衛人，不能視其沐猴。**誇趫**去遥切，善走，又緣木也。**索挂跟**。西京賦：『突倒投而跟絓，譬隕絶而復聯。』注：『突然倒投，身如將墜，足跟反絓橦上，若已絶而復連也。』说文曰：『跟，足踵也。』**狐威假白額**，史記⑭：狐假虎威。戰國策：『荆宣王問群臣曰：「吾聞北方之畏昭奚恤也，何如？」』群臣莫對，江乙對曰：『虎求百獸而食之，得狐。狐曰：「子無敢食我，天帝命我長百獸，今子食我，是逆天命。子以我爲不信，吾爲子先行，子隨我後，觀百獸之畏我。」虎不知獸之畏己而走也，以爲畏其狐也。今王之地方五千里，帶甲百萬，而專屬之於昭奚恤。故北方之畏昭奚恤，其實畏王之甲兵也，猶百獸之畏虎。』晉書：南山有白額虎。**梟嘯得黃昏。**梟，古堯切。說文云：食母不孝之鳥。柳子鶻說：『梟鵂晦於晝而神於夜。』淮南子曰：『薄於虞泉是謂黃昏也。』**馥馥芝蘭圃，**見上『芝蘭在處芳』⑮注。蘇武詩：『馥馥我蘭芳。』**森森枳棘藩。**西京賦：『揩枳落，突棘藩。』注：『左傳注，藩，籬也。落，亦籬也。』**吠聲嗾國猘，**左傳：宣公二年，『晉侯飲趙盾酒，伏甲將攻之。其右提彌明知之，趨登曰：「臣侍君宴，過三爵，非禮也。」遂扶，公嗾夫獒焉。

明搏而殺之。盾曰：「弃人用犬，雖猛何爲？」責公不養士，而更以犬爲己用。鬬且出，提彌明死之。』吠，扶廢切。詩：『無使龍也吠。』吠，鳴也。嗾，蘇定切，使犬曰嗾。猘，征例切。説文曰：狂犬也。

公議怯膺門。

後漢書：『李膺字元禮，性簡亢，無所交接。拜司隷校尉，時張讓弟朔爲野王令，貪殘無道，至迺殺孕婦，聞膺厲威嚴，懼罪逃還京師，因匿兄讓弟舍，藏於合柱中。膺知其狀，率將吏卒破柱取朔，付洛陽獄。受辭畢，即殺之。』讓訴冤於帝，詔膺入殿，御親臨軒，語⑯以不先請便加誅辟之意。膺對曰：『「昔仲尼爲魯司寇，七日而誅少正卯。今臣到官已積一旬，私懼以稽留爲愆，不意獲速疾之罪。誠自知釁責，死不旋踵，特乞留五日，尅殄元惡，退就鼎鑊，是生之願也。」帝無復言，顧讓曰：「此汝弟之罪，司隷何愆？」迺遣出之。自此諸黄門常侍皆鞠躬屏氣，休不敢復出宫省。帝怪問其故，並叩頭泣曰：

「畏李校尉。」是時，朝廷日亂，綱紀頽弛，膺獨持風裁，以聲名自高。士被其容接者，名爲「登龍門」。』注：裁，才代切。竄逐諸丞相，蒼茫遠帝閽。見唐書文宗本紀。一名爲吉士，誰免吊湘魂？見一卷『以代投湘賦』⑰注。間世英明主，中興道德尊。武宗皇帝。崑岡憐積火，書：『火炎崑岡，玉石俱焚。』河漢注清源。川口隄防決，陰車鬼怪掀。許言切，舉也。重雲開朗照，九地雪幽寃。『九地』⑱出一卷。我實剛腸者，嵇康與山巨源絶交書：『剛腸疾惡，輕肆直言。』注云：『剛腸，剛志也。』形甘短褐髡。見一卷『敢憚髡鉗苦』⑲注。淮南子，許慎注：『楚人謂袍爲短褐。』曾經觸蠆尾，左傳：『鄭子產作丘賦，國人謗之，曰：「其父死於路，己爲蠆尾，以令於國，將若之何？』猶得凭熊軒。後漢書輿服志：公、列侯安車，朱班輪，倚鹿較，伏熊軾，皂蓋。倚鹿較者，畫立鹿於車之前，兩藩外也。伏熊軾者，車前橫軾爲伏熊之形也。杜若芳洲翠，屈平九歌：『采芳洲兮杜若，將以遺兮下女。』注：『杜若，芳草。』謝朓詩：『芳洲生杜若。』嚴光釣瀨喧。溪山侵越角，封壤盡吴根。後漢書：嚴光字子陵，耕於富春山，後人名釣處爲嚴陵瀨。十道志：睦州有嚴子陵釣臺。通典：『新定郡睦州春秋時屬吳，後屬越，領縣桐廬。漢[20]富春縣地有嚴子陵縣釣臺。』客恨縈春細，鄉愁壓思繁。祝堯千萬壽，莊子：『堯觀乎華，華封人曰：「嘻！聖人！請祝聖人，使聖人壽。」』再拜揖餘樽。集韻：『揖，一及切，通作挹。揖，酌也。』詩：『維北有斗，不可以挹酒漿。』注：『挹，斞也。』手鏡[21]。大旱斞音俱，酌也。

校勘記

①『諫官事明主』　卷一李甘詩。

②『秦臺破心膽』　卷一池州送孟遲先輩。

③『自戴望天盆』　卷二憶遊朱坡四韻。

④『黥陣』　卷一池州送孟遲先輩。

⑤『觚稜』　卷一杜秋娘詩。

⑥『金莖淡日殘』　卷二早春閣下寓直蕭九舍人亦直内署因寄書懷四韻。

⑦『錙銖』　卷一阿房宮賦。

⑧『聞』　後漢書崔駰列傳作『開』。

⑨『三』 後漢書崔駰列傳作『五』。

⑩『清淮控隋漕』 卷一赴京初入汴口曉景即事先寄吳中李郎中。

⑪『曰』 原文作『臣』，據韓非子校注外儲説（岳麓書社）改。

⑫『曰』 原文作『五』 據韓非子校注外儲説（岳麓書社）改。

⑬『而齊』 原文如此，昭明文選作『雨霽』。

⑭『狐假虎威』 原文如此，史記無此成語，出自戰國策楚策一。

⑮『芝蘭在處芳』 卷二華清宮三十韻。

⑯『語』 後漢書李膺傳作『詰』。

⑰『以代投湘賦』 卷一李甘詩。

⑱『九地』卷一冬至日寄小姪阿宜詩。

⑲『敢憚髡鉗苦』卷一李甘詩。

⑳『漢』原文作『嘆』，據文意改。

㉑『手鏡』原文如此，當爲衍文。

道一大尹存之學士庭美學士簡于聖朝自致霄漢皆與舍弟昔年還往牧支離窮悴竊於一麾書美歌詩兼自言志因成長句四韻呈上三君子

九金神鼎重丘山，見上『鼎重山難轉』①注。五玉諸侯雜佩環。書：

『輯五瑞，既月迺日，覲四岳群牧，班瑞于群后。』注：『五瑞，公侯伯子男所執以爲瑞信也。又曰：五禮五玉。』注：『五玉，即五瑞也。』遁齋閑覽：『古者，五等諸侯皆執玉侯服，亦皆佩玉。』**星座通霄狼鬣暗，**見上『交趾同星座』②注。前漢書天文志：『狼角變色，多盜賊。』**戍樓吹笛虎牙閑。**漢書：『韋丞相子嗣侯，宣帝時以虎牙將軍擊匈奴。』**斗間紫氣龍埋獄，**見一卷『如何牛斗氣』③注。**天上洪爐帝鑄顔。**莊子：『鼓洪爐以燎毛髮。』揚子：『或問：「世言鑄金，金可鑄歟？」曰：「吾聞，覿君子者問鑄人，不問鑄金。」或曰：「人可鑄歟？」曰：「孔子鑄顔淵矣。」或人踧爾曰：「旨哉，問鑄金，得鑄人。」』**若念西河舊交友，**本注：『杜顗基銘④：太和九年，授咸陽尉，以疾辭。』尚書禹貢曰：『黑水、西河惟雍州。』至秦孝公作爲咸陽京兆府。今之雍州理長安縣。

魚符應許出函關。『魚符』⑤出上，『函關』⑥出一卷。

校勘記

①『鼎重山難轉』　卷二華清宫三十韻。

②『交趾同星座』　卷二送容州中丞赴鎮。

③『如何牛斗氣』　卷一李甘詩。

④『杜顗基銘』　樊川文集卷九有唐故淮南支使試大理評事兼監察御史杜君墓誌銘。

⑤『魚符』　本詩本句。

⑥『函關』　卷一過驪山作。

杏園

見上『紫雲樓下醉江花』①注。

夜來微雨洗芳塵，公子驊騮步始均。穆天子傳：『天子命駕八駿之乘，右服華騮而左騄耳。』淮南子：『王良、造父之御也，上車攝轡，投足調均。』莫怪杏園憔悴去，滿城多少插花人。

校勘記

①『紫雲樓下醉江花』　卷二長安雜題長句六首之六。

春晚題韋家亭子

擁鼻侵襟花草香，高臺春去恨茫茫。蔫於乾切，萎蔫物不鮮也。紅半落平池晚，曲渚飄成錦一張。

過田家宅

安邑南門外，誰家板築高？奉誠園裏地，墻缺見蓬蒿。

廣記：『長安永寧坊東南是金盞地，安邑里西是玉盞地，後永寧爲王鍔宅，安邑爲馬燧宅，後王、馬皆進入官，王宅累賜韓弘及史憲誠、李載義等。所謂金盞破而成焉，馬燧爲奉誠園，所謂玉盞破而不完也。燧子暢以第中大杏饋竇文場，文場以進德宗，德宗未嘗見，頗怪暢，令中使就封杏樹。暢惧進宅，廢爲奉誠園，屋木皆拆入内。

見宋拾遺題名處感而成詩

竄逐窮荒與死期，餓唯蒿藿病無醫。憐君更抱重泉恨，賈山傳注：『三泉，三重之泉，言深也。』不見崇山謫去時。舜典：『放驩兜于崇山。』注：『崇山，南裔。』

雪晴訪趙嘏街西所居三韻

唐宋詩話：『杜紫薇覽趙渭南卷早秋詩：「殘星幾點鴈横塞，長笛一聲人倚樓。」吟味不已，因目之爲「趙倚樓」。贈嘏詩曰：「命代風騷將，誰登李杜壇。灞陵鯨海動，翰苑鶴天寒。今日訪君還有意，三條冰雪借予看。一』

命代風騷將，沈休文謝靈運傳論：『同祖風騷』注：『風則詩國風也。離騷經序云，騷，愁也。』誰登李、杜壇。見上『壇登禮樂卿』①注。少陵鯨海動，十道志：『關内道有少陵。原注：舊名治國，原宣帝葬許后，俗號曰少陵。』詩史曰：『少陵野老吞聲哭。』注：『少陵，杜陵也。』翰苑鶴天寒。新唐書李白傳：『玄宗召見金鑾殿，論當世事，有詔供奉翰林。』李肇翰林志：『謂登翰苑者，爲陵玉清，翔紫雲。』

今日訪君還有意，三條冰雪獨來看。孟郊送豆盧策詩：『一卷冰雪文，避俗長自携。』

校勘記

①『壇登禮樂卿』卷二夏州崔常侍自少常亞列出領麾幢十韻。

將赴吳興登樂遊原一絶

通典：吳興郡今湖州。

清時有味是無能，閑愛孤雲靜愛僧。欲把一麾江海去，樂遊原上望昭陵。

唐書本紀：太宗葬昭陵。漁隱叢話：『石林詩話云：「杜牧詩：『清時有味是無能，閑愛孤雲靜愛僧。擬把一麾江海去，樂遊原上望昭陵。』此蓋不滿於當時，故有『昭陵』之句。江輔之謫官累年，後知處州①，謝表有云：『清時有味，白首無能。』蔡持正爲御史，引牧詩爲証，以爲怨望，遂復罷。」潘子真詩話云：「顔延年阮始平詩：『屢薦不入官，一麾迺出守』，蓋謂山濤三薦咸爲吏部郎，武帝不能用。荀勖一麾之，即左遷始平太守也。杜牧『清時有味是無能，閑愛孤雲靜愛僧。乞得一麾江海去，樂遊原上望昭陵』。山谷云：『愛閑愛靜，未得一麾而去。别本作欲把一麾，非是。麾之訓，即漢嚴助迺招之不來，麾之不去。』」緗素雜記云：「筆談云：『今人守郡，謂之建麾，蓋用顔延年詩一麾迺出守，此誤也，延年謂一麾者，迺指麾之麾，如武王右秉白旄以麾之，非旌麾之麾也。延年爲阮始平詩云：屢薦不入官，一麾迺出守者，謂山濤薦咸爲吏部郎，三上，武帝不用，後爲荀勖一擠，遂出始平，故有此句。延年被擯，以此自托耳。自杜牧爲登樂遊原詩云擬把一麾海江去，樂遊原上望昭陵，始謬用一麾，自此遂爲古事。』凡此以上，皆存中之語，以餘意測之，杜樊川之意則善矣，而謂之擬把，則尤謬也，蓋自作太守，而謂之一麾，於理無礙，但不可以此言贈人作太守耳。宋景文公詩云：『使麾請印腰』，又云：『一封通奏領州麾』，又云：『乞得一麾行』，又云：『竟獲一麾行』，是真得延年之意，未嘗謬用也。」』

校勘記

①『處州』　原文如此，一說『虔州』。

樊川文集卷第二

添注

西平王宅太尉愬院詩，漁隱叢話：『潘子真詩話云：「庾信宇文盛墓誌銘云：『受圖黄石，不無師長之心；學劍白猿，遂得風云之氣。』牧之題李西宅詩云：『受圖黄石老，學劍白猿翁。』亦即舊爲新一端。」』

李處士詩：老翁四十牙爪利。道家北帝天蓬咒：蒼舌緑齒，四目老翁。百字目字之誤。北史宇①文述傳：『煬帝嗣位，拜大將軍。參掌主官選事，後改封許國公。雲定興附會於述，數共交遊。述素好著奇服，炫燿時人，定興爲製馬韀，於後角上鉠②方三寸，以露白色，世輕薄者率倣學之，謂爲許公鉠勢。』

校勘記

①『宇』原文作『字』，據北史宇文述傳改。

②『鈌』中華書局北史宇文述傳作『缺』。

樊川文集卷第三　夾注

律詩八十八首

洛陽長句二首

草色人心相與閑，是非名利有無間。橋橫落照虹堪畫，

唐書地理志：『東都上陽之西，隔穀水有西上陽宮，虹梁跨穀，行幸往來。』樹鎖千門

鳥自還。芝蓋不來雲杳杳，西京賦：『芝蓋九葩。』注：『以芝爲蓋，蓋有

九葩之采也。』仙舟何處水潺潺。後漢書：『郭太字林宗，遊於洛陽，始見河南尹

李膺，膺大奇之，遂相友善。歸鄉里，衣冠諸儒送至河上。林宗與李膺同舟而濟，衆賓望之，

以爲神仙焉。』君王謙讓泥金事，見二卷『昔帝登封』①注。蒼翠空高

萬歲山。十道志：『河南道洛州有嵩高山。』前漢：『武帝元封元年正月，行幸緱氏。

詔曰：「親登嵩高。」御史乘屬，在廟旁吏卒咸聞呼萬歲者三。』注：『萬歲，山神之稱也。』

天漢東穿白玉京，漢書蕭何傳注：『天漢，河漢也。』唐書地理志：東都洛水貫都，有河漢之象。史記②：天上白玉京，五城十二樓。日華浮動翠光生。橋邊遊女珮環委，列仙傳：『江妃二女遊於江濱，逢鄭交甫，遂解珮與之。交甫受珮而去數十步，懷中無珮，女亦不見。』波底上陽金碧明。『上陽』③出二卷。月鎖名園孤鶴唳，川酣秋夢鑿龍聲。呂氏春秋：『龍門未開，河出孟門東大溢，是謂洪水，禹鑿龍門，治南流。』司馬溫公集潞公遊龍門光獻詩：『旌旆擁憑能，透迤到鑿龍。』④歐陽文忠公黄河詩云云：『鑿龍時退鯉，漲潦不分牛。』連昌繡嶺行宮在，連昌宮名見元稹連昌宮詞。『繡嶺』⑤見二卷『繡嶺明珠殿』注。玉輦何時父老迎？前漢書高紀：上還過沛，悉召故人父老子弟佐酒。

校勘記

①『昔帝登封』　卷二華清宮三十韻。

②原文如此，史記無此句。李太白文集卷十經辭離後天恩流夜郎憶舊遊事懷贈江夏韋太守良宰有此句，作『天上白玉京，十二樓五城』。

③『上陽』　卷二華清宮三十韻。

④此句原文如此。司馬溫公文集（影印版）記爲『旌旆擁憑熊，逶迤向鑾龍』。

⑤『繡嶺』　卷二華清宮三十韻。

洛中監察病假滿送韋楚老拾遺歸①朝

洛橋風暖細翻衣，春引仙官去玉墀。獨鶴初沖大虛日，九牛新落一毛時。行開教化期君是，臥病神祇禱我知。十載丈夫堪耻處，朱雲猶掉直言旗。

天台賦：『王喬控鶴以沖天。』又曰：『大虛遼廓而無閡。』

司馬子長書：『假令僕受法伏誅，若九牛亡一毛。』

前漢書：『朱雲上書求見，公卿在前，雲曰：「願賜尚方斬馬劍，斷佞臣一人。」上問：「誰也？」對曰：「安昌侯張禹！」上大怒，御史將雲下，雲攀殿檻，檻折。呼曰：「臣得下從龍逢、比干遊於地下，足矣！未知聖明②如何耳！」』後漢書：聖王立敢諫之旗。注：『禹置敢諫之幡。』

校勘記

①『歸』 原文作『敀』，據上海古籍出版社樊川文集卷三改。

②『明』 漢書朱雲傳作『朝』。

東都送鄭處誨校書歸[①]上都

悠悠渠水清，雨霽洛陽城。槿墮初開艷，蟬聞第一聲。故人容易去，白髮等閑生。此別無多語，期君晦盛名。

禮記月令：仲夏之月，蟬始鳴，木槿榮。

校勘記

①『歸』原文作『敀』，據上海古籍出版社樊川文集卷三改。

故洛陽城有感

唐書①地理志：『東都，周平王東遷所都也。故城在今苑内東北隅，自赧王已後及東漢、魏文、晉武，皆都於今故洛城。隋大業元年，自故洛城西移十八里置新都，今都城是也。』

一片宮墻當道危，行人爲汝去遲遲。篳圭苑裏秋風後，

後漢靈帝紀：『光和三年，作篳圭、靈昆苑。』注：『篳圭苑有二，東篳圭苑周一千五百步，中有魚梁臺；西篳圭苑周三千三百步，並在洛陽宣平門外。』

平樂館前斜日時。

西京賦注：『平樂觀，大作樂處也。』後漢紀注：『平樂觀在洛陽城西。』黨錮豈能留漢鼎，見後漢書黨錮傳。漢書曰：『吾丘壽王爲光祿大夫，汾陰掘得寶鼎，群臣皆賀得周鼎，壽王獨曰：「非周鼎。」上曰：「朕得周鼎，壽王獨以爲非，何也？」壽王曰：「今漢自高祖光昭德行，至陛下功業愈盛，天祚有德，寶鼎自至，此迺漢鼎，非周鼎。」因作寶鼎詩，故稱善。』清談空解識胡兒。晉書：『王衍字夷甫，爲太子舍人，遷尚書郎。出補元城令，終日清談，而縣務亦理。』晉書載記：『石勒字世龍，羯人也。年十四，隨邑人行販洛陽，倚嘯上東門，王衍見而異之，謂左右曰：「向者胡雛，吾觀其聲視有奇志，恐將爲天下之患。」馳遣求之，會勒已去。長而壯健有膽力，雄武好騎射，云云。及劉元海僭號，遣使授勒東平大將軍，及元海死云云。元帝慮勒南寇，使王導討勒。東海王越率洛陽之衆討勒。越薨于軍，衆推大尉王衍爲主，率衆東下，勒追及之，執衍殺之云云。咸和五年，勒僭號趙天王。群臣固請，勒迺僭即皇帝位，自襄國都臨漳，勒以成周土中，漢晉舊京，欲有移都之志，迺命洛陽爲南都，置行臺治書侍御史于洛陽。僭位十五年，六主共三十四年，爲晉所滅。』千

燒萬戰坤靈死，西都賦：『據坤靈之正位②。』慘慘終年鳥雀悲。

校勘記

①『唐書』 實際爲舊唐書。

②『位』 原文作『依』，據西都賦改（中華書局一九八五年文選李注義疏）。

揚州三首

通典：『淮南道廣陵郡，今之揚州，理江都、江陽二縣。隋初爲揚州置總管府。煬帝初府廢，又爲江都郡，後帝徙都而喪國焉。大唐初爲兗州，後又改爲揚州，爲大都督府，其後或爲廣陵郡。』

煬帝雷塘土，隋書本紀：『義寧二年，左①屯衛將軍宇文化及等，以驍果作亂，入犯宮闈。上崩于溫室。蕭后令宮人撤床簀爲棺以埋之。化及發後，右禦衛將軍陳稜奉梓宮於成象殿，葬吳公臺下。發斂之始，容貌若生，衆咸異之。大唐平江南之後，改葬雷塘。』九域圖：『吳公臺在今揚州廣陵郡界。』

迷藏有舊樓。隋煬帝南都煙花記：『帝立迷樓，樓上設四寶帳：一曰散春愁，二曰醉忘歸，三曰夜含香，四曰迎秋月，皆寶所成。』古今詩話：『隋煬帝時，浙人項升進新宮圖，帝愛之。令揚州依圖營建，既成，幸之，曰：「使真仙遊此，亦當自迷。」迺名迷樓。』誰家唱水調，隋唐嘉話：『隋煬帝鑿汴河，自制水調歌。』明月滿揚州。駿馬宜閑出，千金好暗遊。鮑明遠詞：『齊謳秦吹盧女絃，千金雇笑買芳年。』崔駰七依：『迴顧百萬，一笑千金。』喧闐醉年少，詩史：『鹽井詩，小人苦喧闐。』半脱紫茸裘。秋風放螢苑，隋書煬帝紀：『大業十二年，上於景華宮徵求螢火，得數斛，夜出遊山，放之，光徧巖谷。』春草鬬鷄臺。郭延生述征記：『廣陽門北有鬬雞臺。未詳揚州鬬雞臺。』金絡擎鵰去，梁簡文帝西齋②行馬詩：『晨風白金絡，桃花紫玉珂。』鸞環拾翠來。洛神賦：或拾翠羽。蜀舡江錦重，『江錦』③已出上卷。越橐水沉堆。漢書：『陸賈説尉佗，佗曰：「越中無足與語，至生來，令我日聞所不聞。」

錢昭度堠子詩：『八達街頭土石軀，淮王華表識君無。思量亦是傷心物，十里成雙五里孤。』

賜賈橐中裝直千金，佗送亦千金。』處處皆華表，淮王奈卻迴。

街垂千步柳，霞映兩重城。天碧臺閣麗，風涼歌管清。

纖腰間長袖，玉珮雜繁纓。繁，蒲官切，小囊也。拖軸誠爲壯，

蕪城賦：『拖以漕渠，軸以崑岡。』注：『拖，引也；軸，持輪也。』豪華不可名。

自是荒媱罪，何妨作帝京。

校勘記

①『左』 隋書作『右』。

②『齋』 原文作『齊』，據中華書局先秦魏晋南北朝詩梁詩卷改。

③『江錦』 卷三揚州三首之二，即此詩。

潤州二首

十道志：江南道潤州。注：『潤州於天文南斗之分，舊名京口，即楚之金陵建業也。』

向吴亭東千里秋，李雄作向吴亭詩。放歌曾作昔年遊。青苔寺裏無馬跡，緑樹橋邊多酒樓。大抵南朝皆曠達，見一卷『南朝謝朓城』①注。可憐東晉最風流。歷代統記：『東晉都建業，自元帝至于恭帝凡十一帝，共一②百四年，是爲東晉。』月明更想桓伊在，一笛聞吹出塞愁。『桓伊笛』③見二卷『一曲將軍何處笛』注。崔豹古今注：『漢代鼓角横吹者，始張騫使西域，得摩訶、兜勒二曲④。其後李延年因之增爲二十八解，若隴頭水、赤之楊、黄覃子、望行人、出關、入關、出塞、入塞之曲是也。』

謝朓詩中佳麗地，謝玄暉鼓吹曲序：『奉隨⑤王教作古入朝曲，其詞曰：「江南佳麗地，金陵帝王州。」』夫差傳裏水犀軍。吳語注：『韋昭曰：「吳王夫差，太⑥伯之後，闔盧之子，姬姓也。」』越語曰：『今夫差衣水犀之甲者億有三千。』注：『言多也。』城高鐵瓮橫強弩，本注：『潤州城孫權築，號爲鐵瓮。』柳暗朱樓多夢雲。高唐賦：『昔者先王嘗遊高唐，怠而晝寢，夢見一婦人曰：「願薦枕席。」王因幸之。去而辭曰：「妾在巫山之陽，旦爲朝雲，暮爲行雨。」』畫角愛飄江北去，宋書：『角，書記所不載⑦。或云出羌胡，以驚中國馬也。或云出吳越。』炙轂子曰：『黃帝戰蚩尤涿瀌，始造大角，形如牛角之形，吹象龍吟。』釣歌長向月中聞。揚州塵土試迴首，不惜千金借與君。史記：『蘇秦過洛陽，散千金以賜宗族朋友。』

校勘記

①『南朝謝朓城』　卷一題宣州開元寺。

②『一』　原文作『二』，據晉書恭帝紀改。

③『桓伊笛』　卷二街西長句。

④『二曲』　原文作『一曲』，據古今注（增訂漢魏叢書本）改。

⑤『隨』　原文作『隋』，據南齊書謝朓傳改。

⑥『太』　原文作『泰』，據上海古籍出版社國語卷十九吳語改。

⑦『角，書記所不載』　原文如此，似有誤。

題揚州禪智寺

雨過一蟬噪，飄蕭松桂秋。青苔滿階砌，白鳥故遲留。暮靄生深樹，斜陽下小樓。誰知竹西路，歌吹是揚州。

唐宋詩話：『淮南維陽有蜀岡者，揚州之北岡也。或曰勢連蜀土。岡之南有竹西亭，修竹疏翠，後即禪智寺也。』

西江懷古

上吞巴漢控瀟湘，

零陵記：瀟水在永州，出自道州營道縣九疑山中。湘水在永州，出自桂林海陽山中，經靈渠北流至零陵，北與瀟水合，二水皆清，泚一色高秋八九月，雖丈餘可以見底，自零陵合流謂之瀟湘。怒似連山浄鏡光。木玄虚海賦：『波如連山，乍合乍散。』魏帝縫囊真戲劇，魏志武帝紀：『十六年，馬超遂與韓遂、楊秋等叛。超等屯渭南，遣信求割河以西請和，公不許。九月，進軍渡渭。』注：曹瞞傳曰：『時公軍每渡渭，輒爲超騎所衝突，營不得立，地又多沙，不可築壘，婁子伯説公曰：「今天寒，可起沙爲城，以水灌之，可壹夜而成。」公從之，廼多作縑囊以運水，夜渡兵作城，比明，城立。由是公軍盡得渡渭。』苻堅投箠更荒唐。晉書：苻堅北定七州，將大舉南伐。苻融等咸諫止之，不聽，曰：『吾百萬之衆，投鞭可以濟江。』既至淝水，大爲謝玄等所敗。『荒唐』①出一卷。千秋釣舸歌明月，萬里沙鷗弄夕陽。范蠡清塵何寂寞，范蠡見一卷『一舸逐鴟夷』②注。楚辭：『聞赤松之清塵。』好風唯屬往來商。

校勘記

①『荒唐』 卷一郡齋獨酌。

②『一舸逐鴟夷』 卷一杜秋娘詩。

江南懷古

車書混一業無窮，禮記：『子曰：「今天下車同軌，書同文。」』井邑山川今古同。戊辰年向金陵過，按本集，宣宗大中二年，戊辰公爲睦州刺史時。**惆悵閑吟憶庾公。**北史：『庾信字子山，南陽新野人也。信雖位望通顯，常有鄉關之思，迺作哀江南賦，以致其意。』藝文類聚：『哀江南賦序：「粤以戊辰之年，建亥之月，大盜移國，金陵瓦解。信年始二毛，即逢喪亂，藐是流離，至于暮齒。」』

江南春絶

千里鶯啼緑映紅，水村山郭酒旗風。南朝四百八十寺，

詩話總龜：『建州山水奇秀，創寺落落相望。僞唐建安寺三百五十一①，建陽二百五十二，浦城一百七十八，崇安八十五，松溪四十一，關隷五十二，僅千區。杜牧江南絶句云：南朝四百八十寺，謂是也。』**多少樓臺煙雨中。**

校勘記

①「一」原文作「壹」，據上海涵芬樓藏明嘉靖刊本增修詩話總龜（四部叢刊本）改。

將赴宣州留題揚州禪智寺

故里溪頭松柏雙，來時盡日倚松窗。杜陵隋苑已絶國，秋晚南遊更渡江。

題宣州開元寺水閣閣下宛溪夾溪居人

六朝文物草連空，「六朝」①已出二卷。左傳：「文物以紀之。」天澹雲閑今古同。鳥去鳥來山色裏，人歌人哭水聲中。深秋簾幕千家雨，落日樓臺一笛風。惆悵無因見范蠡，參差煙樹五湖東。『范蠡五湖』②出一卷。通典：『五湖在吳都、吳興、晉陵三縣。』

校勘記

①『六朝』　卷二許七侍御棄官東歸瀟灑江南頗聞自適高秋企望題詩寄贈十韻。

②『范蠡五湖』　卷一杜秋娘詩『西子下姑蘇，一舸逐鴟夷』的注文。

宣州送裴坦判官往徐州① 時牧欲赴官歸京

日暖泥融雪半銷，行人芳草馬聲驕。九華山路雲遮寺，九華山銘：『峰巒異壯，其數有九，故號曰九子山。』李白：『更號九華。』清弋江頭柳拂橋。十道志：宣州有清弋地。君意如鴻高的的，我心懸旆正摇摇。史記：心摇摇如懸旆。同來不得同歸去，故國逢春一寂寥。

感定録：『杜牧自宣城幕除官入京，有詩留別云：「同來不得同歸去，故國逢春一寂寥。」其後二十餘年，連典四郡。後自湖州刺史拜中書舍人。題汴河云：「自嫌流落西歸疾，不見春風二月時。」自郡守入爲舍人，未爲流落，至京果卒。』

校勘記

①『徐州』原文如此，上海古籍出版社樊川文集卷三作『舒州』。古邑名，春秋時齊地。亦稱徐州，今山東滕州市南。

句溪夏日送盧霈秀才歸王屋山將欲赴舉

十道志：洛州有王屋山。

野店正紛泊，蜀都賦：『羽族紛泊。』注：『紛泊，飛揚也。』繭蠶初引絲。行人碧溪渡，繫馬綠楊枝。苒苒跡始去，選注：『苒苒，漸進貌。』悠悠心所期。詩曰：『悠悠我心。』秋山念君別，惆悵桂花時。

自宣城赴官上京

蕭灑江湖十過秋，酒盃無日不遲留。謝公城畔溪驚夢，見一卷『南朝謝朓城』①詩注。蘇小門前柳拂頭。長慶集注：『蘇小小，本錢塘妓人也。』千里雲山何處好，幾人襟韻一生休？麈冠掛卻知閑事，見二卷『有計冠終掛』②注。終把蹉跎訪舊遊。晉書：『周處曰：欲自修而年已蹉跎。』

校勘記

①『南朝謝朓城』　卷一題宣州開元寺。

②『有計冠終掛』卷二朱坡。

春末題池州弄水亭

使君四十四，兩佩左銅魚。見二卷『分符潁川政』①注：『自黄州移守池州。』爲吏非循吏，論書讀底書。晚花紅豔靜，高樹綠陰初。亭宇清無比，溪山畫不如。嘉賓能嘯詠，官妓巧妝梳。逐日愁皆碎，隨時醉有餘。偃須求五鼎，前漢書主父偃傳：『丈夫生不五鼎食，死則五鼎亨耳！』陶秖②愛吾廬。見二卷『陽羨訪吾廬』③注。趣尚人皆異，賢豪莫笑渠。集韻：『倮通作渠，求於切，吳人呼彼稱。』

校勘記

①『分符潁川政』 卷二早春寄岳州使君李善棋愛酒情地閑雅，『潁』，上海古籍出版社樊川文集作『潁』。

②『秖』 原文如此，上海古籍出版社樊川文集卷二作『秖』。

③『陽羨訪吾廬』 卷二許七侍御棄官東歸瀟灑江南頗聞自適高秋企望題詩寄贈十韻。

登池州九峰樓寄張祜

本集云①：池州前刺史李方玄城東南隅樹九峰樓。

百感中來不自由，魏武帝短歌行：『憂從中來，不可斷絶。』注：『中，謂中心也。』

角聲孤起夕陽樓。碧山終日思無盡，芳草何年恨即休。

睫音接，目傍毛也。在眼前長不見，道非身外更何求。誰人得似張公子，博物志：『公子、王孫，皆古人相推敬之辭也。』千首詩輕萬户侯。

漢書：『張良曰：「今以三寸舌爲帝師，封萬户，位列侯，此布衣之極，於良足矣。」』廣記：白居易初爲杭州刺史，令訪牡②丹花。獨開元寺僧惠澄遊於京師得之，始植於庭，欄圈甚密，他處未之有也。時春景方深，惠澄設油幕覆其上。牡③丹自此東越分而種之也。會徐凝④自富春來，未知⑤白，先題詩曰：『此花南地知難種，慚愧僧閑用意栽。海鷰解憐頻睥睨，胡蜂未識更徘徊。虚生芍藥徒勞妬，羞⑥殺玫瑰不敢開。（廣記曰：碧玫瑰花名。）唯有數苞紅幅在，含芳只待舍人來。』白尋到寺看花，迺命徐同醉而歸。時張祜榜舟而至，甚若疏誕，然張、徐二生未之習隱，各希首薦焉。白曰：『二君論文，若廉白之鬭鼠穴，勝負在於一戰也。』遂試。

長劍倚天外賦，餘霞散成綺⑦詩。試訖解送。以凝爲元，祜次耳。張曰：『祜詩有「地勢遥尊岳，河流側讓關⑧」。多士以陳後主「日月光天德，山川壯帝居」，此徒前名矣。又祜題金山寺詩曰：「樹影中流見，鍾聲兩岸聞。」惟綦毋潛云：「塔影挂青漢，鍾聲和白雲。」此句未爲佳也。』白又以祜宫詞四句之中皆數對，何足奇乎？然無徐生云：『今古長如白練飛，壹條解破青山色。』祜歡曰：『榮辱糾紛，亦何常也。』遂行歌而邁。凝亦鼓枻而歸。自是二生終身偃仰，不隨鄉賦矣。先是李林宗、杜牧，與白輩下較文⑨，具言：『元白詩體殊雜，而爲清苦者見嗤，因兹有恨。』白爲河南尹，李爲河南令，道上相遇，尹迺乘馬，令則肩輿，似乖趍事之禮。李嘗謂白爲囁嚅公，聞者皆笑。樂天之名稍減矣。白曰：『李真⑩木（林宗字也。）吾之猘子也，其鋒不可當。』後杜牧守秋浦，與張祜爲詩酒之交，酷吟祜宫詞，亦知錢塘之歲，白有非祜之論，常不平之。迺爲詩二首以高之，曰：『誰人得似張公子，千首詩輕萬户侯。』又云：『如何故國三千里，虛唱歌詞滿六宮。』張詩曰：『故國三千里，深宮二十年。一聲河滿子，雙淚落君前。』此爲祜得意之語也。李杜已下，盛言其美者。欲以苟異於白而曲成於張也。故牧又著論言近有元白者，喜爲淫言妖語，鼓扇浮囂，吾恨方在下位，未能以法治之，斯亦敷佐於祜耳。

校勘記

①『本集云』　樊川文集卷十三有上池州李使君書、卷八有唐故處州刺史李君墓志銘。

②『訪牡』　原文作『該牧』，據太平廣記改。

③『牡』　原文作『牧』，據太平廣記改。

④『凝』原文伯『疑』，據太平廣記改。

⑤『知』原文作『識』，據太平廣記改。

⑥『羞』原文作『毒』，據太平廣記改。

⑦『長劍倚天外，賦餘霞散成綺』原文如此，似有脱文。

⑧『關』原文作『開』，據太平廣記改。全唐詩横吹曲辭入關亦作『關』。

⑨『文』太平廣記改作『文』，並備注『文原作之，據雲溪友議改』。

⑩『真』太平廣記作『直』。

齊安郡晚秋

十道志：『齊安荆州之域，楚地，隋開皇三年，以齊安爲黄州。』

柳岸風來影漸疎，使君家似野人居。雲容水態還堪賞，嘯志歌懷亦自如。漢書李廣傳：『廣意氣如[①]。』注：『自如，猶言如舊。』兩暗殘燈棊散後，酒醒孤枕鴈來初。可憐赤壁爭雄渡，見二卷『赤壁健帆開』[②]注。李白詩曰：『赤壁爭雄如夢裏。』唯有蓑翁坐釣魚。

校勘記

①『意氣如』 原文如此，漢書李廣傳作『意氣自如』。

②『赤壁健帆開』 卷二早春寄岳州李使君李善棋愛酒情地閑雅。

九日齊山登高

九日登高，見荆楚歲時記。

江涵秋影鴈初飛，與客攜壺上翠微。蜀都賦：『爵益萯①以翠微。』注：『翠微，山氣之輕縹也。』塵世難逢開口笑，莊子：『人壽百歲②，中壽八十，下壽六十，除病瘦死喪憂患，其中開口而笑者，一月之中不過四五日而已矣。』菊花須插滿頭歸。但將酩酊酬佳節，不用登臨恨落暉。古往今來只如此，牛山何必獨霑衣。晏子春秋：『景公遊於牛山，北臨其國，流涕曰：「若何去此而死乎？」艾孔③、梁丘據皆泣，唯晏子獨笑。公收涕而問之，晏子曰：「使賢者常守，則文公④、桓公有之；使勇者常守，則莊公、靈公有之。吾君安得有此而流涕？是不仁也，見不仁之君一，諂諛之臣二，所以獨笑也。」』

校勘記

①『益菖』 原文如此，蜀都賦作『葢葍』。

②『人壽百歲』 原文如此，莊子内篇作『人上壽百歲』。

③『艾』 原文作『史』，據晏子春秋内篇諫上改。艾孔，春秋時齊國大夫，齊景公寵臣。

④『文公』 原文如此，晏子春秋内篇諫上作『太公』。

池州春送前進士蒯希逸

芳草復芳草，斷腸還斷腸。自然堪下淚，何必更殘陽。

楚岸千萬里，燕鴻三兩行。有家歸不得，況舉别君觴。

齊安郡中偶題二首

兩竿落日溪橋上，南齊書：日三竿黃色赤暈。半縷輕煙柳影中。多小綠荷相倚恨，一時迴首背西風。

秋聲無不攪離心，夢澤蒹葭楚雨深。相如賦：『楚有七澤，嘗見其一，名曰雲夢。』張揖曰：『在南郡華容縣。』自滴階前大梧葉，干君何事動哀吟？

齊安郡後池絶句

菱透浮萍綠錦池，夏鶯千囀弄薔薇。盡日無人看微雨，鴛鴦相對浴紅衣。

題齊安城樓

嗚軋江樓角一聲，微陽瀲瀲落寒汀。不用憑欄苦迴首，故鄉七十五長亭。漢書注：秦法，十里一長亭，五里壹短亭。

池州李使君没後十一日處州新命始到後見歸妓感而成詩

縉雲新命詔初行，十道志：『處州縉雲山，皇帝遊仙於此，遂於此鍊丹。』通典：

『唐改爲處州，或爲縉雲郡。』纔是孤魂壽器成。東觀漢記梁商傳：『商薨，賜東園轜車、朱壽器。』黃壤不知新雨露，范曄後漢書：趙咨①將終，告其故吏朱祇、蕭建②等曰：『薄歛素棺，籍以黃壤，欲令速朽，早歸后土。』粉書空換舊銘旌。禮記：『銘，明旌也。』注：『神明之旌。』司馬書儀③：『銘旌以絳，帛爲之，廣終幅，三品已上，長九尺；五品已上，八尺；六品已下，七尺，書曰某人之柩。以竹爲之准，銘旌置屋西階上。』巨卿哭處雲一作魂空斷，後漢書曰：『范式字巨卿，與汝南張劭④爲友，劭字元伯。式夢見元伯呼曰：「巨卿，吾以某日死，當以某時葬，子未我忘，豈能相及？」式怳然覺寤，便服朋友之服，馳往赴之。式未及到，而喪已發引，既至壙，將窆，而柩未肯進。卿既至，哭喪，因執紼而引，柩於是迺前。式遂留塚次，爲脩墳樹，然後迺去。』阿鶩歸來月正明。多小四年遺愛事，鄭世家：『子曰：「子産，古之遺愛也。」』注：『見愛，有古人遺風也。』晉扶風王司馬駿督涼州諸軍事，薨後，吏人爲立遺愛碑，長老見之無不拜。鄉閭生子李爲名。東觀漢記：『廉范爲蜀郡太守，時生子者皆以廉爲名者數千。』江祚別傳曰：『祚爲安南太守，人思其德，生子以江爲名。』

校勘記

①『趙咨』　原文作『趙容』，據後漢書卷三十九趙咨傳改。

②『朱祇、蕭建』　原文作『朱紙蕭達』，據後漢書卷三十九趙咨傳改。

③『司馬書僅喪義』　原文如此，似有脱文。

④『劭』原文作『邵』，據後漢書卷八十一獨行列傳改。

見劉秀才與池州妓別

國史補：『進士爲時所尚久矣，其都會謂之舉場，通稱謂之秀才。』文選注：『秀才者，言其人如草木之發華秀，見者愛之。』

遠風南浦萬重波，

別賦：『送君南浦，傷如之何。』注：『南浦，送別之處。』

未似生離恨別多。楚管能吹柳花怨，吴姬爭唱竹枝歌。

傳子曰：『郝素善彈箏，雖伯牙妙手。吴姬奇聲，何以加之？』唐書劉禹錫傳：『錫貶朗州①司馬。州接夜郎諸夷，風俗陋甚，家喜巫鬼，每祠，歌竹枝，鼓吹徘徊②，其聲傖儜。禹錫謂屈原居沅③、湘間作九歌，使楚人以迎送神，迺倚其聲，作竹枝詞十余篇。於是武陵夷俚悉歌之。』

金釵横處綠雲墮，韓公詩：『金釵半醉座添春。』陳鴻長恨傳：『上得弘農楊氏女，既笑矣，綠雲生鬢，白雪凝膚。』玉筋凝時紅粉和。梁簡文楚妃歎：『金簪鬢下垂，玉筋衣前滴。』待得枚皋相見日，漢書：『枚乘孽子皋字少孺。乘在梁時，取皋母爲小妻。乘之東歸也，皋母不肯隨乘，乘怒，分皋數千錢，留與母居云云。皋至長安，上書北闕，自陳枚乘之子。上得大喜，召見待詔，皋因賦殿中。詔使賦平樂館，善之。拜爲郎。皋不通經術，詼笑類徘倡，爲賦頌，好嫚戲，以故得媒④黷貴幸，比東方朔、郭舍人。』自應妝鏡笑蹉跎。『蹉跎』⑤已出上。

校勘記

①『朗州』原文作『郎州』，據新唐書劉禹錫傳改，今湖南省常德市。

②『徘徊』新唐書劉禹錫傳作『裴回』。

③『沅』原文作『阮』，據新唐書劉禹錫傳改。沅，水名。

④『媒』漢書枚皋傳作『媟』。

⑤『蹉跎』卷三自宣城赴官上京。

池州廢林泉寺

新唐書武宗紀：『會昌五年八月，大毀佛寺，復僧尼爲民。』

廢寺碧溪上，頽垣倚亂峰。看棲歸樹鳥，猶想過山鐘。

石路尋僧去，此生應不逢。

憶齊安郡

平生睡足處，雲夢澤南州。『雲夢澤』①已出上。一夜風欺竹，連江雨送秋。格卑常汩汩，力學強悠悠。終掉塵中手，瀟湘釣漫流。

校勘記

①『雲夢澤』　卷三齊安郡中偶題二首之二。

池州清溪

十道志：池州有青溪水。

弄溪終日到黄昏，照數秋來白髮根。何物賴君千遍洗？筆頭塵土漸無痕。

遊池州林泉寺金碧洞

袖拂霜林下石稜，潺湲聲斷滿溪冰。攜茶臘月遊金碧，合有文章病茂陵。

史記：『相如既病免，家居茂陵。天子曰：「相如病甚，可往從悉取其書；不然，後失之矣。」使所忠往，而相如已死，家無書。問其妻，對曰：「長卿未死時，爲一卷書，曰有使者來求書，奏之。無他書。」其遺札書言封禪事。』

即事黃州作

因思上黨三年戰，見二卷『狂童何者欲專地』①注。閑詠周公七月詩。詩：『七月，陳王業也。周公遭變，故陳后稷先公風化之所由，致王業之艱難也。』竹帛未聞書死節，『竹帛』②已出二卷。史項王本紀：『項王死，楚地皆降漢，獨魯不下。漢引兵欲屠之，爲其守禮義，爲主死節，迺持項王頭示魯，魯父兄迺降。』丹青空見書靈旗。前漢書郊祀志：『爲伐南越，告禱泰一，以牡荊畫幡日月北斗登龍，以象太③一三星，爲泰一鋒旗，命曰「靈旗」。爲兵禱，則太史奉以指所伐國。』蕭條井邑如魚尾，詩：『魴魚赬尾。』早晚干戈識虎皮。禮記：『武王克殷，反商政，倒載干戈，包之以虎皮。』莫笑一麾東下計，移守池州。滿江秋浪碧參差。

校勘記

①『狂童何者欲專地』　卷二東兵長句十韻。

②『竹帛』　卷二夏州崔常侍自少常亞列出領麾幢十韻。

③『太』　原文作『泰』，據漢書郊祀志改。此處爲星名。

贈李秀才是上公孫子

初學記：『漢末，位在三公上，崇號爲上公。』

骨清年少眼如冰，鳳羽參差五色層。

帝王世紀：『黄帝坐于玄扈，有大鳥，其狀如鶴，體被五色，三文。首文曰順德，背文曰順義，膺文曰仕智，蓋鳳也。』

天上麒麟時一下，人間不獨有徐陵。

三國典略：『徐陵年數歲，家

人携見寶誌上人，誌以其手摩其頂，上曰：「天上石麒麟也。」』

寄李起居四韻

楚女梅簪白雪姿，前漢碧水凍醪時。雲罍心凸徒結切，高貌。知難捧，鳳管簧舒安道詩音義：『簧管中金薄葉。』寒不受吹。南國劍眸能盼眄，曹植詩：『南國多佳人。』韓公詩：『清眸刺劍戟。』侍臣香袖愛傲垂。欠其反。詩：『屢舞傲傲。』注：『醉舞貌。』自憐窮律窮途客，雪賦：『玄律窮，嚴氣升。』注：『玄律窮，十二月也。』晉書：『阮籍：「時率意獨駕，不由徑路，車跡所窮，輒慟哭而返。」』正怯孤燈一局棊。

題池州貴池亭

勢比凌歊宋武臺，許渾凌歊臺詩注：『臺在當塗縣西①，宋高祖所築。』分明百里遠帆開。蜀江雪浪西江滿，強半春寒去卻來。

校勘記

①『西』　原文如此，全唐詩卷五百三十三作『北』，清彭定求校注。

蘭溪　本注：『在蘄州西。』詩話總龜：『蘭溪自黃州麻城，出東南流入大江，水極清泠。杜牧之詩「蘭溪春盡碧泱泱」是也。』

蘭溪春盡碧泱泱，映水蘭花雨發香。楚國大夫憔悴日，見一卷『悅悅三閭魂』①注。應尋此路到瀟湘。

校勘記

①『悅悅三閭魂』卷一李甘詩。

睦州四韻

州在釣臺邊，見二卷『嚴光釣瀨喧』①注。溪山實可憐。有家皆掩映，無處不潺湲。好樹鳴幽鳥，晴樓入野煙。殘春杜陵客，中酒落花前。漢書樊噲傳：『軍士，中酒。』張晏曰：『酒酣也。』師古曰：『飲酒之中也。不醉不醒，故謂中。中，音竹仲反。』吴都賦：『鄱陽暴謔，中酒而作。』注：『中酒爲半酣也。』

校勘記

①『嚴光釣瀨喧』卷二昔事文皇帝三十二韻。

秋晚早發新定 通典：新定今睦州。

解印書千軸，晉書：『陶潛爲彭澤令，素簡貴，不私事上官。遣督郵至縣，吏白應東帶見之，歎曰：「吾不能爲五斗米折腰，拳拳事鄉里小人！」解印綬去縣，迺賦歸去來。』

重陽酒百缸。魏文帝書：『歲往月來，忽復九月九日。九爲陽數，兩①日月並應，故曰「重陽」。』

涼風滿紅樹，曉月下秋江。巖壑會歸去，塵埃終不降。懸纓未敢濯，楚辭漁父曰：『滄浪之水清兮，可以濯我纓。』

嚴瀨碧淙淙。土江反，水流貌。

校勘記

①『兩』原文如此，魏文帝與鍾繇九日送菊書作『而』。

除官歸京睦州雨霽 漢書音義：『如淳曰：「凡言除者，除故官就新官也。」』沈括筆談云：『除拜官職，謂除其舊籍，不然也。除猶易也，以新易舊曰除，如新舊歲之交，謂之歲除。易：「除戎器，戒不虞，以新易敝，所以備不虞也。」堦謂之除者，自下而上，亦更易之義。」』

秋半吴天霽，清凝萬里光。水聲侵笑語，嵐翠撲衣裳。遠樹疑羅帳，孤雲認粉囊。溪山侵兩越，吴都賦：『閩禺』注，李善云：『閩，越名也。秦並天下，以其地爲閩中郡。班固述兩越傳曰：「悠悠外宇，閩越東甌。禺，東禺①。」』時節到重陽。顧我能甘賤，無由得自強。悞曾公觸尾，見二卷『曾經觸蠆尾』②注。漢書注：『公謂顯然爲之。』不敢夜循墻。

見一卷『縮縮循墻鼠』③注。豈意籠飛鳥，還爲錦帳郎。蔡質漢官儀：『尚書郎入直臺中，官供新青縑白綾被、錦帳、帷帳、通中枕、臥旃褥，冬夏隨時改易。』綱今開傅燮，後漢傅燮傳：未詳開綱事④。書舊識黄香。本注：曾在史官四年。後漢書：『黄香字文彊⑤。元和元年，肅宗詔香詣東觀，讀所未嘗見書。』姹女真虚語，靈樞經，扁鵲注曰：『化靈爲姹女之胞，十月分胎，狀如紫金，上赤下黑，左青右白，其中央黄號紫金丹，漢魏真人。』參同契曰：『河上姹女，靈爲⑥最神。得火則飛，不染塵垢。』注云：『河上則是真汞也。』又參同契曰：『丹砂未精得金，迺漢真人大丹訣，曰姹女隱在丹砂中。』注：『姹女，汞也。以二書考之，則姹女，非神仙人也。』飢兒欲一行。淺深須揭厲，詩：『深則厲，淺則揭。』休更學張綱。後漢書：『張綱字文紀，少明經學。漢選八使詢行風俗。餘人受命之部，綱獨埋車輪於洛陽都渟⑦，曰：「犲狼當路，安問狐狸。」』

校勘記

①『東禺』 吴都賦李善注引班固述兩越傳作『番禺』。

②『曾經觸薑尾』 卷二昔事文皇帝三十二韻。

③『縮縮循墻鼠』 卷一李甘詩。

④『未詳開網事』 原文如此，傅變傳未及『開經，網』事。

⑤『彊』 原文作『綱』，據後漢書黄香傳改。

⑥『爲』 原文如此，周易参同契作『而』。

⑦『渟』 原文如此，後漢書張皓傳作『亭』。李賢注：『都亭，並城内亭也。』

夜泊桐廬先寄蘇臺盧郎中

水檻桐廬館，通典：睦州有桐廬縣。歸舟繫石根。笛吹孤戍月，犬吠隔溪村。十載違清裁，見二卷『無計披清裁』①注。幽懷未一論。蘇臺菊花節，青箱雜記：『蘇有姑蘇臺，故號蘇臺。相有銅雀臺，故號相臺，滑有溮②景臺，故號滑臺。』何處與開罇？

校勘記

①『無計披清裁』　卷二春日言懷寄虢州李常侍十韻。

②『測』　原文作『側』，據青箱雜記卷八（吳處厚撰）改。測景臺指滑州測景臺。

新轉南曹未敘朝散初秋暑退出守吳興書此篇以自見志

本集：『自撰墓誌①：轉吏部員外郎，以弟病乞守吳興。』職林曰：『吏部員外郎二廳，先南曹，次廢置。』

捧詔汀洲去，全家羽翼飛。喜抛新錦帳，見上『錦帳郎』②注。

榮借舊朱衣。書敘指南：着緋曰朱衣、魚章③。唐書：開元八年，始令都督、刺史，品卑者，借緋魚袋。且免材爲累，莊子：『弟子問莊子曰：「昨日山中之木，以不材得終其天年，今主人之鴈，以不材死。先生將何處？」莊周笑曰：「吾將處夫材與不材之間。材與不材之間，似之非也，故未免乎累。」』何妨拙有機。宋株聊自守，韓子：『宋有耕者，田中有株，兔走觸之，折頸[4]而死。因釋耕而守株，冀復得兔，爲宋國笑。』魯酒怕旁圍。淮南子：『楚會諸侯，魯、趙皆獻酒於楚王，主酒吏求酒於趙，趙不與。吏怒，迺以趙厚酒易魯薄者，奏之。楚王以趙酒薄，遂圍邯鄲，故曰：「魯酒薄邯鄲圍。」』清尚寧無素，晉書：『李重與李毅同爲吏部郎，重以清尚見稱。毅淹通有智識，雖二人操異，然俱處要職。』光陰亦未晞。見題及題下注。一盃寛幕席，劉伶酒德頌：『幕天席地，縱意所如。』五字弄珠璣。鍾記室詩品[5]序：『夏歌曰：

「鬱陶乎予心。」楚辭曰：「名予者正則。」雖詩體未全，然略是五言之濫觴。逮漢李陵始著五言之目矣。』又曰：『陶公詠貧之⑥製，惠連擣衣之作，斯皆五言之警策，所謂篇章之珠澤，文彩之鄧林乎。』越浦黄柑嫩，吴溪紫蟹肥。平生江海志，佩得左魚歸。見上『兩佩左銅魚』⑦注。

校勘記

①『自撰墓誌』　樊川文集卷十自撰墓誌銘。

②『錦帳郎』　卷三除官歸京睦州雨霽。

③『書敘指南著緋曰朱衣魚章』　原文如此，行文當有誤。

④『頸』原文作『脛』，據韓非子五蠹改。

⑤『詩品』原文作『詩評』，據鍾嶸詩品改。

⑥『之』原文如此作『𠃊』，據鍾嶸詩品改。

⑦『兩佩左銅魚』卷三春末題池州弄水亭。

題白蘋洲

白樂天白蘋洲五亭記：『湖州城東南二百步抵霅溪，連汀洲。一名白蘋。梁吴興守柳惲①於此賦詩云：「汀洲採白蘋。」因以爲名。』

山鳥飛紅帶，亭薇拆紫花。溪光初透徹。秋色正清華。

靜處知生樂，喧中見死誇。無多珪組累，江淹雜詩：『圭②組賢君晒，青紫明主恩。』終不負煙霞。

校勘記

①『惲』原文作『渾』，據白居易白蘋洲五亭記改。柳惲爲南朝梁大臣。

②『圭』原文如此，昭明文選卷三十一作『珪』。

題茶山

茶譜：『湖州有顧渚山，出紫笋茶。唐陸羽置園於其下，歲收茶租。』

山實東吳秀，茶稱瑞草魁。帝王世記：『蓂莢，壹名靈莢，一名瑞草。』

剖符雖俗吏，見二卷『分符潁川政』①注。王子淵聖主得賢臣頌：『剖符錫壤。』

注：『剖，分也。』脩貢亦仙才。東都賦：『寶鼎詩②：「嶽修貢川效珍。」』溪盡停鑾棹，旗張卓翠苔。柳村穿窈窕，陶淵明歸來辭：『既窈窕以尋壑。』注：『窈窕，長潒貌。』松澗渡喧豗。海賦：『磊匒匌以相豗。』注：『相豗，相擊也。』豗，呼迴切。李白蜀道難：『飛湍瀑流相喧豗。』等級雲峰峻，寬平洞府開。拂天聞笑話，特地見樓臺。泉嫩黃金湧，本注：『山有金沙泉，修貢出，罷貢即絕。』茶譜：『湖州長城縣啄木嶺金沙泉，即每歲造茶之所也，湖常二郡，接境於此。厥土有境會亭，每茶節，二牧皆至焉。斯泉也，處沙之中。居常無水，將造茶，太守具僅注，拜勅祭泉，頃之，發源，其夕清溢。造供御者畢，水即微減，供堂者畢，水已半之。太守造畢，即涸矣。太守或還旋稽期，則木風雷之變，或見鷙獸毒蛇木魅焉。』

牙香紫璧裁。陸羽茶經：『紫者上，绿者次；笋者上，牙者次。』茶譜曰：『遠州之界橋，其名甚著，不若湖州之妍膏、紫笋。』拜章期沃日，沃，蓋祓字之誤。漢書：『武帝祓灞上。』注：『祓，除於水上，自祓除，今三月上巳禊也。』韓詩：『鄭俗，三月上巳，於溱、洧兩水上，秉蘭，招魂續魄，祓除不祥也。』輕騎疾奔雷。舞袖嵐侵潤，歌聲谷答迴。磬音藏葉鳥，雪艷照潭梅。好是全家到，兼爲奉詔來。樹陰香作帳，花逕落成堆。景物殘三月，登臨愴一盃。重遊難自尅，若得切，必也。俛首入塵埃。

校勘記

①『分符潁川政』 卷二早春寄岳州李使君李善棊愛酒情地閑雅。

②『寶鼎詩』 東都賦作『靈臺詩』。

茶山下作

春風最窈窕，日晚柳村西。嬌雲光占岫，健水鳴分溪。燎巖野花遠，戛瑟幽鳥啼。把酒坐芳草，亦有佳人攜。

漢武帝秋風詞①：『攜佳人兮不能忘。』

校勘記

①『詞』原文如此，全漢文作『辭』。

入茶山下題水口草市絶句

倚溪侵嶺多高樹，誇酒書旗有小樓。驚起鴛鴦豈無恨，一雙飛去卻迴頭。

春日茶山病不飲酒因呈賓客

笙歌登畫舡，十日清明前。禮記：『三月三，節日在婁。』注：『清明爲三月節。』山秀白雲膩，溪光紅粉鮮。欲開未開花，半陰半晴天。誰知病太守，猶得作茶仙。茶譜：『蜀之雅州有蒙山，山上有五頂，頂有茶園。其中頂曰上清峰。昔有僧病冷且久，嘗遇一老父，謂曰：「蒙山之中頂茶，以春分之先後，多搆人力，俟雷之發聲，併手採摘，三日而止。若獲一兩，以本處水煎服，即能袪宿疾；二兩，當眼前無疾；三兩，固以換骨；四兩，即爲地仙矣。」』

不飲贈官妓

芳草正得意，汀洲日欲西。無端千樹柳，更拂一條溪。幾朵梅堪折，何人手好攜。誰憐佳麗地，春恨卻悽悽。

早春贈軍事薛判官

雪後新正半，春来四刻長。晴梅朱粉艷，嫩水碧羅光。絃管開雙調，花鈿坐兩行。唯君莫惜醉，認取少年腸。

代吳興妓春初寄薛軍事

霧冷侵紅粉，春陰撲翠鈿。自悲臨曉鏡，誰與惜流年。柳暗霏微雨，花愁暗淡天。金釵有幾隻，抽當丁郎切，中也。酒家錢。李白詩：『顏①公三十萬，盡付酒家錢。』南史：『顏延之與陶潛情款每往，必酣飲致醉，臨去，留二萬錢與潛。潛悉送酒家，稍就取酒。』

校勘記

①『顔』 原文作『顋』，據李太白文集卷十一贈宣城宇文太守兼呈崔侍御改。

八月十三日得替後移居霅溪館因題長句四韻 十道志：湖州有霅溪。

萬家相慶喜秋成，處處樓臺歌板聲。千歲鶴歸猶有恨，見二卷『纍纍秋塚没蓬蒿』①注。一年人住豈無情。公本傳：『歷黄、池、睦三州刺史，入爲司勳員外郎，改吏部，復乞爲湖州刺史，踰年以考功員外，遷中書舍人。』

夜涼溪館留僧語，風定蘇潭看月生。景物登臨閑始見，願爲閑客此閑行。

校勘記

①『纍纍秋塚没蓬蒿』　卷二贈李處士長句四韻。

初冬夜飲

淮陽多病偶求懽，史記汲黯傳：『黯爲東海太守，治官理民，好清靜，擇丞史而任之。其治，責大指而已。黯多病，臥閨閤内不出。歲餘，東海大治。』云云。『會更五銖錢，民多盜鑄錢，楚地尤甚。上以爲淮陽，楚地之郊，迺召拜黯爲淮陽太守。黯伏謝不受印，詔數強予，然後奉詔。上曰：「君薄淮陽耶？吾徒得君之重，臥而治之。」』客袖侵霜與燭盤。周庾信燭賦：『還卻燈檠下燭盤。』砌下梨花一堆雪，明年誰此憑欄干。

栽竹

本因遮日種，卻似爲溪移。歷歷羽林影，疏疏煙露姿。蕭騷寒雨夜，敲劼客八及。晚風時。故國何年到，塵冠挂一枝。

梅

輕盈照溪水，掩斂下瑶臺。楚辭：『望瑶臺之偃蹇，見有娀之佚女。』陸士衡前緩聲歌曰：『遊山聚靈族，高會曾城阿。北徵瑶臺女，南要湘川娥。大容晝高絃，洪崖發清歌。獻酬既已周，輕舉乘紫霞。』妬雪聊相比，欺春不逐來。偶同佳客見，似爲凍醪開。若在秦樓畔，堪爲弄玉媒。仙傳拾遺：『簫史善吹簫，作鸞鳳之響。秦穆公有女名弄玉，喜吹簫，公以弄玉妻之，遂教弄玉吹簫作鳳鳴。居十數年，吹簫似鳳聲，鳳凰來止其屋。公爲作鳳臺。夫婦止其上，不飲不食，不下數年，一旦弄玉乘鳳，簫史乘龍，升天而云。』

山石榴

周景式廬山記：『峰頭有盤石，垂生山石榴。三月中作花，色似石榴而小，淡紅敷紫萼，煒曄可愛。』

似火山榴映小山，繁中能薄豔中閑。一朵佳人玉釵上，祇疑燒卻翠雲鬟。

柳長句

日落水流西復東，春光不盡柳何窮。巫娥廟裏低含雨，

唐高賦①：『妾在巫山之陽，高丘之岨，旦爲朝雲，暮爲行雨，朝朝暮暮，陽臺之下，旦朝視之如言，故立廟，號曰朝雲。』宋玉宅前斜帶風。庾信哀江南賦：『誅茅宋玉之宅。』

宋玉作風賦。莫將榆莢共爭翠，深感杏花相映紅。灞上漢南千萬樹，幾人遊宦別離中？天寶遺事：『長安東灞陵有橋，來迎去送，皆至此橋，爲離別之地。』

校勘記

①『唐高賦』原文如此，樂府詩集朝雲曲作『高唐賦』。

隋堤柳

隋書：『煬帝役天下萬姓，鑿渭河入汴河，通淮長安，千里兩岸，築堤栽柳。』

夾岸垂楊三百里，衹應圖畫最相宜。自嫌流落西歸疾，不見東風二月時。見上『故國逢春一寂寥』①注。

校勘記

①『故國逢春一寂寥』卷三宣州送裴坦判官往徐州時牧欲赴官歸京。

柳絕句

數樹新開翠影齊，倚風情態被春迷。依依故國樊川恨，半掩村橋半拂溪。

獨柳

含煙一株柳，拂地搖風久。佳人不忍折，悵望迴纖手。

早鴈

金河秋畔虜絃開，通典：『單于大都護府領縣有金河，有李陵臺、昭君墓。』雲外驚飛四散哀。仙掌月明孤影過，見二卷『金莖淡日殘』①注。長門燈暗數聲來。見一卷『六宮雖念相如賦』②注。須知胡騎紛紛在，豈逐春風一一迴。莫厭瀟湘少人處，水多菰米岸莓苔。

校勘記

①『金莖淡日殘』 卷二早春閣下寓直蕭九舍人亦直内署因寄書懷四韻。

②『六宮雖念相如賦』 卷一重送一首。

鵁鶄

爾雅：『鵁鶄，似鳧，脚高，毛冠，江東人家養之，以壓火災。』異物志：『鵁鶄，巢於高樹，生子在窟中，未能飛，皆御其翼飛也。』

芝莖抽紺趾，鸂鶒賦：『紺趾丹觜。』清唳擲金梭。日翅閑張錦，簡文帝鵁鶄賦：『似金沙之符采，同錦質之報章。』風池云罥羅。靜眠依翠荇，暖戲折高荷。山陰豈無爾，繭字換群鵝。晉書：『山陰有道士，好養鵝，羲之往視之，意甚怪①、因求之。道士曰：「爲寫道德經，當舉群相贈。」羲之欣然寫畢，籠鵝而去。』法書要録：『王羲之遊山陰之蘭亭，與太原孫統等四十有一人，修祓禊之禮，揮毫製序，興樂而書，用蠒紙、鼠鬚筆，遒媚勁健，絶代更無。』

校勘記

①『怪』　原文如此，晉書王羲之傳作『悦』。

鸂鵣

華堂日漸高，雕檻繫紅縚。他刀切，織絲爲縚。故國隴山樹，禰衡鸚鵡賦序：『惟西域之靈鳥。』李善注：『西域，謂隴坻出此鳥也。』美人金剪刀。混天圖：衛夫人作剪刀。避籠交翠尾，罅嘴静新毛。不念三緘事，家語：『孔子觀周，入太祖后稷廟。堂右①階之前，有金人，三緘其口，而銘其背曰：「古之慎言人也。」』世途皆爾曹。

校勘記

①『右』原文作『左』，據孔子家語卷三改。

鶴

清音迎晚月，愁思立寒蒲。丹頂西施頰，鶴賦①：『精含丹而星曜，頂凝紫而煙華。』『西施』②見一卷『西子下姑蘇』注。霜毛四皓鬢。鶴賦：『疊霜毛而弄影。』漢書張良傳：『四人年老，鬚眉皓白。』注：『謂之四皓也。』碧雲行止躁，白鷺性靈龘。終日無群伴，溪邊吊影孤。謝玄暉辭隋王箋『吊影獨留』注：『形影相吊也。』

校勘記

①『鶴賦』　原文如此，鮑明遠集作『舞鶴賦』。

②『西施』卷一杜秋娘詩。

鵶爾雅：『純黑而返哺者烏，小而不返者鵶。』

擾擾復翻翻，黄昏颺戈亮切，風所飛颺也。**冷煙。毛欺皇后髮，**史記：『漢武帝衛皇后，字子夫。』漢武故事曰：『子夫得幸，因頭髮解沐，上見其髮美，悦之。后生三女一男，時人語曰：「生男無喜，生女無怒，獨不見衛子夫」』。

聲感楚姬絃。蔓壘盤風下，霜林接翅眠。祇如西旅樣，書：『西旅底貢厥獒。』**頭白豈無緣。**見一卷『馬生角』①注。齊書：高帝時，有獻白烏，帝問：『此何瑞？』范雲②位竹前對曰：『臣聞王者敬宗廟，則白烏至。』

校勘記

①『馬生角』　卷一池州送孟遲先輩。

②『范雲』　原文作『苑雲』，據南齊書范雲傳改。

鷺鷥

雪衣雪髮青玉觜，群捕魚兒溪影中。驚飛遠映碧山去，一樹梨花落晚風。

村舍燕

漢宮一百四十五，西京賦：『郡國宮館，百四十五。』三輔故事云：『秦始皇上林苑中，作離宮、別館一百四十五所。』多下珠簾閉瑣窗。後漢梁冀傳：『窗牖皆有綺疏青瑣。』注：『牖，小窗也。綺疏，謂鏤爲綺紋。青瑣，謂刻爲瑣文，而以青飾之。』何處營巢夏將半，茅簷煙裏語雙雙。李白寄内詩：『胡燕別主人，雙雙語前簷。』

歸燕

畫堂歌舞喧喧地，社去社來人不看。左傳：『玄鳥司分。』注：『春分來，秋分去。』禮記：『八月白露之日，鴻鴈來，後五日玄鳥歸。春分後戊日爲社，秋分前戊日爲社。』長是江樓使君伴，黄昏猶待倚欄干。『欄干』①出二卷。

校勘記

①『欄干』卷二早春閣下寓直蕭九舍人亦直内署因寄書懷四韻。

傷猿

獨折南園一朶梅，重尋幽坎已生苔。無端晚吹驚高樹，似裊長枝欲下來。

還俗老僧

雪髮不長寸，秋寒力更微。独尋一徑葉，猶挈喆結切，懸將也。衲殘衣。日暮千峰裏，不知何處歸。

斫竹

寺廢見上『廢寺』①注。竹色死，官家寧爾留。蓋寬饒傳，又引韓鳳②易傳：『言五帝官天下，三王家天下，家以傳子，官以傳賢，若四時之運，功成者矣。』霜根漸隨斧，風玉尚敲秋。江南苦吟客，何處送悠悠。爾雅：『悠悠思也。』注：『憂思也。』

校勘記

①『廢寺』 卷三池州廢林泉寺。

②『韓鳳』 是北朝人，非漢代人，漢書蓋寬饒傳作『韓氏』。是注者的失誤。

將赴湖州留題亭菊

陶菊手自種，潯陽記：陶潛九日坐菊叢中，摘菊盈把。刺史王弘令白衣人送酒。楚蘭心有期。見初卷『幽蘭思楚澤』①注。遥知渡江日，正是擷胡結切，採取也。芳時。

校勘記

①『幽蘭思楚澤』卷一李甘詩。

折菊

籬東菊逕深，陶潛詩：『採菊東籬下，悠然見南山。』折得自孤吟。雨中衣半濕，擁鼻自知心。

雲

盡日看雲首不迴，無心都大似無才。陶潛歸去來辭：『雲無心以出岫。』可憐光彩一片玉，萬里晴天何處來。

醉後題僧院

離心忽忽復悽悽，雨晦傾瓶取醉泥。可羨高僧共心語，一如攜稚往東西。

題禪院

廣記：牛僧孺鎮揚州，辟杜牧爲掌書記。牧唯以宴遊爲事，自以年漸衰暮，嘗追賦感舊詩。云云。

觥舡一棹百分空，十歲青春不負公。今日鬢絲禪榻畔，茶煙輕颺落花風。

哭李給事中敏

陽陵郭門外，坡陁丈五墳。坡，普何切；陁，徒何切。楚辭：『待坡陁些。』

釋文：不平也。前漢書：『朱雲年七十餘，終於家。病不呼醫飲藥。遺言以身服歛，棺周於身，土周於槨，爲丈五墳，葬平陵東郭外。』九泉如結友，漢書①：『玩瑀②：七哀詩：「冥冥九泉室，漫漫長夜臺。」』此地好埋君。本注：朱雲葬陽陵郭外。

校勘記

①『漢書』應爲三國志。

②『玩瑀』應爲阮瑀。

黃州竹徑

竹岡蟠小徑，屈折鬬蚍來。三年得歸去，知遶幾千迴。

題敬愛寺樓

暮景千山雪，春寒百尺樓。獨登還獨下，誰會我悠悠。

送劉秀才歸江陵

漢書注：江陵即今之荊州江陵縣。

綵服鮮華覲渚宮，孝子傳：『老萊子年七十，父母猶在，萊子常服班斕衣，爲嬰兒戲。』十道志：『江陵有渚宮。』左傳：『王在渚宮。』注：『小洲曰渚。』鱸魚新熟別江東。見二卷『寒鱠季膺魚』①注。劉郎浦夜侵舡月，十道志：『江陵有劉郎浦。按江陵圖經：劉郎浦在石首縣。』宋玉亭春弄袖風。韓公在江陵時，贈張功曹詩云：『宋玉亭過不見人。』落落精神終有立，天台山賦：『蔭落落之長松。』注：『落落，高貌。』飄飄才思杳無窮。前漢書相如傳：『相如既奏大人賦，天子大悅。飄飄有陵雲氣，遊天地之間意。』誰人世上爲金口，法言：『仲尼，駕說者也。如將復駕其所說，則莫如使諸儒金口而木舌。』借取明時一薦雄。

前漢書：『楊雄字子雲。孝成帝時，客有薦雄文似相如者。』

校勘記

①『寒鱠季膺魚』卷二許七侍御棄官東歸瀟灑江南頗聞自適高秋企望題詩寄贈十韻。

見吳秀才與池州妓别因成絶句

紅燭短時羌笛怨，詠霍將軍詩：『羌笛隴頭鳴。』注：『沈約宋書：有胡漢舊箏①笛錄，有曲不記所出。』長笛賦：『近世雙笛從羌起。』清歌咽處蜀絃高。翫月西城詩：『蜀琴抽白雪。』李善注：『相如工琴而處蜀，故曰蜀琴。』萬里分飛兩行淚，滿江寒雨正蕭騷。

校勘記

①『笋』原文如此，文選卷二十一作『箏』。

湖南正初招李郢秀才

行樂及時時已晚，前漢楊惲傳：『田彼南山，蕪穢不理。種一頃豆，落而爲萁，人生行樂耳，須富貴何時！』對酒當歌歌不成。魏武帝短歌行：『對酒當歌，人生幾何。』千里暮山重疊翠，一溪寒水淺深清。高人以飲爲忙事，浮世除詩盡強名。看著白蘋牙欲吐，雪舟相訪勝閑行。見二卷『他年雪中棹』①注。

校勘記

①『他年雪中棹』　卷二許七侍御棄官東歸瀟灑江南頗聞自適高秋企望題詩寄贈十韻。

贈朱道靈

劉根丹篆三千字，神仙傳：『劉根字君安，京兆長安人也。少明五經，以漢孝成帝綏和二年，舉孝廉，除郎中。後棄世學道，入嵩高山石室。冬夏不衣，毛長一二尺，其顔色如十四五歲人。』郭璞青囊兩卷書。見二卷『青囊結道書』①注。牛渚磯南謝山北，十道志：『宣州有牛渚山。』通典：宣州屬縣當塗。李白五雲歌②本注③：『謝朓在當塗青山下。』歌曰：『謝朓已没青山空。』白雲深處有巖居。

校勘記

①『青囊結道書』　卷二許七侍御棄官東歸瀟灑江南頗聞自適高秋企望題詩寄贈十韻。

②『五雲歌』　李太白文集卷七訓殷佐明見贈五雲裘歌。

③『本注』　不是杜牧的注，是做注的注。

屏風絶句

屏風周昉畫纖腰，畫繼①：『唐周昉字景玄，京兆人也。節制之後，好屬學畫，窮丹青之妙，遊卿相間，貴公子也。畫子女，爲古今之冠，其畫佛像、真仙、人物、子女，皆神也。唯鞍馬、鳥獸、竹石草木，不窮其狀也。』歲久丹青色半銷。斜倚玉窗鸞髮女，拂塵猶自妬嬌饒。

校勘記

①『繼』　原文作『斷』，畫繼宋鄧椿撰。

哭韓綽

平明送葬上都門，前漢書音義：『都門，長安東郭城北頭第一門也。』紼翣交横逐去魂。禮記：送葬者執紼，紼輓索也。又曰：天子八翣，諸侯六翣，大夫四翣。翣，所四反，形如扇。歸來冷笑悲身事，唤婦呼兒索酒盆。

新定途中

通典：新定郡睦州。唐書地理志：『江南道有睦州。』

無端偶效張文紀，鐘岏良士傳：『張綱字文紀，爲廣陵太守。時賦張嬰等攻殺守，寇害徐、楊積十年。綱之郡，嬰率所部妻子面縛，朝廷嘉美，及徵授位嬰等上書乞留。』下杜鄉園别五秋。『下杜』①出二卷。治黄池二州，五年間更移睦州故云。重過江南更千里，萬山深處一孤舟。

校勘記

①『下杜』 卷二朱坡。

題新定八松院小石

雨滴珠璣碎，苔生紫翠重。故關何日到，初學記：『秦地東有函谷關。』前漢武帝紀：『元鼎三年，徙函谷關於新定，以故關爲弘農縣。』十道志：『河南道有虢州。』通典：弘農郡虢州。且看小三峰。十道志：『關内道華州有華山。』華山紀云：『其上有三峰。』東坡注：『宋援云：三峰謂蓮華、松檜、毛女也。』

樊川文集卷第三

添注

揚州詩：『處處皆華表，淮王奈卻迴。』選：『懷舊賦：「巖巖雙表」』，李善注：『崔豹古今注曰：「高①設誹謗之木，今之華表也，以横木交柱頭。」古人亦施之於墓。』漢書：『淮南王劉安爲人好書，招致賓客數千人。』云云。神仙傳：『劉安仙去時，餘藥器在中庭，雞犬舐之，盡得升天。』

林泉寺詩：『携茶臘月遊金碧，合有文章病茂陵。』見四卷『文園終病渴』注。

校勘記

①『高』　原文如此，文選潘岳懷舊賦（李善注）作『堯』。

樊川文集卷第四　夾注

律詩八十六首

往年隨故府吳興公姓氏部沈姓，出吳興郡。夜泊蕪湖口今赴官西去再宿蕪湖感舊傷懷因成十六韻見一卷張好好詩序，故吏部沈公江西幕注。通典：『宣城郡之當塗縣有蕪湖牛渚圻，亦謂之採石也。』

南指陵陽路，陵陽①已出一卷。東流似昔年。重恩山未答，曹植表：『身輕蟬翼，恩重山丘。』雙鬢雪飄然。韓公詩：『兩鬢雪②白趨埃塵。』

數仞慚投跡，『數仞』③見二卷。群公愧拍肩。郭景純遊仙詩：『右挹浮丘袖，左拍洪崖肩。』④鵕鸃蒙錦繡，史記：『楚莊王有所愛馬，衣以文繡，置華屋之下。』詩史：『鵕鸃怕錦幪。』

塵土浴潺湲。郭隗黃金峻，『黃金臺』⑤出一卷。虞卿白璧鮮。史記：『虞卿，躡蹻擔簦，説趙孝成王⑥。一見，賜黃金百鎰，白璧一雙；再見，爲趙上卿，故號爲虞卿。』**貔貅環玉帳，**禮記：『前有摯獸，則載貔貅。』東坡集注：『玉帳，將軍帳也。』古有玉帳，經而李、杜皆用。李白司馬將軍歌：『身居玉帳臨河魁。』杜甫詩：『將軍玉帳軒翠氣。』**鸚鵡破蠻牋。**後漢禰衡傳：『江夏太守黄祖長子射爲章陵太守，尤善於衡。射時大會賓客，人有獻鸚鵡者，射舉巵於衡曰：「賴先生賦之，以娛佳賓。」衡攬筆而作，文無加點，辭采甚麗。』**極浦沉碑會，**晉書杜預傳：『預好爲後世名，常言「高岸爲谷，深谷爲陵」，刻石爲二碑，紀其勳績，一沉萬山之下，一立峴山之上，曰：「焉知此後不爲陵谷乎！」』**秋花落帽筵。**潘岳詩：『時菊曜⑦秋華。』注：『禮記：「季秋，菊有黄華。」』晉書：『孟嘉爲桓溫參軍。九月九日，溫遊龍山，僚屬畢集。風吹嘉帽落，不覺，如厠。孫盛時在座，溫授紙筆命嘲之。着嘉坐處，嘉還見之，笑請紙作答，了不容思。』旌旗明迴野，冠珮照神仙。籌畫言何補，晉紀總論：『籌畫軍國，嘉謀屢中。』優容道實全。謳謡人撲地，雞犬樹連天。紫鳳超如電，見三卷『堪爲弄玉媒』⑧注。青衿散似煙。見二卷『我是青衿七十徒』⑨注。詩史：『梨園弟子散似煙。』蒼生未經濟，晉書：『謝安字安石。安雖放情丘壑，然每遊賞，必以妓女從。大將軍桓溫請爲司馬。將發新亭，朝士咸送。中丞高崧戲之曰：「卿屢違朝旨，高臥東山，諸人每相與言，安石不肯出，將如蒼生何！今亦將如卿何！」』墳草已芊綿。禮記：『曾子曰：「朋友之墓，有宿草而不哭焉。」』李白粉圖山水歌：『深林雜樹空芊綿。』往事唯沙月，孤燈但客舡。峴山雲影畔，十道志：『山南道襄州有峴山。』注：『羊祜與主簿鄒湛登山，垂泣曰：「目有宇廟，便有此山，由來勝士，登此遠望者多矣，皆湮滅無聞，使人悲傷也。」』棠葉水聲前。見二卷『往事愴甘棠』⑩注。故國還歸去，浮生亦可憐。高歌一曲淚，明日夕陽邊。

校勘記

①『陵陽』卷一池州送孟遲先輩。

②『雪』原文如此，全唐詩卷三百三十八感春四首作『霜』。

③『數仞』卷二奉和門下相公送西川相公兼領相印出鎮全蜀。

④『右挹浮丘袖，左拍洪崖肩。』原文如此，先秦魏晉南北朝詩晉詩卷十一作『左挹浮丘袖，

右拍洪崖肩。』

⑤『黄金臺』　卷一池州送孟遲先輩。

⑥『趙孝成王』　原文作『趙成王』，據史記平原君虞卿列傳改。

⑦『曜』　原文如此，上海古籍出版社昭明文選卷二十六（李善注）作『耀』。

⑧『堪爲弄玉媒』　卷三梅。

⑨『我是青衿七十徒』　卷二送王侍御赴夏口座主幕。

⑩『往事愴甘棠』　卷二奉和門下相公送西川相公兼領相印出鎮全蜀。

懷鍾陵舊遊四首

見一卷『君爲豫章妹』①注。本集，李府君銘②，大和二年事沈公於鍾陵宣城爲幕吏，兩部凡五年間。

一謁征南最少年，通典『征南將軍』注：『漢光武建武二年置，以馮異爲之，亦以岑彭爲大將軍。』舊唐書沈傳師傳：『尚書右丞，出爲洪州刺史、江南西道觀察使，轉宣州刺史，入爲吏部侍郎。有子樞、詢，皆登進士第。』唐書杜牧傳：沈傳師表爲江西團練巡軍。**虞卿雙璧截肪鮮。**『虞卿』③見上注。魏文帝與鍾瑤④書：『吴王白如截肪。』肪音方，猪脂也。**歌謠千里春長暖，絲管高樓月正圓。玉帳軍籌羅俊彦，**『玉帳』⑤已出上。**絳帷環珮立神仙。**後漢書：『馬融才高博洽，爲世通儒，教養諸生，常有千數。盧植、鄭玄皆其徒也。居宇器服，多存侈飾。常坐高堂，施絳紗帳，前授生徒。』陸公餘德機雲在，晉書：『陸機吳郡人也。祖遜，吳丞相。父抗，吳大司馬。機年二十而吳滅，至太康末，與弟雲俱入洛。』如我酬恩合執鞭。論語：『孔子曰：「富而可求也，雖執鞭之士，吾亦爲之。」』史記太史公曰：『假令晏子而在，余雖爲執鞭，所欣慕焉。』

滕閣中春綺席開，新唐書：『滕王元嬰，貞觀十三年始王。』又見一卷『高閣倚天半』⑥注。『綺席』⑦已出第一卷。柘枝蠻鼓殷晴雷。遯齋閑覽：『柘枝舞，本後魏柘枝氏⑧之戲，後人鄙之，易拓以柘，易拔以枝。』通典：『四方樂云：南蠻二國。（扶南、天竺）扶南樂舞二人，朝霞衣，隋代全用天竺樂。今其存者，有羯鼓、都曇鼓、毛員鼓。』詩：『殷其雷』，注云：『殷，雷聲也，於謹切。』垂樓萬幕青雲合，破浪千帆陣馬來。未掘雙龍牛斗氣，見一卷『如何干斗氣』⑨注。高懸一榻棟梁材。後漢：『徐稚⑩字孺子，豫章南昌人也。家貧，常自耕稼，非其力不食。恭儉義讓，所居服其德。屢辟公府，不起。時陳蕃爲太守，以禮請署功曹，稚不免之，既謁而退。蕃在郡不接賓客，唯稚來特設一榻，去則懸⑪之。』『棟梁』⑫已出一卷。連巴控越知何有，珠翠沉檀處處堆。十頃平湖堤柳合，岸秋蘭芷緑纖纖。一聲明月採蓮女，宋書：『江南可採蓮。』古辭：『江南可採蓮，蓮葉何田田。』南史⑬：『羊侃性豪侈，善音律，自造採蓮、棹歌兩曲，甚有新致。』李白採蓮曲：『若耶溪傍採蓮女，笑隔荷花共人語。』四面朱樓卷畫簾。白鷺煙分光的的，淮南子：『的的者獲。』注：

『明，爲衆所見，故獲。』微漣風定翠湉湉。漣音連，漣漪風動水貌。湉，徒廉切，湉湉安流貌。斜輝更落西山影，千步虹橋氣象兼。周處風土記：『陽羨縣前有大橋，南北七十二丈，橋高起有侶⑭虹形。』

控壓平江十萬家，秋來江靜鏡新磨。城頭晚鼓雷霆後，橋上遊人笑語多。日落汀痕千里色，月當樓午一聲歌。昔年行樂穠桃伴，詩：『何彼穠矣，華如桃李。』醉與龍沙揀蜀羅。見一卷『龍沙看秋浪』⑮注。

校勘記

①『君爲豫章妹』　卷一張好好詩。

②『李府君銘』　樊川文集卷八唐故處州刺史李君墓誌銘。

③『虞卿』　卷四往年隨故府吳興公夜泊蕪湖口今赴官西去再宿蕪湖感舊傷懷因成十六韻。

④『瑤』　原文如此，魏文帝集作『繇』。

⑤『玉帳』　卷四往年隨故府吳興公夜泊蕪湖口今赴官西去再宿蕪湖感舊傷懷因成十六韻。

⑥『高閣倚天半』　卷一張好好詩。

⑦『綺席』　卷一題池州弄水亭。

⑧『柘枝氏』　原文如此，疑訛誤。唐趙璘因話菉與宋溫革瑣碎錄爲『柘跋氏』或『柘拔氏』。

⑨『如何干斗氣』　卷一李甘詩。

⑩『稚』　後漢書作『穉』。

⑪『懸』　後漢書作『縣』。

⑫『棟梁』　卷一郡齋獨酌。

⑬『南史』　無此段，實出唐姚思廉撰的梁書羊侃傳。

⑭『侶』　原文如此，徐堅初學記作『似』。

⑮『龍沙看秋浪』　卷一張好好詩。

臺城曲二首

南史：『陳後主張貴妃名麗華，性聰慧，才辯強記，善候人主颜色。薦諸宮女，後宮咸德之，又工厭魅之術，以惑後主。後主怠於政事，百司啓奏，並因宦者蔡臨兒、李善度進請，後主倚隱囊，置張貴妃於膝上共決之。李、蔡所不能記者，貴妃並爲疏條，無所遺脱。因參訪外事，人間有一言一事，貴妃必先知白之，由是益加寵異，言無不聽。内外交結，賄賂公行，賞罰無常，綱紀瞀亂矣。及隋軍剋臺城，貴妃與後主俱入井，隋軍出之，晉王廣命斬之於青溪之中。』

整整復斜斜，隋旗簇晚沙。

黄帝出軍決：『始立牙之日，吉氣来應，旗旐指敵，或從風而來，金鐸之聲揚以清，鼙鞞之音婉而鳴，是謂堂堂之陣，整整之旗，此大勝之徵也。』

門外韓擒虎，樓頭張麗華。誰憐容足地，卻羨

井中黿。運曆圖：『陳後主名叔寶，宣帝長子，荒于酒色。於昭光殿前起臨春、結綺、望仙三閣，窮極奢麗，微風一至，香聞十里。與尚書令江總及文士十人同張麗華等貴嬪八人侍座，號曰狎客。八婦人製詩，十客繼和，遲則罰酒，使歌玉樹後庭花。君臣酣飲，終夕達晝，不恤政事，不虞外難，刑酷罰重，中外離心。隋文帝發八十總管兵五十一萬來伐。命晉王廣爲元帥，高熲爲謀主，降璽書暴後主二十惡。隋軍臨江，沈客卿等抑而不奏，但奏妓縱酒作詩不輟。隋將賀若弼、韓擒虎濟江，襲採石，取之。陳以蕭摩訶爲都督，以拒隋軍。賀若弼敗陳師於蔣山，擒虎進師入建鄴。後主與張、孔二貴嬪逃於井，獲之。』莊子：『陷①井之蛙謂東海之鼈曰：跳梁乎井幹之上，入休於缺甃之崖，莫吾能若也。』

王頒兵勢急，隋書：『王頒字景彥，父僧辯，太尉。頒少倜儻，有文武幹局。其父平侯景，留頒質於荆州，遇元帝爲周師所陷，頒因入關。聞其父爲陳武帝所殺，號慟而絶，食頃迺蘇。周明帝嘉之，召授左侍上士。開皇初，以平蠻功，加開府，封蚍丘縣公。獻取陳之策，上覽而異之。及大舉伐陳，頒自請行，率徒數百人，從韓擒虎先鋒夜濟，力戰。及陳滅，頒密召父時士卒，得千餘人，對之涕泣。其間壯士或問頒曰：「郎君來破陳國，滅其社稷，讎耻已雪，而悲哀不止者，將爲霸先早死，不得手刃之耶？請發其丘壟，斲櫬焚骨，亦可申孝心矣。」於是夜發其陵，剖棺，見陳武帝鬚並不落，其本皆出自骨中。頒遂焚骨取其灰，投水②而飲之。』

鼓下坐蠻奴。

左傳襄公十八年傳：『晉侯伐齊。晉州綽射殖綽，中肩，兩矢夾脰，曰：「止。將爲三軍獲。不止，將取其衷。」顧曰：「爲私誓。」州綽曰：「有如日。」迺弛弓而自後縛之。其右具丙，亦舍兵而縛郭最，皆衿甲面縛，坐于中軍之鼓下。』隋書：開皇初，高祖大舉伐陳，以韓擒虎爲先鋒。『任蠻奴爲賀若弼所敗，棄軍降於擒虎。擒虎以精騎五百，入朱雀門。陳人欲戰③，蠻奴撝之曰：「老夫尚降，諸軍何事！」衆皆散走。』瀲灧倪塘水，『倪塘』④見添注。海賦：『溰瀁瀲灧，浮天無岸。』叉牙出骨鬚。見上『王頒』⑤注。

乾蘆一炬火，回首是平蕪。

校勘記

①『陷』原文如此，爲『陷』之訛字，莊子内篇作『埳』。

②『水』原文作『入』，據隋書王頒傳改。

③『戰』原文作『戟』，據隋書韓擒虎傳改。

④『倪塘』見添注。卷四無『添注』，做注者的失誤。

⑤『王頒』見首句。

江上雨寄崔碣

春半平江雨，圓文破蜀羅。聲眠蓬底客，寒濕釣來蓑。暗澹遮山遠，空濛著柳多。此時懷一恨，相望意如何？

罷鍾陵幕吏十三年來泊湓浦感舊爲詩

十道志：江南道江州有湓浦。

青梅雨中熟，檣倚酒旗邊。故國殘春夢，孤舟一褐眠。

搖搖遠堤柳，暗暗十程煙。南奏奏，進也。鍾陵道，無因似昔年。

商山麻澗通典：『上洛郡，商州、領縣上洛，有商山、丹水。』

雲光嵐彩四面合，柔桑垂柳十餘家。雉飛鹿過芳草遠，牛巷雞塒詩：『雞棲于塒。』注：『鑿墻而棲曰塒。』春日斜。秀眉老父對樽酒，後漢：鄭玄秀眉明目，容儀溫雅。蒨袖女兒簪野花。征車自念塵土計，惆悵溪邊書細沙。

商山富水驛

本注：『驛本名與陽諫議同姓名，因此改爲富水驛。』舊唐書：『陽城字亢①宗，北平人也。』云云。遷諫議大夫。時德宗欲相延齡，『城曰：「脱以延齡爲相，城當取白麻壞之。」』竟坐延齡事改國子司業。既至國子，迺召諸生，告之曰：「凡學者所以學爲忠與孝也。諸生寧有久不省親者乎？」明日，告城歸養者二十餘人。有薛約者，嘗學於城，性狂躁，以言事得罪，徙連州，客寄無根蒂，臺吏以蹤迹求得之於城家。城坐臺吏於門，與約飲酒訣别，涕泣送之郊外。德宗聞之，以城黨罪人，出爲道州刺史。太學生魯郡②、季償等二百七十人詣闕乞留，經數日，吏遮止之，疏不得上。在道州，以家人法待吏人，宜罰者罰之，宜賞者賞之，不以簿書介意云云。順宗即位，詔徵之，而城已卒，士君子惜之。』

益戇猶來未覺賢，終須南去予湘川。見一卷『以代投湘賦』③注。

當時物議朱雲小，見三卷『朱雲猶掉直言旗』④注。後代聲華白日懸。

陳書⑤：郭沔曰，『若輩不見晁錯、紀信名，如日月懸空，誰可掩蔽』。邪佞每思當面唾，廣記：婁師德溫恭謹慎，未嘗與人有毫髮之隙，弟授代州刺史，戒云：『吾甚憂⑥汝與人相競。』弟曰：『人唾面，自拭之而去。』師德曰：『只此不了，凡人唾汝面，其人必怒也⑦；拭之，是逆其心也。何不待其自乾。』清貧長欠一盃錢。驛名不合輕移改，留警朝天者惕然。他歷切，怵惕，憂也。

校勘記

①『亢』原文作『元』，據舊唐書陽城傳改。

②『郡』 舊唐書陽城傳作『卿』，爲『王魯卿』。

③『以代投湘賦』 卷一李甘詩。

④『朱雲猶掉直垂旗』 卷三洛中監察病假满送韋楚老拾遺歸朝。

⑤陳書無郭沔的事迹，只有宋史有郭沔，但無此語。

⑥『憂』 原文作『愛』，據太平廣記改。

⑦『凡人唾汝面，其人必怒也』 原文作『凡人唾面其必怒也』，據太平廣記改。

丹水

見上『商山麻澗』①注。

何事苦縈迴，離腸不自裁。司馬遷書：『腸一日而九迴。』恨聲隨夢去，春態逐雲來。沉定藍光澈，喧盤粉浪開。翠巖三百尺，誰作子陵臺？見二卷『嚴光釣瀨喧』②注。

校勘記

①『商山麻澗』 卷四商山麻澗。

②『嚴光釣瀨喧』 卷二昔事文皇帝三十二韻。

題武關

漢書注：『武關，秦南關也。』十道志：『山南道商州有武關。』

碧溪留我武關東，一笑懷王跡自窮。史記：懷王與秦昭王會，屈原曰：『秦虎狼之國，不如無行。』王不聽，入武關，爲秦所留，竟死於秦。鄭袖嬌饒酣似醉，史記楚世家：靳尚得事懷王幸姬鄭袖，所言無不從。屈原憔悴去如蓬。見一卷『怳怳三閭魂』①注。山墻谷塹依然在，弱吐强吞盡已空。今日聖神家四海，戍旗長卷夕陽中。

校勘記

①『恍恍三閭魂』卷一李甘詩。

除官赴闕商山道中絶句

見三卷『除官歸京』①注。

水疊鳴珂樹如帳，長楊春殿九門珂。

漢室宫名，有長楊宫。楚辭注：『天門凡有九重。』白虎通：『凡馬飾曰珂。』

我來惆悵不自決，欲去欲住終如何？

校勘記

①『除官歸京』 卷三除官歸京睦州雨霽。

漢江

通典：山南東道襄州領縣襄陽有漢水。

溶溶漾漾白鷗飛，淥淨春深好染衣。南去北來人自老，夕陽長送釣船歸。

襄陽雪夜有懷

往事起獨念，飄然自不勝。前灘急夜響，密雪映春燈。的的三年夢，迢迢一綫縆。綫，私箭切，細絲也。明朝楚山上，莫上最高層。

詠歌聖德追懷天寶因題關亭長句四韻

天寶，玄宗年號。

聖敬文思業太平，見二卷『文思天子復河湟』①注。宣宗本紀：『史臣曰：「帝道皇猷，始終無缺，雖漢之文景不足過。」贊：「河、隴歸地，朔漠消氛。到今遺老，歌詠明君。」』海寰天下唱歌行。秋來氣勢洪河壯，見二卷『洪河清渭天池濬』②注。霜後精神泰華獰。西山經：『大③華之山，削成而四方，其高五千仞，其廣十里。』獰，尼耕切，惡也。廣德者強朝萬國，淮南子：『禹知天下之叛，施之以德，海外賓服，四夷納貢，合諸侯於塗山，執玉帛者萬國。』用賢無敵是長城。見二卷『萬里得長城』④注。君王若悟治皮諭，安史安禄山、史思明。何人敢弄兵。

校勘記

①『文思天子復河湟』卷二奉和白相公聖德和平致兹休運歲終功就合詠盛明呈上三相公長句四韻。

②『洪河清渭天池濬』卷二長安雜題長句六首之五。

③『大』原文如此，中華書局版山海經西山經作『太』。

④『萬里得長城』卷二夏州崔常侍自少常亞列出領麾幢十韻。

途中作

綠樹南陽道，通典：南陽鄧州。千峰勢遠隨。碧溪風澹態，芳樹雨餘姿。野渡雲初暖，征人袖半垂。殘花不一醉，行樂是何時？見三卷『行樂及時時已晚』①注。

校勘記

①『行樂及時時已晚』卷三湖南正初招李郢秀才。

重到襄陽哭亡友韋壽朋

故人墳樹立秋風，伯道無兒跡更空。晉書①：『鄧攸，字伯道。擔其兒及。攸迺斫壞車，以牛馬負妻子而逃②。又遇賊，掠其牛馬，步走。』勒過泗水，其弟子綏，度不能兩全，洒謂其妻曰：「吾弟早亡，唯有一息，理不可絶，止應自棄我兒耳。幸而得存，我後當有子。」妻泣而從之，洒棄。其子朝棄而暮及。明日，攸繫之於樹而去。攸棄子之後，妻不復孕。過江，納妾③，甚寵之，訊其家屬，洒攸之甥。攸聞之憾恨，遂不復畜妾，卒以無嗣。時人義而哀之，爲之語曰：「天道無知，使鄧伯道無兒。」』

隔江吹笛月明中。

向子期思舊賦序：『余少與④嵇康、呂安居止接近⑤，其人並有不羈之才，各以事見法。嵇博綜技藝，於絲竹特妙。臨當就命，索⑥琴而彈之。逝將西邁，經其舊廬。鄰人有吹笛者，發聲寥亮。追想曩昔遊燕之好，感音而歎，故作賦云。』

重到笙歌分散地，

校勘記

①晉書，此段原文如此，文字错乱，很難理順。

②『逃』原文作『迷』，據晉書鄧攸傳改。

③『妾』原文作『妻』，據晉書鄧攸傳改。

④『少與』原文如此，晉書向秀思舊賦無『少』字。

⑤『近』原文作『迹』，據晉書向秀思舊賦改。

⑥『索』原文作『素』，據晉書向秀思舊賦改。

赤壁

折戟沉沙鐵未銷，自將磨洗認前朝。東風不與周郎便，

見二卷『赤壁健帆開』①注。銅雀②春深鎖二橋③。『銅雀』已出一卷。

校勘記

①『赤壁健帆開』　卷二早春寄岳州李使君李善棊愛酒情地閑雅。

②『銅雀』　卷一杜秋娘詩。

③『二橋』　原文如此，『橋』應爲『喬』，保持原貌。

雲夢澤①已出三卷。

日旗龍旆想飄揚，一索功高縛楚王。史記陳平傳：『漢六年，人有上書告楚王韓信反。高帝問陳平，陳平曰：「古者天子巡狩，會諸侯，南方有雲夢，陛下第出僞遊雲夢，會諸侯於陳。陳，楚之西界，信聞天子以好出遊，其勢必無事而郊迎謁。而陛下因擒之，此特一力士之事耳。」帝以爲然，迺發使告諸侯會陳，「吾將南造雲夢。」上因隨以行。楚王信果郊迎道中。帝預具武士，見信至，即執縛之，載後車。』直是超然五湖客，淮南子：『超然獨立，卓然離世。』注：『不群於俗。』見一卷『一舸逐鴟夷』②注。未如終始郭汾陽。唐書：『郭子儀字子儀，進封汾陽郡王。代宗不名，呼爲大臣。以身爲天下安危者二十年，授中書，今富貴壽考，哀榮終始，人臣之道無缺焉。』

校勘記

①『雲夢澤』卷三齊安郡中偶題二首之二。

②『一舸逐鴟夷』卷一杜秋娘詩。

除官行至昭應聞友人出官因寄

通典：京兆府今雍州領縣昭應。

賤子來千里，『賤子』①已出一卷。明公去一麾。『明公』②『一麾』③並出二卷。不能休涕淚，豈獨感恩知。草木秋風後，山川落照時。如何望故國，驅馬卻遲遲。

校勘記

①『賤子』卷一雨中作。

②『明公』卷二李侍郎於陽羨里富有泉石某亦於陽羨粗有薄産敘舊述懷因獻長句四韻。

③『一麾』卷二將赴吳興登樂遊原一絕。

寄浙東韓乂文事

一笑五雲溪上舟，越州若耶溪，一名五雲溪。跳丸日月十經秋。韓公詩：『日月如跳丸。』鬢衰酒減欲誰泥，怒計切，滯陷不通也。跡辱魂慚好自尤。夢寐幾迷胡蛺蝶，莊子：『昔者莊周夢爲胡蝶，不知周之夢爲胡蝶歟？胡蝶之夢爲莊周歟？』文章應廣畔牢愁。漢書揚雄傳：『雄怪屈原文過相如，至不容，作離騷，自投江而死，悲其文，讀之未嘗不流涕也。迺作書，往往摭離騷文而反之。又旁惜誦以下至懷沙一卷，名曰畔牢愁。』注：『畔，離也。牢，聊也。與君相離，愁而無聊也。』無窮塵土無聊事，漢書廣川王越傳：『居無聊』，注：『聊，賴也。』李陵書與子別後，益復無聊。不得清言解不休。晉書：『殷①仲堪能清言，每云三日不讀道德論，便覺舌本強。』

校勘記

①『殷』 原文作『般』，據晉書殷仲堪傳改。

泊秦淮

孫盛晉陽秋：『秦始皇東遊，望氣者云：「五百年後，金陵有天子氣。」於是始皇於方山掘流，西入江，亦曰淮。今在潤州①江寧縣，士俗亦號曰秦淮。』詩話總龜：『杜牧綽有詩名，縱情雅逸，累分寄②名郡，罷任。於金陵艤舟，聞倡樓歌聲，有詩云云。風雅編綴，不可勝紀。與杜甫齊名，時人呼爲大杜小杜。』

煙籠寒水月籠沙，夜泊秦淮近酒家。商女不知亡國恨，隔江猶唱後庭花。見上『樓頭張麗華』③注。

校勘記

①『潤』　原文作『閏』，據孫盛晉陽秋改。潤州，古地名。

②『寄』 原文如此，詩話總龜前集作『守』。

③『樓頭張麗華』 卷四臺城曲二首之二。

秋浦途中

蕭蕭山路窮秋雨，淅淅溪風一岸蒲。謝靈運詩：『淅淅振條風。』

爲問寒沙新到鴈，來時還下杜陵無？

題桃花夫人廟 本注：即息夫人。

細腰宫裏露桃新，後語：『楚王負芻好細腰，美人迺起宫，常與美人宴樂，不修國政。秦始皇伐之，虜楚王。』脉脉無言度幾春。古詩：『迢迢牽牛星，皎皎河漢女。盈盈一水間，脉脉不得語。』注：『脉脉，自矜持貌。』漢書李廣傳：『桃李不①言，下自成蹊。』至竟息亡緣底事，左傳：『蔡哀侯娶于陳，息侯亦娶焉。息嬀將歸，過蔡，蔡侯曰：「吾姨也。」止而見之，弗賓。息侯聞之，怒，使謂楚文王曰：「伐我，吾求救於蔡而伐之。」楚子從之。敗蔡師于莘，以蔡侯獻舞歸。』云云。蔡侯爲莘故，繩息嬀以語楚子。楚子如息，以食入享，遂滅息。以息嬀歸，生堵敖及成王焉，未言。楚子問之，對曰：「吾一婦人而事二夫，縱不能死，其又奚言？」楚子以蔡侯滅息，遂伐蔡。』可憐金谷墮樓人。晉書：『石崇字季倫。有妓曰綠珠，美而豔，善吹笛。孫秀使人求之。崇時在金谷別館，方登涼臺，臨清流，婦人侍側。使者以告。崇盡出其婦妾數十人以示之，皆蘊蘭麝，被羅縠，曰：「在所擇。」使者曰：「君侯服御麗則麗矣，然本受命指索綠珠，不識孰是？」崇勃然曰：「綠珠吾所愛，不可得也。」使者曰：「君侯②博古知今，察遠炤邇，願可三思。」崇曰：「不然。」使者出而又反，崇竟不許。秀怒，勸倫誅崇。秀矯詔收崇。崇正宴於樓上，介士到門。崇謂綠珠曰：「我今爲爾得罪。」綠珠泣曰：「當効死於官前。」因自投於樓下而死。崇曰：「吾不過流徙交、廣耳。」及車載詣東市，崇迺歎曰：「奴輩利吾家財。」收者答曰：「知財致害，何不早散之？」崇不能答。』

校勘記

①『不』　原文作『無』，據漢書李廣傳改。

②『俟』　晉書石崇傳作『候』。

初春有感寄歙州邢員外

雪溺前溪水，啼聲已繞灘。梅衰未減態，春嫩不禁寒。跡去夢一覺，年來事百般。聞君亦多感，何處倚欄干。

書懷寄中朝往還

平生自許少塵埃，爲吏塵中勢自迴。朱紱久慚官借與，

劉孝標辯命論：『見張①、桓之朱紱。』李善云：『禮記：諸②侯佩山玄玉而朱組綬。』蒼頡篇曰：

『綬，紱也。』白鬚還歎老將來。須知世路難輕進，豈是君門不大開。霄漢幾多同學伴，可憐頭角盡卿材。左傳：『晉卿不如楚，其大夫則賢。皆卿材也。如杞、梓、皮革，自楚往也。』

校勘記

①『張』原文作『長』，據梁書劉峻辯命論改。

②『諸』原文如此，禮記玉藻篇作『公』。

寄崔鈞

緘書報子玉，後漢書：崔瑗字子玉。爲我謝平津。前漢書：公孫弘爲丞相，封平津侯。自愧掃門士，前漢高士傳①：魏勃少時，欲求見齊相曹參，家貧無以自達。迺常早起，掃齊相舍人門外地，舍人怪而問之，曰：『願見相君，無因，故爲子掃門。』於是爲勃通參。因得見，以爲舍人。誰爲乞火人。前漢書：『蒯通，范陽人也。』注：『通本燕人，後遊於齊，故高祖云齊辯士蒯通。』『至齊悼惠王時，曹參爲相，禮下賢人，請通爲客。初，齊王田榮怨項羽，謀舉兵畔之，劫齊士，不與者死。齊處士東郭先生、梁石君在劫中，強從。及田榮敗，二人醜之，相與入深山隱居。客謂通曰：「先生之於曹相國，拾遺舉過，顯賢進能，齊國莫若先生者。先生知梁石君、東郭先生世俗所不及，何不進之於相國乎？」通曰：

「諾。臣之里婦，與里之諸母相善也。里婦夜亡肉，姑以爲盜，怒而逐之。婦晨去，過所善諸母，語以事而謝之。里母曰：「女安行，我今令而家追女矣。」即束緼請火於亡肉家，曰：「昨暮夜，犬得肉，爭鬭相殺，請火治之。」亡肉家遽追呼其婦，故里母非談說之士也，束緼乞火非還婦之道也，然物有感，事有適可。臣請乞火於曹相國。」迺見相國曰：「婦人有夫死三日而嫁者，有幽居守寡不出門者，足下即欲求婦，何取？」曰：「取不嫁者。」通曰：「然則求臣亦猶是也，彼東郭先生、梁石君，齊之俊士也，隱居不嫁，未嘗卑節下意以求仕也。願足下使人禮之。」曹相國曰：「敬受命。」皆以爲上賓。』

詞臣陪羽獵，羽獵賦序：『孝成帝時羽獵，雄從。』注：『羽，箭也，言使士卒負箭而獵從，謂從成帝也。』戰將騁騈鄰。兩地差池恨，左傳：『何敢差池。』注：『差池，不齊一。』江汀醉送君。

校勘記

①『高士傳』 漢書無高士傳，有高五王傳。

初春雨中舟次和州横江裴使君見迎李趙二秀才同來因書四韻兼寄江南許渾先輩

芳草渡頭微雨時，萬株楊柳拂波垂。蒲根水暖鴈初浴，梅逕香寒蜂未知。辭客倚風吟暗淡，使君迴馬濕旌旗。江南仲蔚多情調，見一卷『蓬蒿三畝居』①注。悵望春陰幾首詩。

校勘記

①『蓬蒿三畝居』 卷一贈宣州元處士。

和州絶句

江湖醉度十年春，牛渚山邊六問津。『牛渚』①已出三卷。史記：孔子使子路問津。鄭玄云：『津，濟渡處也。』歷陽前事知虚實，高位紛紛見陷人。淮南子：『歷陽有老嫗，常行仁義，有二生過之，曰：「此國當没爲湖，視東城門閫有血，便走上北山，勿顧也。」自此，往視，閽者問之，嫗具以告。其暮，門吏故殺雞，血塗門閫。嫗見血上山。一夕國没爲湖。』十道志：『和州歷陽湖。』注：『淮南子：

歷陽之地一夕化爲湖。湖中有明府魚、婢魚。』左思詩：『世胄躡②高位，英俊沉下僚。』

校勘記

①『牛渚』 卷三贈朱道靈。

②『躡』 原文作『攝』，據左思詠史詩改。

題烏江亭

通典：『和州之烏江縣。』注：『本烏江亭。』

勝敗兵家事不期，包羞忍耻是男兒。江東子弟多才俊，

史記：『項王軍壁垓下，兵少食盡，漢軍及諸侯兵圍之數重。項王夜潰圍南出，欲東渡烏江。

烏江亭長艤舟待，謂項王曰：「江東雖小，地方千里，衆數十萬人，亦足王也。願大王急渡。」項王笑曰：「籍與江東子弟八千人渡江而西，今無一人還，縱江東父兄憐而王我，我何面目見之？」』

卷土重來未可知。詩史：『虎狼窺中原。』東坡補注：『徐廣曰：「今虎狼輩窺覘中原，不可不備，一日或聚嘯而起，卷土歸矣。」』

題橫江館

李白橫江詞：『橫江館前津吏迎①。』吳地記：『魏太祖曰：「孤願越橫江之津，與孫將軍遊姑蘇之臺，上獵長州之苑，吾志足矣。」』

孫家兄弟晉龍驤，馳騁功名業帝王。吳志：『孫堅字文臺，吳郡富春人，蓋孫武之後也。堅四子：策、權、翊、匡②。權既稱尊號，堅曰武烈皇帝。策字伯符。評曰：孫堅勇摯剛毅，孤微發迹，有忠壯之烈。策氣傑濟，猛鋭冠世，覽奇取異，志陵中夏。然皆輕佻果躁，隕身致敗。且割據江東，策之基兆也。』吳主傳：『孫權，字仲謀，兄策既定諸郡，時權年十五，以爲陽羨長。郡察孝廉，州與③茂才，行奉義校尉。漢以策遠脩職貢，遣使劉琬加錫命。琬語人曰：「吾觀孫氏兄弟，雖各才秀明達，然皆禄祚不終，唯中弟孝廉，形貌奇偉，骨髓不恒，有大貴之表，又最壽，爾試識之。」』又吳志：『曹公表策爲討逆將軍，封爲吳侯。是時，袁紹方疆，而策並江東，曹公力未能逞，且欲撫之，迺以弟女配策。策殺吳郡太守許貢④，貢少子與客亡匿江邊。策單騎出，卒與客遇，客擊傷策。創甚，請長昭⑤等謂曰：「中國方亂，夫以吳、越之衆，三江之固，足以觀成敗。公等善相吾弟！」呼權佩以印綬，謂曰：「舉江東之衆，決機於兩陳之間，與天下爭衡，卿不如我；舉賢任能，各盡其心，以保江東，我不如卿。」至夜卒，年二十六。』晉書：『苻堅字永固，一名文玉。母苟氏嘗游漳水，祈子於西門豹祠，其夜夢與神交，因而有孕，十二月而生堅焉。有神光自天燭其庭。背有赤文，隱起成字，曰：「艸付臣又土王咸陽。」洪奇而愛之，名曰堅頭。年七歲，聰敏，侍洪側，輒量洪舉措，取與不失機候。洪曰：「此兒姿貌瓌偉，質性過人。非常相也。」高平徐統有知人之鑒，遇堅於路，異之，謂左右曰：「此兒有霸王之相。」左右怪之，統曰：「非爾近及也。」後又遇之，統下車屏人，密謂之曰：「苻郎骨相不恒，後當大貴，但僕不見，如何！」夢天神遣使者朱衣赤冠，命拜堅爲龍驤將軍，健泣謂堅曰：「汝祖昔受此號，今汝復爲神明所命，可不勉之！」堅揮劍捶馬，志氣感厲，士卒莫不憚服焉。及苻生嗣僞位，太原薛讚、略陽權翼説堅曰：「今主上昏虐，天下離心。有德者昌，無德者受殃，天之道也。神器業重，不可令他人取之，願君王行湯武之事，以順天人之心。」堅深然之，遂弑生，以僞位讓其兄法。法自以庶孽，不敢當。堅及母苟氏並慮衆心未服，難居大位，群寮固請，迺從之。以升平元年僭稱大秦天王。』

至竟江山誰是主，苔磯空屬釣魚郎。

校勘記

①『迎』原文作『迴』，據李白横江詞六首之五改。

②『臣』三國志孫堅傳作『匡』。

③『與』三國志孫權傳作『舉』。

④『負』三國志孫堅傳作『貢』。

⑤『長昭』　三國志孫堅傳作『張昭』。

寄澧州張舍人笛

髮均肉好生春嶺，見二卷『肉管伶倫曲』①注。截玉鑽星寄使君。檀的染時痕半月，落梅飄處響穿雲。樂府雜録：『笛，羌樂也，古曲有落梅花。』樓中威鳳傾冠聽，前漢書宣帝紀②：『神爵元年，南郡獾③威鳳。』晉灼曰：『鳳之有威儀者也④。尚書「鳳凰來儀」同意。』顧愷之鳳賦：『朱冠赫以雙翹。』沙上驚鴻掠水分。遥想紫泥封詔罷，隴右記：『武都紫水有泥，其色赤而黏，貢之，用封璽書，故詔有紫泥之美。』夜深遥隔禁墻聞。

校勘記

①『肉管伶倫曲』卷二奉和門下相公送西川相公兼領相印出鎮全蜀。

②『神爵元年』至『同意』，漢書正文與注文未區分。

③『權』原文如此，據漢書宣帝紀爲『獲』。

④『鳳之有威儀者也』原文作『威之有鳳儀者也』，據漢書宣帝紀改。

寄揚州韓綽判官

青山隱隱水遥遥，西京賦：『隱隱展展。』注：隱展，相連屬貌。秋盡江南草木凋。二十四橋明月夜，玉人何處教吹簫？晉書：『裴楷①則風神高邁，容儀俊美，博涉群書，特精義理，時人見謂之「玉人」。』『吹簫』②已出三卷。

校勘記

①『楷』 原文作『淑』，據晉書裴楷傳改。

②『吹簫』 卷三不見『吹簫』，始見此詩。

送李群玉赴舉

故人別來面如雪，一榻拂雲秋影中。玉白花紅三百首，五陵誰唱與春風？『五陵』①已出二卷。

校勘記

①『五陵』卷二登樂遊原。

送薛種遊湖南

賈傳松醪酒，詩史：『松醪酒熟傍看醉。』東坡補注：『謝敷曰：「山家松醪酒，熟看不能飲，傍坐看子醉。」』秋來美更香。憐君片雲思，一棹去瀟湘。

題壽安縣甘棠館御溝

十道志：『河南道洛州有壽安。』注：『漢宣陽縣，後魏名新安甘棠縣，在函谷城，屬新安郡。』

一渠東注芳華苑，苑鎖池塘百歲空。水殿半傾蟾口澁，

魏略：『明帝青龍三年，於芳林園中起陂池，楫棹越歌。又於列殿之北立八坊，諸才人以次序處其中，通引穀水過九龍前，爲玉井綺欄，蟾蜍含受，神龍吐水，水轉①百歲。』九龍，殿名。

爲誰流下蓼花中？

校勘記

①『轉』　原文作『殿』，據三國志魏書明帝紀引魏略注改。

汴河懷古見三卷『隋堤柳』注。

錦纜龍舟隋煬帝，大業記：『煬帝幸江都，所乘龍舟，錦帆錦纜。』平臺複道漢梁王。十道志『河南道汴州』注：『戰國時爲魏都，漢封皇子武爲梁王，都大梁中。』史記：『梁孝王廣睢陽城七十里。大治宫室，爲複道，自宫連屬於平臺四十餘里。』注：『睢陽有平臺里。』遊人閑起前朝念，折柳孤吟斷殺腸。

汴河阻凍

千里長河初凍時，玉珂瑶珮響參差。浮生憐似冰底水，日夜東流人不知。

酬張祜處士見寄長句四韻

七子論詩誰似公，魏文帝典論：『今之文人，魯國孔融、廣陵陳琳、山陽王粲、北海徐幹、陳留阮瑀、汝南應瑒、東平劉楨，斯七子者，於學無所遺，於辭無所假。』曹劉須在指揮中。鍾嶸詩品①：『詩上品：魏陳思王曹植、魏文學劉楨』。薦衡昔日知文舉，本注：『令狐相公曾表薦處士。』後漢書：孔融字文舉，薦禰衡。乞火無人作蒯通②。已出上。北極樓臺長掛夢，西江波浪遠吞空。可憐故國三千里，虛唱歌辭滿六宮。見三卷『千首詩輕萬户侯』③注。

校勘記

①『鍾嶸詩品』 原文作『鍾榮詩評』。

②『蒯通』 卷四寄崔鈞『誰爲乞火人』的注文。

③『千首詩輕萬户侯』 卷三登池州九峰樓寄張祜。

寄宣州鄭諫議

大夫官重醉江東，蕭灑名儒振古風。文石陛前辭聖主，『文石陛』①已出二卷。碧雲天外作冥鴻。『冥鴻』②已出二卷。五言寧謝顏光禄，鍾嶸詩品③序：『謝客爲元嘉之雄，顏延年爲輔，此皆五言之冠冕，文詞之命世也。』又評曰：『宋光禄顔延年字延之。』百歲須齊衛武公。『武公』④已出二卷。再拜宜同丈人行，前漢書蘇武傳：『天漢元年，且鞮侯⑤單于初立，恐⑥漢襲之。迺曰：「漢天子我丈人行也。」』注：『丈人，尊老之稱。行，胡浪切。』過庭交分有無同。論語：『鯉趨而過庭。』吴志：周瑜與孫⑦策爲友，升堂拜母，有無通共。

校勘記

①『文石陛』 卷二長安雜題長句六首之四。

②『冥鴻』 卷二李侍郎於陽羨里富有泉石某亦於陽羨粗有薄産敍舊述懷因獻長句四韻。

③「品」原文作「評」。

④「武公」卷二未見「武公」，只見此詩。

⑤「鞮」原文作「提」，據漢書蘇武傳改。

⑥「恐」原文作「思」，據漢書蘇武傳改。

⑦「孫」原文作「保」，據三國志吳書改。

題元處士高亭 宣州

水接西江天外聲，小齋松影拂雲平。何人教我吹長笛，與倚春風弄月明。馬融作長笛賦。

鄭瓘協律

本注：廣文孫子。

廣文遺韻留攄散，新唐書：鄭虔天寶中爲廣文館博①士，善圖山水，好書。嘗自寫其詩並畫以獻，帝大署其尾曰：『鄭虔三絶。』文賦：『採千載之遺韻。』注：遺韻，謂古人遺而未用者，收而採之。攄，丑居切，舒張散布也。雞犬圖書共一舡。自説江湖不歸事，阻風中酒過年年。『中酒』②已出三卷。

校勘記

①『博』原文作『學』，據新唐書鄭虔傳改。

②『中酒』卷三睦州四韻。

題籌筆驛

本注：『在蜀路，孔明籌畫於此，山水最秀。』野人殷潛之

江東矜割據，吴志周瑜傳：初，孫堅興義兵討董卓，堅子策與瑜友善，策薨，權統事。瑜將兵赴喪，遂留吴。瑜曰：『將軍以神虎雄才，兼杖父兄之烈，割據江東，地方數千里，兵精足用，英雄樂業。』又見上『孫家兄弟』①注。鄴下奪孤嫠。通典：『鄴郡相州，魏武王建都於此。』注：『魏氏都在鄴縣。』魏志：『太祖武皇帝，沛國譙人也，姓曹，諱操，字孟德，漢相參之後。』晉書載記：『石勒曰：「大丈夫行事，當礌礌落落，如日月皎然，終不能如曹孟德、司馬仲達父子，欺他孤兒寡婦，狐媚以取天下也。」』嫠，力之切。説文曰：『無夫也。』霸略非匡漢，宏圖欲佐誰？奏書辭後主，仗劍出全師。蜀志：『先主姓劉，諱備，字玄德，涿郡涿縣人，漢景帝子中山靖王勝之後也。

後主諱禪，字公嗣，先主子也。』蜀志諸葛亮傳：『建興五年，率諸軍北駐漢中，臨發，上疏曰：「先帝創業未半而中道崩殂，今天下三分，益州疲敝，此誠危急存亡之秋也。侍中、尚書、長史、參軍，此悉貞良死節之臣也，願陛下親之信之，則漢室之隆，可計日而待也。今南方已定，兵甲已足，當帥將三軍，北定中原，庶竭駑鈍，攘除姦凶，興復漢室，還于舊都。此臣之所以報先帝，而忠陛下之職分也。」』注：中原謂魏也。姦凶，謂曹丕也。備，中山王後，故云興復漢室也。舊都謂雍、洛二州，兩漢所都也。又疏曰：『願陛下託臣以討賊興復之效，則治臣之罪，以告先帝之靈。』漢書陳平傳：『平杖②劍亡，渡河。』前漢書：『趙充國行必戰備，止必坐壁，全師保勝。』云。**重襲褒斜路，**春秋釋例：『輕行掩其不備曰襲。』蜀志：『建興六年春，楊聲由斜谷道取郿，使趙雲、鄧芝爲疑軍，據箕谷。十二年春，亮悉大衆由斜谷出，以流馬運，擄武功五丈原，與司馬宣王對於渭南，相持百餘日。』梁州記曰：『萬石城泝漢上七里有褒谷口，南口曰褒，北口曰斜。』懸開反正旗。前漢書禮樂志：『漢興，撥亂反正。』注：『撥③去亂俗而還於正道也。』欲將苞有截，『有截』④已出二卷。必使舉無遺。沉慮經謀際，揮毫決勝時。月賦：揮毫進牘。圜觚當分畫，漢書酷吏傳：『漢興，破觚爲圜，斲琱爲璞。』注：『觚，方也。去嚴刑而從簡易，抑巧僞而務敦厚也。琱，謂刻鏤也，字與彫同。』通曆：『袁紹之爲人也，志大而智小，兵多而分畫不明。』前筯比操持。『前筯』⑤見二卷。山秀扶英氣，川流入妙思。運算成功在彀，莊子：『遊於羿之彀中，中央者，中地也；然而不中者，命也。』去事終虧。命屈天方厭，左傳：『鄭伯曰：「天而既厭周德矣。」』人亡國自隨。詩：『人之云亡，邦國殄瘁。』艱難推舊姓，見上『霸略非匡漢』⑥注。

開創極初基。東京賦⑦：『周公初基，其繩則直。萇弘魏舒，是廓是極。』注：『書曰：「周公初基，作新大邑，于東國。」極，致也。』總歎曾過地，寧探作教資。

若歸新曆數，論語：『天之曆數在爾躬。』誰復顧襄危。見上『霸略非匡漢』注。

報德兼明道，長留識者知。

校勘記

①『孫家兄弟』 卷四題橫江館。

②『杖』 原文作『仗』，據漢書陳平傳改。

③『撥』原文作『發』，據漢書禮樂志改。

④『有截』卷二奉和門下相公送西川相公兼領相印出鎮全蜀。

⑤『前筋』卷二不見『前筋』，只見此詩。

⑥『霸略非匡漢』卷四題籌筆驛。

⑦『東京賦』原文作『東都賦』。

和野人殷潛之題籌筆驛十四韻

三吳裂婺女，『三吳』①已見一卷。吳都賦：『婺（音務）女寄其曜，翼軫寓其精。』注：『婺女星，越之分。野軫星，楚之分。其地並爲吳所吞吐，則其星之精曜，若客寄於吴。』**九錫獄孤兒。**後漢獻帝紀：『十八年，曹操自立爲魏公，加九錫。』注：『按禮含文嘉曰：「九錫謂一曰車馬，二曰衣服，三曰樂器，四曰朱户，五曰納陛，六曰虎賁士百人，七曰斧鉞，八曰弓矢，九曰秬鬯。」』『孤兒』見上『孤嫠』②注。**霸主業未半，本朝心是誰。**見上『霸略非匡漢』③注。**永安宮受詔，**十道志：『山南夔州永安宮。』注：『劉備作此，在豊溪南，備居於此。』蜀志諸葛亮傳：『章武二年④春，先主於永安病篤，召亮於成都，屬以後事，謂曰：「君才十倍曹丕，必能安國，終定大事。若嗣子可輔，輔之；如其不才，君可自取。」亮涕泣曰：「臣敢竭股肱之力，效忠貞之節，繼之以死！」』**籌筆驛沉思。**見上『籌筆驛』本注。**畫地乾坤在，濡毫勝負知。艱難同草創，**見兩漢高光本紀。**得失計毫氂。**金海筭法：『十忽爲絲，十絲爲毫，十毫爲氂，十氂爲分，十分爲寸。』寂默經千慮，分明渾一期。川流縈智思，山聳助扶持。慷慨匡時略，從容問罪師。蜀志：『建興元年，南中諸郡，並皆叛亂。三年春，亮率衆征之，其秋悉平。』褒中秋鼓角，前漢高紀：『漢王送至褒中。』注：『即今梁州之褒縣也。舊曰褒中，言居褒谷之中。』渭曲晚旌旗。見一卷『直走咸陽』⑤注。仗義懸無敵，孟子：『無敵於天下者，天吏也。』鳴攻固有辭。論語：『子曰：「非吾徒也，小子鳴鼓而攻之，可也。」』注：『鳴鼓聲其罪而責之。』春秋：『桓公十年傳：「冬，齊衛鄭來戰于郎，我有辭也。」』注：『不稱侵伐，而以戰爲文，明魯直，諸侯曲，故言「我有辭」。』若非天奪去，左傳：『劉康公曰：「原叔有大咎，天奪之魄矣。」』豈復慮能支。子夜星纔落，晉陽秋：『有星赤而芒角，自東北西南流，投于亮營，三投再還，往大還小。俄而亮卒。』青箱雜記：『大白有子夜歌行。韋絢迺以子夜爲五夜之數，或謂之午夜者，謂夜半時如日之午也。』

鴻毛鼎便移。燕丹子，荆軻謂太子曰：『死有重於泰山，有輕於鴻毛。』見二卷『鼎重山難轉』⑥注。**郵亭世自換，**郵，于求切。説文：境上行書舍，或作郵。**白日事長垂。**見上『後代聲華白日懸』⑦注。**何處躬耕者，猶題殄瘁詩。**『殄瘁』⑧見上注。

校勘記

①『三吳』　卷一郡齋獨酌。

②『孤兒』見上『孤嫠』即卷四題籌筆驛前二句，不見爲『孤嫠』作注，是注釋者的失誤。

③『霸略非匡漢』卷四題籌筆驛。

④『二年』原文如此，三國志蜀書作『三年』。

⑤『直走咸陽』卷一阿房宫賦。

⑥『鼎重山難轉』卷二華清宫三十韻。

⑦『後代聲華白日懸』卷四商山富水驛。

⑧『殄瘁』卷四和野人殷潛之題籌筆驛十四韻。

重題絶句一首

郵亭寄人世，人世寄郵亭。何如自籌度，鴻路有冥冥。

『冥鴻』①已出二卷。

校勘記

①『冥鴻』 卷二李侍郎於陽羡里富有泉石某亦於陽羡粗有薄産敘舊述懷因獻長句四韻，實際是『鴻冥』。

送陸洿郎中棄官東歸

少微星動照春雲，隋書天文志：『少微四星，在太微西，士大夫之位，一名處士星。』魏闕衡門路自分。『魏闕』①已出二卷。詩：『衡門之下，可以棲遲。』

倏去忽來應有意，世間塵土謾疑君。

校勘記

①『魏闕』 卷二奉和門下相公送西川相公兼領相印出鎮全蜀。

寄珉笛與宇文舍人

調高銀字聲還側，樂府雜錄：『觱栗，本龜茲國樂，德宗朝有尉遲青，幽州有王麻奴善此技，河北推爲第一手。麻奴即往定優劣。青席地令坐，自取銀字管，於平般涉調吹之。麻奴泣謝曰「今日幸聞天樂，方悟前非」，迺碎樂器，自此不復吹也。』物比柯亭韻校奇。後漢書蔡邕傳注：『張騭文士傳：「邕告吳人曰：『吾昔嘗經會稽高遷亭，見屋東間第十六椽竹可以爲笛。』取用，果有異聲。」伏滔長笛賦序：「柯亭之觀，以竹爲椽，邕取爲笛，奇聲獨絶。」』寄與玉人天上去，『玉人』①見上。桓將軍見不教吹。見二卷『一曲將軍何處笛』②注。

校勘記

①『玉人』 卷四寄揚州韓綽判官。

②『一曲將軍何處笛』 卷二街西長句。

寄内兄和州崔員外十二韻 儀禮：舅之子。鄭玄云：『内兄弟也。』

曆陽崔太守，何日不含情。恩義同鍾李，本注：『李膺、鍾瑶中外兄弟，少相友善。』塤篪實弟兄。詩：『伯氏吹壎。仲氏吹篪。』注：『土曰壎，竹曰篪。義云：「伯仲喻兄弟也。我與汝，恩如兄弟，其想應和如壎篪。」』光塵能混合，『光塵』[①]見二卷。擘畫最分明。臺閣仁賢譽，閨門孝友聲。

西方像教毁，法住經：『佛告阿難：我涅般後，正法一千年，由女人出家，故滅五百年，像法一千年，末法一萬年，鈔云像似也。有教有行，似正法時則證果者鮮矣。若末法時，空有教，無修行者。』新唐書武宗紀：『會昌五年八月，大毁佛寺，復僧尼爲民。』南海繡衣行。本注：『爲嶺南圻寺副使。』『繡衣』②見二卷。金橐寧迴顧，見三卷『越橐水沉堆』③注。珠簞肯一棖。直庚切，觸也。左傳：『越圍吴。晉趙鞅使楚隆告于王曰：「今君在難，無恤不敢憚勞，非晉國之所能及也。」王曰：「寡人不能事越，以爲大夫憂，拜命之辱。」與之一簞珠。』注：『簞，小笥。』秖宜裁密詔，何自取專城。潘安仁馬汧督誄：『剖符專城，纖青拖黑。』李善云：『漢書，比六百石以上銅印，黑綬云。剖符專城，則青黑是也。』進退無非道，徊翔必有名。好風初婉軟，離思苦縈盈。

金馬舊遊貴，漢書：『揚雄解嘲④曰：「今子幸得遭明盛之世，與群賢同行，歷金門上玉堂有日矣」。』注：『金門，金馬門也。』漢書注：『武帝時，相馬者東門京作銅馬法獻之，立馬於魯班門外，更名魯班門爲金馬門。』桐廬春水生。見二卷『嚴光釣瀨喧』⑤注。雨侵寒牖夢，梅引凍醪傾。共祝中興主，高歌唱太平。

校勘記

①『光塵』　卷二昔事文皇帝三十二韻。

②『繡衣』　卷二許七侍御棄官東歸瀟灑江南頗聞自適高秋企望題詩寄贈十韻。

③『越橐水沉堆』　卷三揚州三首之二。

④『解嘲』　漢書揚雄傳此句作『客謿揚子』語。

⑤『嚴光釣瀨喧』　卷二昔事文皇帝三十二韻。

遣興

鏡弄白髭鬚，如何作老夫。浮生長勿勿，兒小且嗚嗚。

青箱雜記顔氏家訓云：『世中書翰，多稱勿勿，相承如此，不知所由，或有妄言，此忽忽之殊缺耳。』按説文：『勿者，州里所建之旗，象其柄有三游，雜帛，幅半異，所以趣民事。故忽遠者，稱爲勿勿。』故樊川詩云：『浮生長勿勿，兒小且鴝鳴。』宋景文公云：『軍中勿勿，所慮萬端，皆其義也。』忍過事堪喜，泰來憂勝無。治平心逕熟，不遣有窮途。『窮途』①已出三卷。

校勘記

①『窮途』卷三寄李起居四韻。

早秋

疎雨洗空曠，秋標驚意新。大熱去酷吏，史記有酷吏傳。清風來故人。古詩：『清風如君子，觸處解人意。』樽酒酌未酌，曉花嚬不嚬。毗寅切，笑貌，蹙眉也。銖秤與縷雪，誰覺老陳陳？前漢書食貨志：『大①倉之粟，陳陳相因。』

校勘記

①『大』 原文如此，漢書食貨志作『太』。

秋思

熱去解鉗釱，漢書陳咸傳注：『鉗在頸，釱在足，皆以鐵爲之。鉗，其炎切，釱音弟。』飄蕭秋半時。微雨池塘見，好風襟袖知。髮短梳未足，枕涼閑且欹。平生分過此，何事不參差。

途中一絶

郡閣雅談：杜牧舍人罷任浙西郡，道中有詩云。

鏡中絲髮悲來慣，衣上塵痕拂漸難。惆悵江湖釣竿手，卻遮西日向長安。

春盡途中

田園不事來遊宦，前漢書陳平傳：『平貧不事事。』注：『不事産業之事。』故國誰教爾别離。獨倚關亭還把酒，一年春盡送春詩。

題村舍

三樹稚桑春未到，曆各切，剔也。扶牀乳女午啼饑。潛銷暗鑠歸何處，萬指侯家自不知。史記貨殖傳云：『手指千。』注：『古者無空手遊日，皆有作務，作務須手指，故曰手指，以别牛馬蹄角也。』注：手指，謂有巧技者，指千則人百也。

代人寄遠①六言

河橋酒旆風軟，候館梅花雪嬌。周禮：『侯②館有積。』又曰：『五十里有市，又③有侯館。』宛陵樓上瞪目，通典：『宣州領縣宣城、漢宛陵縣。』瞪，澄應切，直視貌。我郎何處情饒。

繡領任垂蓬鬠，丁香閑結春梢。詩史江頭五詠：『丁香體柔弱，亂結枝猶墊。細葉帶浮毛，疏花披素艷。深栽小齋後，庶近幽人古。晚墮蘭麝中，休懷粉身念。』注：『丁香結實，則墮於蘭麝間，而有粉身之患也。』賸肯新年歸否，賸，神證切，增益曰賸。江南綠草迢迢。劉安招隱士：『王孫遊兮不歸，春草生兮萋萋。』

校勘記

①此詩爲二首，作注者未分。

②『㑆』周禮遺人作『㑆』。

③『又』周禮遺人作『市』。

閨情

娟娟卻月眉，天寶傳歌錄：『貴妃嘗作十眉新妝，宮中多効之。曰連頭，曰八字，曰走山，曰倒暈，曰横雲，曰驚翠，曰新月，曰卻月，曰柳葉，曰媚眉。』新鬢學鵶飛。暗砌匀檀粉，晴窗畫裌衣。袖紅垂寂寞，眉黛歛依稀。還向長陵去，十道志『關内道長陵』注云：『高祖陵。』又見下『小市長陵住』①注。今宵歸不歸。

校勘記

①『小市長陵住』 卷四舊遊。

舊遊

閑吟芍藥詩，詩溱洧：『維士與女，伊其相謔，贈之以芍藥。』注：『芍藥，香草，士女往觀洧水之上，相與戲謔，行夫婦之事。別則送女以芍藥，結恩情也。』悵望久嚬眉。盼眄迴眸遠，纖衫整髻遲。重尋春晝夢，笑把殘花枝。小市長陵住，前漢外戚傳：孝景王皇后，武帝母也。嫁爲金王孫婦，生一女矣，奪金氏，迺内太子宫。文帝崩，景帝即位，立爲皇后，生武帝。帝即位，爲皇太后。初，皇太后微時，所爲金王孫生女名俗，在民間，蓋諱之也。武帝始立，韓嫣白之。帝曰：『何爲不早言？』迺車駕自往迎之。其家在長陵小市，直至其門，使左右入求之。家人驚恐，女逃匿。扶將出拜。帝下車立曰：『大姊，何藏之深也？』載至長樂宫，與俱謁太后，太后垂涕，女亦悲泣。非郎誰得知。

寄遠

隻影隨驚鴈，單棲鎖畫籠。向春羅袖薄，誰念舞臺風。

十道志：洛州有歌舞臺。

簾

徒云逢剪削，豈謂見編裝。鳳節輕雕日，西京雜記：『漢諸陵寢皆以竹爲簾，皆爲水文，迺龍鳳象。』鸞花薄飾香。問屏何屈曲，見添注①。憐帳解周防。見添注①。下漬箭賜切，浸漚潤漬也。金階露，斜分碧瓦霜。沉沉伴春夢，前漢陳勝傳注：『沉沉，宫室深邃之貌。』寂寂侍華堂。誰見昭陽殿，真珠十二行。西京雜記：『昭陽殿織珠爲簾，風至則鳴。』

校勘記

①『見添注』 卷四無添注，注者的失誤。

寄趙甘露寺北軒

唐宋詩話：『京口甘露寺，俠乎大江，踞其崇俯，大江踞崇岡，天下絶致也。』

曾上蓬萊宮裏行，『蓬萊』①已出一卷。北軒欄檻最留情。孤高堪弄桓伊笛②，已出二卷。縹緲宜聞子晉笙。列仙傳：『王子喬者，周之靈王太子晉也，好吹笙，作鳳凰鳴。』天接海門秋水色，廣記：伍子胥死，投尸於江，自海門山，潮③頭洶湧高數百尺，越錢塘漁浦。煙籠隋苑暮鐘聲。見外集『隋苑』④注。他年會著荷衣去，楚辭：製芰荷以爲衣。不向山僧道姓名。

校勘記

①『蓬萊』 卷一池州送孟遲先輩。

②『桓伊笛』 卷二街西長句。

③『潮』 原文作『湖』，據太平廣記卷二九一改。

④『隋苑』 外集隋苑。

題青雲館

虬蟠千仞劇羊腸，呂氏春秋：『天地之間，上有九山，曰太行、羊腸。高誘云：「太行山在河内野王縣北。羊腸，其山盤紆如羊腸，在太原晉陽北。」』天府由來百二强。前漢婁敬傳：『夫秦地被山帶河，四塞以爲固，卒然有急，百萬之衆可具。因秦之故，資甚美膏腴之地，此所謂天府。』注：『府，聚也，萬物所聚。』高紀：『秦，形勝之國，帶河阻山，縣①隔千里，持戟百萬，秦得百二焉。』注：『百二，得百中之二，二萬人也。秦地險固，二萬人足當諸侯百萬人。』四皓有芝輕漢祖，皇甫謐高士傳：『四皓見秦政虐，逃入藍田山，作歌曰：「漠漠高山，深谷逶迤。曄曄紫芝，可以療饑。唐虞世遠，吾將安歸？駟馬高蓋，其憂甚大。富貴之畏人，不如貧賤而肆志。」』張良傳：『顧上不能致者四人。四人年老，皆以上嫚侮士，故逃匿山中，義不爲漢臣。』張儀無地與懷王。史記：『張儀往相楚，楚懷王聞張儀來，虛上舍而自館之。曰：「此僻陋之國，子何似教之？」儀説楚王曰：「大王誠能聽臣，閉關絶約於齊，臣請獻商於之地六百里。」楚王大説而許之。於是爲閉關絶約於齊，使一將軍隨張儀。儀謂楚使者曰：「臣俸邑六里，願以獻大王左右。」楚使者曰：「臣受命於王，以商於之地六百里，不聞六里。」還報楚王，楚王大怒，發兵以攻秦。』

雲連帳影蘿陰合，枕遶泉聲客夢涼。深處會容高尚者，

易：『不事王侯，高尚其事。』水苗三頃百株桑。

校勘記

①『縣』 原文作『懸』，據漢書高帝紀改。

郡中有懷寄上睦州員外十三兄 歙州刺史邢群①。

城枕溪流淺更斜，麗譙連帶邑人家。前漢陳勝傳注：『譙門，謂門上爲高樓以望者耳。樓一名譙，故謂美麗之樓爲麗譙。』經冬野菜青青色，未臘山梅樹樹花。雖免瘴雲生嶺上，永無音信到天涯。如今歲晏從羈滯，心喜彈冠事不賒。前漢書：王吉字子陽。與貢禹爲友，世稱『王陽在位，貢公彈冠。』注：『彈冠者，且入仕也。』賒，式車切，遠也。

校勘記

①『群』 原文作『郡』，據樊川文集（江户初寫本）改。此詩爲邢群作。

正初奉酬

翠巖千尺倚溪斜，曾得嚴光作釣家。越嶂遠分丁字水，臘梅遲直利切，待也。見二年花。明時刀尺君須用，『刀尺』①見二卷。幽處田園我有涯。一壑風煙陽羨里，前漢敍傳：『班嗣報桓生書曰：「若夫嚴子者，漁釣於一壑，則萬物不干②其志；棲遲於一丘，則天下不易其樂。」』『陽羨』③見二卷。解龜休去路非賒。謝靈運去郡詩：『牽絲及元興，解龜在景平。』注：『牽絲，謂帝王如絲之言而仕也。』元興，晉安帝年號。解龜，謂去所佩龜印也。景平，宋少帝年號。言授官於元興，謝職於景平。新唐書志：『天授二年，改佩魚皆爲龜。其後三品以上龜袋飾以金，四品以銀，五品以銅。中宗初，罷龜袋，復給以魚。』

校勘記

①『刀尺』卷二自貽。

②『干』原文如此，漢書敘傳四二〇五頁『則萬物不奸其志』。應作『奸』。

③『陽羨』卷二許七侍御棄官東歸蕭灑江南頗聞自適高秋企望題詩寄贈十韻。

江山偶見絶句

楚鄉寒食橘花時，荆楚歲時記：『去冬節一百五日，即有疾風甚雨，謂之寒食。』

野渡臨風駐綵旗。草色連雲人去住，水紋如縠燕差池。

見二卷『野水差新燕』①注。

校勘記

①『野水差新燕』　卷二夏州崔常侍自少常亞列出領麾幢十韻。

題木蘭廟

彎弓征戰作男兒，古樂府木蘭詩：『促織何唧唧，木蘭當户織。不聞機杼聲，但聞女歎息。問女何所憶？女亦無所憶。昨夜見兵帖，可汗但點兵，兵書十二卷，卷中有爺名。阿爺無大兒，木蘭無長兄。願爲市鞍馬，從此替爺征。旦辭爺娘去，暮宿黄河邊，不聞爺娘唤女聲，但聞黄河水濺濺。日辭黄河去，暮宿燕山頭，不聞爺娘唤女聲，但聞胡馬鳴啾啾。萬里赴戎機，關山渡若飛。朔氣傳金鼓，寒光照鐵衣。將軍百戰死，壯士十年歸。歸來見天子，天子坐明堂。

策勳十二轉，賜物百千強。可汗問所欲，木蘭不願尚書郎，願馳千里足，送兒還故鄉。爺娘聞女來，出郭相扶將。阿姊聞妹來，當户理紅妝。小弟聞姊來，磨刀霍霍向猪羊。開我東閣門，坐我西閣牀，脱我戰時袍，着我舊時裳，當窗理雲鬢，對鏡貼花黄。出門烽火伴，火伴皆驚慌，同行十二年，不知木蘭是女郎。雄兔脚撲朔，雌兔眼迷離；兩兔傍地足，烏能知我是雄雌。』

夢裏曾經夢畫眉。幾度思歸還把酒，拂雲堆上祝明妃。

十道志：『關内道勝州有拂雲堆。』樂府解題：『舊史王嫱字昭君。漢元帝時凶奴入朝，詔以嫱配之，號胡閼氏。晉文帝諱昭，故晉人改爲明君。』

入商山

十道志：『商州有商山』注：『四皓河内軹人隱此山，一名楚山，山有兩源分流，四皓廟東。』

早入商山百里雲，藍溪橋下水聲分。三秦記：『藍田有洲方三十里，其水北流，出玉、銅、鐵、石。』流水舊聲人舊耳，此迴嗚咽不堪聞。

偶題

甘羅昔作秦丞相，史記：『甘羅者，甘茂孫也。茂既死後，甘羅年十二，事秦相文信侯呂不韋。』『始皇召見，使甘羅於趙。趙襄王郊迎甘羅。甘羅説趙王曰。』『趙王立自割五城以廣河間。秦歸燕太子。趙攻燕，得上谷三十城，今秦有十二①。甘羅還報秦，迺封甘羅以爲上卿，復以甘茂田宅賜之。』子政曾爲漢輦郎。前漢：『劉向字子政，

本名更生。年十二，以父德任爲輦郎。』注：『而今引御輦郎也。』千載更逢王侍讀，

當時還道有文章。唐書：王起②字舉之，長慶元年，遷禮部侍郎。其年錢徽掌貢士，

爲朝臣請託，人以爲濫。詔遂代徽爲禮部侍郎，掌貢二年，得士尤精。以莊恪太子登儲，欲令

儒者授經，迺兼太子侍讀。起前後四典貢部，所選皆當代詞藝之士，有名於時，人皆賞其精鑒。

校勘記

①『二』 史記甘羅傳作『一』。

②『起』 原文作『記』，據新唐書王起傳改。

送盧秀才一絶

春瀨與煙遠，送君孤棹開。潺湲如不改，愁更釣魚來。

醉題

金鑷（泥輒切，鑷子也。說文：箱也。）洗霜鬢，銀觥（古横切。角爲酒器，受七升有過者，一舉而盡。）敵露桃。醉頭扶不起，三丈日還高。

題商山四皓廟一絶

呂氏強梁嗣子柔，（『強梁』①已出一卷。）我於天性豈恩讎。（孝經曰：『父子之道，天性也。』南軍不袒左邊袖，四老安劉是滅劉。

漢書高后紀：『高皇后呂氏，生惠帝，佐高祖定天下，父兄及高祖而侯者三人。惠帝即位，尊呂后爲太后。太后立帝姊魯元公主女爲皇后，無子，取後宫美人子爲太子。惠帝崩，太子立爲皇帝，年幼，太后臨朝稱制，大赦天下。迺立兄子呂台、産、禄、台子通四人爲王，封諸呂六人爲列侯。』『四年夏，少帝自知非皇后子，出怨言，皇太后幽之永巷。詔曰云云：「今皇帝疾久不已，迺失惑昏亂，不能繼嗣奉宗廟，守祭祀，不可屬天下。其議代之。」群臣皆曰：「皇太后爲天下計，所以安宗廟社稷甚深。頓首奉詔。」五月，立恒山王弘（注：惠帝子。）爲皇帝。八年七月，皇太后崩于未央宫。遺詔大赦天下。上將軍禄、相國産顓兵秉政，自知背高皇帝約。（注：非劉氏而王，非有功而侯。）恐爲大臣諸侯王所誅，因謀作亂。時齊悼惠王子朱虚侯章在京師，以祿女爲婦，知②其謀，迺使人告兄齊王，令發兵西。章欲與太尉勃、丞相平爲内應，以誅諸呂。齊王遂發兵，又詐琅邪王澤發其國兵，並將而西。産、祿等遣大將軍灌嬰將兵擊之。嬰至滎陽，使人諭齊王與連和，待呂氏變而誅之。太尉勃與丞相平謀，以曲周侯酈商子寄與祿善，使人劫商令寄紿説祿曰：「高帝與呂后共定天下，劉氏所立九王，呂氏所立三王，皆大臣之議。事已布告諸侯王，諸侯以爲宜。今太后崩，帝少，足下不急之國守藩，迺爲上將將兵留此，爲大臣諸侯所疑。何不速歸將軍印，以兵屬太尉，請梁王亦歸相國印，與大臣盟而之國？齊兵必罷，大臣得安，足下高枕而王千里，此萬世之利也。」祿然其計，使人報産及諸呂老人。或以爲不便，計猶豫未有所決。祿信寄，與俱出遊，過其姑呂嬃。嬃怒曰：「汝爲將而棄軍，呂氏今無處矣！」八月，平陽侯窋行御史大夫事，見相國産計事。郎中令賈壽使從齊來，因數産曰：

「王③不早之國，今雖欲行，尚可得邪？」具以灌嬰與齊楚合從狀告産。平陽侯窋聞其語，馳告丞相平、太尉勃。勃欲入北軍，不得入。襄平侯紀通尚持節，迺令持節矯内勃北軍。勃復令酈寄、典客劉揭説禄曰：「帝使太尉守北軍，欲令足下之國，急歸將軍印辭去。不然，禍且起。」禄遂解印屬典客。而「呂古文以字」④兵授太尉勃。勃入軍門，行令軍中曰：「爲呂氏右袒，爲劉氏左袒。」軍皆左袒。勃遂將北軍。然尚有南軍，丞相平召朱虛侯章佐勃。勃令章監軍門，令平陽侯告衛尉，毋内相國産殿門。産不知禄已去北軍，入未央宫欲爲亂。殿門弗内，徘徊往來。平陽侯馳告太尉勃，勃迺謂朱虛侯章曰：「急入宫衛帝。」章入未央宫掖門，見産庭中。遂産殺之。帝令謁者持節勞章。章欲奪節，謁者不肯，章迺從與載，因節信馳斬長樂衛尉呂更始。還入北軍，復告太尉勃。勃起拜賀章，曰：「所患獨産，令已誅，天下定矣。」斬呂禄，笞呂嬃。

分部悉捕諸呂男女，無少長皆斬之。大臣相與陰謀，以爲少帝及三弟爲王者皆非孝惠子，復共誅之，尊立文帝。』史記：高祖欲廢太子，立戚夫人子趙王如意。呂后用留侯計，使人迎此四人。及燕太子侍四人，從太子，年皆八十有餘，鬚眉皓白，衣冠甚偉。上怪問之，四人前對，各言名姓，上迺大驚，曰：『煩公幸卒調護太子。』四人爲壽已畢，趨去。上目送之，召戚夫人曰：『彼四人輔之，羽翼已成，難以動矣。』

校勘記

①『強梁』 卷一張好好詩。

②『知』 原文作『如』，據漢書高后紀改。

③『王』原文作『生』，據漢書高后紀改。

④『呂古文以字』原文如此，有誤。

送隱者一絶

無媒逕路草蕭蕭，自古雲林遠市朝。公道世間唯白髮，貴人頭上不曾饒。詩史：『日月不相饒。』東坡補注：『王獻之覽鏡，見白髮，顧兒童曰：「日月不相饒。村野之人，二毛俱催矣，子等何汲汲爲覺，寸陰過而不可復得也。」』

遊張處士山莊一絶

好鳥疑敲磬，風蟬認軋箏。脩篁與嘉樹，偏倚半巖生。

有懷重送斛斯判官

蒼蒼煙月滿川亭，我有勞歌一爲聽。將取離魂隨白騎，三台星裏拜文星。

晉書志①：三台六星，拜②兩而居，起文昌，列抵太微。一曰天柱，三公之任③也。在人曰三公，在天曰三台。又曰三台爲天階，太一躡以上下。一曰泰階。黄帝泰階六府④經曰：『泰階者，天之三階也。上階爲天子，中階爲諸侯，公卿大夫，下階爲庶人。又志東壁二星，主文章。』

校勘記

①『志』實爲天文志，有删節。

②『拜』原文如此，漢書天文志作『兩』。

③『任』原文如此，漢書天文志作『位』。

④『府』卷二奉和門下相公送西川相公兼領相印出鎮全蜀引用的黄帝泰階六符经作『符』。

贈别二首

娉娉裊裊十三餘，謝靈運詩：『白楊信裊裊。』奴了切，裊裊，弱貌。荳蔻梢頭二月初。『荳蔻』①見二卷。春風十里揚州過，卷上珠簾總不如。

多情卻似總無情，唯覺樽前笑不成。蠟燭有心還惜别，替他計切，代也。人垂淚到天明。

校勘記

①『荳蔻』 卷二朱坡。

寄遠

前山極遠碧雲合，江文通擬惠休惡别詩：『日暮碧雲合，佳人殊未來。』

清夜一聲白雪微。琴譜：琴曲有幽蘭白雪。欲寄相思千里月，月賦：『佳人邁兮音塵闊，隔千里兮共明月。』溪邊殘照雨霏霏。

九日見三卷『重陽酒百缸』①注。

金英繁亂拂欄香，梁王筠摘園菊詩：『菊花偏可喜，碧葉媚金英。』明府辭官酒滿缸。晉書：『陶潛爲彭澤令，素簡貴，不私事上官。郡遣督郵至縣，吏白應束帶見之，潛歎②曰：「吾不以五斗米折腰，拳拳事鄉里小人。」解印綬去縣，迺賦歸去來辭云：「携幼入室，有酒盈樽。」』後漢書張湛傳『明府』注：『郡所居曰府。明府，尊高之稱。』鄭氏談綺縣令子男明宰明府宰君③。還有玉樓輕薄女，笑他寒燕一雙雙。

校勘記

①『重陽酒百缸』　卷三秋晚早發新定。

②『歎』　原文作『數』，據晉書陶潛傳改。

③『鄭氏談綺縣令子男明宰明府宰君』　原文照錄。

寄牛相公

漢水横衝蜀浪分，危樓點的拂孤雲。六年仁政謳歌去，柳遠春堤處處聞。

爲人題贈二首

我乏青雲稱，『青雲』①見一卷。君無買笑金。見三卷『千金好暗遊』②注。虛傳南國貌，曹子建詩：『南國多③佳人，容華若桃李。』爭迺五陵心。『五陵』④見二卷。桂席塵瑶珮，齊陸厥李夫人歌：『別事桂席塵，豹尾各煙滅。』⑤瓊爐燼水沉。凝魂空薦夢，見三卷『柳暗朱樓雲』⑥注。低珥迺志切，耳飾璞也。悔聽琴。前漢書相如傳：『臨邛令迎相如。相如不得已而強往，一座盡傾。酒酣，臨邛令前奏琴曰：「竊聞長卿好之，願以自娛。」相如辭謝，爲鼓一再行。是時，卓王孫有女文君新寡，好音，故相如以琴心挑之。及飲卓氏弄琴，文君竊從户窺，心悦而好之，恐不得當也。既罷，相如迺使人重賜文君侍者通殷勤。文君夜亡奔相如，相如與馳歸成都。』月落珠簾卷，春寒錦幕深。誰家樓上笛，何處月明砧。蘭逕飛蝴蝶，筠籠語翠襟。禰衡鸚鵡賦：『禄衣翠襟。』和簪抛鳳髻，馮鑒續事：『始燧人氏束髮爲髻。髻者，結也，言女子必繫於人也。至周文王於髻上加珠翠翹花，傅上鉛粉，其髮高梳，名爲鳳髻。』將淚入鴦衾。古詩：『客從遠方來，遺我一端綺。紋綵雙鴛鴦，裁爲含歡被。』廣記封陟傳：『月到瑶階，愁莫聽其鳳管。蟲吟粉壁，恨不寐於鴦衾。』

的的新添恨，迢迢絶好音。文園終病渴，休詠白頭吟。相如傳：『相如口吃而善著書，嘗有消渴病。與卓氏婚，饒於財。故其事宦，未嘗肯與公卿國家之事，嘗稱疾閑居，不慕官爵。拜爲文園令。』西京雜記：『相如將娉武陵女爲妾，文君作白頭吟以自絶，相如迺止。』

綠樹鶯鶯語，平江燕燕飛。枕前聞鴈去，樓上送春歸。半月緪雙臉，凝腰素一圍。選好色賦：『腰如束素。』西墻苔漠漠，南浦夢依依。別賦：『送君南浦，傷如之何？』注：南浦，送別處。有恨簪花懶，無憀音聊，賴也。鬬草稀。荆楚歲時記：『五月五日，四人並蹋百草。故有鬬百草之戲。』雕籠長慘澹，鸚鵡賦：『閉以雕籠，剪其翅羽。』云云。『長吟遠慕，哀鳴感類。聞之者悲傷，見之者隕淚。放臣爲之屢歎，棄妻爲之歔欷。』蘭畹謾芳菲。鏡斂青蛾黛，燈挑皓腕肌。美女篇：『攘袖見素手，皓腕約金環。』腕，烏叚切，手腕也。避人勻迸淚，拖袖倚殘暉。有貌雖桃李，單棲足是非。雲軿旁經切。說文：輕車也。載馭去，寒夜看裁衣。

校勘記

①『青雲』 卷一池州送孟遲先輩。

②『千金好暗遊』 卷三揚州三首之一。

③『多』 原文如此，曹子建集雜詩七首其四作『有』。

④『五陵』 卷二登樂遊原。

⑤『别事桂席塵，豹尾各煙滅』 原文如此，樂府詩集雜歌謡辭作『屬車桂席塵，豹尾香煙滅』。

⑥『柳暗朱樓多夢雲』 卷三潤州二首之二。

少年行

官爲駿馬監，前漢書：『傅介子以從軍爲官。先是龜茲、樓蘭皆相殺漢使者。至元鳳中，介子以駿馬監求使大宛。上迺下詔曰：「樓蘭王安歸常爲凶奴間，候遮漢使者，發兵殺略，甚逆天理，平樂監傅介子持節使誅斬樓蘭王安歸首，懸之北闕，以直報惡。」』**職帥羽林兒。**『羽林』①見一卷。**兩綬藏不見，**前漢書朱買臣傳：『上拜買臣會稽太守。上謂買臣曰：「富貴不歸故鄉，如衣錦夜行。」初，買臣免，待詔，常從會稽守邸者寄居飯食。拜爲太守，買臣衣故衣，懷其印綬，步歸郡邸。入室中，守邸與共食，食且飽，小②見其綬。守邸怪之，前引其綬，視其印，會稽太守章也。守邸驚，出語上計掾吏。皆醉，大呼曰：「子妄誕耳！」其故人素輕買臣者入視之，還走，疾呼曰：「實然！」坐中驚駭，白守丞，相推排

陳列庭中拜謁。』西都賦③：『降尊就卑，懷印藏紱。』注云：『紱，綬也。』落花何

處期。獵敲白玉鐙，周王褒謝賚馬啓：『黄金作勒，足度西河，白玉爲鐙，方

傳南國。』怒袖紫金椎。史記：『朱亥袖四十斤鐵椎，椎殺晉鄙。』田竇長留醉，

前漢：『田蚡孝景王古④同母弟也。竇嬰已爲大將軍，方盛，蚡爲諸曹郎，未貴，往來侍酒嬰

所，起如子姓⑤。及孝景晚節，蚡益貴幸，爲中大夫。武帝初即位，蚡以舅封爲武安侯。』『竇

嬰字王孫，孝文皇后從兄子。喜賓客。孝景三年，拜嬰爲大將⑥軍。』蘇辛曲讓歧。

漢書贊：『秦漢已來，山東出相，山西出將。漢興，杜陵蘇建、蘇武，狄⑦道辛武賢、慶忌，

皆以勇武顯聞。蘇、辛父子著節，此其可稱列者也。』豪持出塞節，見一卷『蘇武卻

生返』⑧注。笑別遠山眉。趙后外傳：『合德爲薄眉，號遠山黛。』見二卷『武陵眉』⑨注。

捷報雲臺賀，公卿拜壽巵。詩：『豈敢定居，一月三捷。』後漢二十八將傳⑩：於⑪圖畫二十八將於南宮雲臺。司馬子長書：『李陵提步卒不滿五千，深踐戎馬之地，足歷王庭，垂餌虎口，橫挑強胡，卬億萬之師，與單于連戰十有餘日。陵未没時，使有來報，漢公卿王侯皆奉觴上壽。』注：『有使報漢，謂報剋捷也。而群臣皆喜陵之功，故賀天子奉觴上壽，謂喜宴上，天子酒也。』

校勘記

①『羽林』 卷一杜秋娘詩。

②『小』 原文如此，漢書朱買臣傳作『少』。

③西都賦及西京賦、東都賦皆不見『降尊就卑，懷印藏紱』。

④『古』　漢書田蚡傳作『皇后』。

⑤『姓』　原文作『姪』，據漢書田蚡傳改。

⑥『將』　原文作『安』，據漢書竇嬰傳改。

⑦『狄』　原文作『俗』，據漢書卷六十九贊改。

⑧『蘇武卻生返』　卷一杜秋娘詩。

⑨『武陵眉』　卷二無『武陵眉』，有『茂陵眉』。

⑩『二十八將傳』　後漢書無此傳，文字有删減，范曄曾著後漢書二十八將論傳。

⑪『於』　原文如此，後漢書馬武傳論作『迺』。

盆池

鑿破蒼苔地，偷他一片天。白雲生鏡裏，明月落階前。

有寄

雲闊煙深樹，江澄水浴秋。美人何處在，明月萬山頭。

樊川文集卷第四

樊川外集 夾注

律詩一百二十六首

班竹筒簟 吴都賦：『掛①箭射筒。』注：『皆竹名。射筒竹，细小通長，丈餘，亦無節，可以爲射筒。筒竹出交趾。』

血染班班成錦紋，昔年遺恨至今存。分明知是湘妃泣，何忍將身臥淚痕。李白閨情曰：『挑燈淚班班②。』帝王世紀：『舜巡狩死於蒼梧之野，二妃哭向湘江之上，灑淚染竹成班竹。』張華博物志：『舜二妃淚下，染竹即班③妃，死爲湘水神，故曰湘妃竹』。

校勘記

①『掛』原文如此，吴都賦作『桂』。

②『班』原文如此，李太白文集卷二十四作『斑』。

③『班』原文如此，博物志作『斑』。

和嚴惲秀才落花

共惜流年留不得，且環流水醉流杯。荆楚歲時記：『三月三日，四人並出水渚，为流盃曲水之飲。』無情紅豔年年盛，不恨凋零卻恨開。

倡樓戲贈

前漢馮唐傳注：『倡，樂家之女也。』

細柳橋邊深半春，纈衣簾裏動香塵。無端有寄閑消息，背插金釵笑向人。

初上舡留寄

煙水本好尚，親交何慘悽。况爲珠履客，见二卷『春申君』①注。即泊錦帆堤。見四卷『錦纜龍舟隋煬帝』②注。沙鴈同舡去，田鵶遶岸啼。此時還有味，必臥日從西。

校勘記

①『春申君』　卷二春申君。

②『錦纜龍舟隋煬帝』卷四汴河懷古。

秋岸

河岸微退落，柳影微凋疏。舡上聽呼稚，堤南趁漉魚。數帆旗去疾，一艇箭迴初。曾入相思夢，因憑附遠書。

過大梁聞河亭方讌贈孫子端『大梁』①見四卷『平臺複道漢梁王』注。

築園縱翫歸應少，賦雪搜才去必頻。板路豈緣無罰酒，不教客右更添人。西京雜記：梁孝王好宮室苑囿之樂，作曜華宮，築兔園。園中有百室之山，山上有落猿岩、鴈池。池間有鶈②洲鳧渚。又岩木③孝王遊忘憂之館，集諸遊士，使各爲賦。枚乘爲柳賦，路喬如爲鶴賦，公孫詭爲文鹿賦，鄒陽爲酒賦，公孫乘爲月賦，羊勝作屏風賦，韓安國作風賦④不成，鄒陽代之，罰酒三勝餘。各賜絹十匹。謝惠連雪賦：『梁王不悦，遊於兔園，迺置旨酒，命賓友。召鄒生，迎枚叟。相如末至，居客之右。俄而微霰零，密雪下。王迺授簡於司馬大夫，曰：「抽子秘思，騁子妍辭，爲寡人賦之。」』

校勘記

①『大梁』　卷四汴河懷古『平臺複道漢梁王』的注文。

②『鶈』　原文如此，西京雜記作『鶴』。

③『又岩木』現存的西京雜記無此字，原文照錄。

④『風賦』原文如此，西京雜記作『几賦』。

題吳興消暑樓十二韻

晴日登攀好，危樓物像饒。一溪通四境，萬岫遶層霄。鳥翼舒華屋，曹子建詩：『生存華屋處。』魚鱗掉短橈。浪花機乍織，雲葉匠新彫。臺榭羅嘉卉，西京賦：『嘉卉灌叢，蔚若鄧林。』城池敞麗譙。見四卷『麗譙連帶邑人家』①注。蟾蜍來有鑑，五经通義：『月中有兔与蟾蜍。』春秋演孔圖：『蟾蜍，月精也。』古樂府：『藁碪今何在？山上復有山。何當大刀頭？破鑑飛上天。』云。螮蝀引成橋。爾雅：『螮蝀，虹也。』『虹橋』②已出四卷。燕任隨秋葉，人空集早潮。楚鴻行盡直，沙鷺立偏翹。暮角悽遊旅，清歌慘泬寥。泬，呼決切，寥，空貌。宋玉九辯：『泬寥兮天高而氣清。』注：『泬寥，曠蕩貌。』云云。景牽遊目困，楚辭：『忽反雇而遊目。』愁託酒腸銷。遠吹流松韻，殘陽渡柳郊。時陪庾公賞，晉書：『庾亮在武昌，諸佐吏殷浩之徒，乘秋夜共登南樓，俄而不覺亮至，諸人將避之。亮徐曰：「諸君可住，老子於此處興復不淺。」便據胡床與浩等談詠竟夕。其坦率如此。』還悟脱煩囂。

校勘記

①『麗譙連帶邑人家』　卷四郡中有懷寄上睦州員外十三兄。

②『虹橋』　卷四懷鍾陵舊遊四首之三。

奉送中丞姊夫儔自大理卿出鎮江西叙事書懷因成十二韻

惟帝憂南紀，詩：『滔滔江漢，南國之紀。』云。搜賢與大藩。梅先調步驟，『先』仙字之誤，見添注。庾亮拂櫜鞬。晉書：『庾亮遒求外鎮，出爲持節，都督豫州揚州之江西宣城諸軍事。』左傳：『右屬櫜鞬。』新唐書：『李愬既入蔡州，侯裴度至，愬以橐鞬見，度將避之，愬曰：「此方廢上下之分久矣，請因示之。」度以宰相禮受愬謁，蔡人聳觀。』

一室何勞掃，後漢書：『陳蕃字仲舉，年十五，嘗閑處一室，而庭宇蕪穢。父友同郡薛勤來候之，謂蕃曰：「孺子何不灑掃以待賓客？」蕃曰：「大丈夫處世，當掃除天下，安事一室乎！」勤知其有清世志，甚奇之。』

三章自不冤。漢書高紀：『吾與諸侯約，先入關者王之，吾當王關中。與父老約法三章耳：殺人者死，傷人及盜抵罪。』不冤，見下注。

精明如定國，漢書：『于定國字曼倩，爲廷尉，民自以不冤。定國飲酒至數石不亂，冬月治請讞，（師古曰：『讞，平議也。』魚且反。）飲酒益精明。爲廷尉十八歲，遷御史大夫。』

孤峻似陳蕃。後漢書：『陈蕃爲豫章太守。性方峻，不接賓客，士民亦畏其高。』云。

灞岸秋猶嫩，藍橋水始喧。見一卷『灞岸綠楊垂』①注。

紅旓所交切，旌旗旒也。罣古賣切，罥也。石壁，黑稍斷雲根。『黑稍』②已出二卷。滕閣丹霄倚，見一卷『高閣倚天半』③注。章江碧玉奔。『章江』④已出一卷。柳宗元詩：『破額山前碧玉流。』一聲仙妓唱，千里暮江痕。

私好初童稚，官榮見子孫。流年休掛念，萬事至無言。

玉輦君頻過，馮唐將未論。籍田賦：『天子御玉輦蔭華蓋。』前漢書馮唐本傳：『唐爲郎中署長，事文帝。帝輦過，問唐曰：「父老何自爲郎？家安在？」具以實言。帝曰：「吾居代時，吾尚食監高袪數爲我言趙將李齊之賢，戰於鉅鹿下。吾每飲食，意未嘗不在鉅鹿也。父老知之乎？」唐對曰：「齊尚不如廉頗、李牧之爲將也。」上曰：「何已？」唐曰：「臣大父在趙時，爲官帥將，善李牧。臣父故爲代相，善李齊，知其爲人也。」上既聞廉頗、李牧爲人，良説，迺附髀曰：「嗟呼！吾獨不得廉頗、李牧爲將，豈憂匈奴哉！」唐曰：「陛下雖有廉頗、李牧，不能用也。」上怒，起入禁中。良久，召唐讓曰：「公衆辱我，獨亡間處虖？」唐謝曰：「鄙人不知忌諱。」』**傭書讎萬債，**吳志：闞澤家貧，好學，傭書，以供紙筆，所寫既畢，究覽墳典，位至中書令。讎音酬，讎報也。**竹塢問樊村。**

校勘記

①『灞岸綠楊垂』　卷一杜秋娘詩。

②『黑矟』　卷二東兵長句十韻。

③『高閣倚天半』　卷一張好好詩。

④『章江』卷一張好好詩。

中丞業深韜略志在功名再奉長句一篇兼有諮勸太公六韜篇：『第一霸典，文論；第二文師，武論；第三龍韜，主將；第四虎韜，偏裨；第五豹韜，校尉；第六犬韜，司馬。』龍韜云：『虎王曰：「吾欲令三軍之衆，親其將如父母，聞金聲而怒，聞鼓聲而喜，爲之奈何？」』

檣似鄧林江拍天，列子：夸父欲追日影，未至，道渴而死。棄其杖，尸膏肉所浸，生鄧林，彌廣數千里。**越香巴錦萬千千。**本集詩①：『越橐水沉堆』，『異聞集東城』，『父老傳江淮』，『綺縠巴蜀錦繡』。**滕王閣上柘枝鼓，**見四卷『滕閣中春綺席開，柘枝鑾鼓設晴雷』②注。徐孺亭西鐵軸舡。十道志：『洪州有徐孺子墓。』注：『太守夏侯崇於塚側，立思賢亭。』又有徐孺子陂注：『有徐孺子宅。』庾信賦：『鐵軸牙檣。』

八郡元侯非不貴，唐書地理志：『江南西道觀察使。治洪州，管洪、饒、吉、江、袁、信、虔、撫等州。』韓公滕王閣記曰：『太原王公自御史中丞，觀察江南西道，洪、江、饒、虔、吉、信、撫、袁等八州，悉屬治所。』萬人師長豈無權。前漢書董仲舒傳：『今之郡守、縣令，民之師帥。』要君嚴重疏歡樂，猶有河湟可下鞭。本注：『時收河湟，且止三州七關。』

校勘記

①本集詩，只有『越槖水沉堆』是杜牧的詩句（見揚州三首之二），其他三句都不是杜牧的詩句。

②『滕閣中春綺席開，柘枝蠻鼓設晴雷』卷四懷鍾陵舊遊四首之二。

和裴傑秀才新櫻桃

本草：『櫻桃味甘，主調中，益脾氣，令人好顏色，美志氣。』

新果真瓊液，廣記女仙傳：『丹有玉胎瓊液之膏。』李白書：『漱之以瓊液，餌之以金砂。』**來應宴紫蘭。**漢武内傳：『武帝忽見青衣女子曰：「七月七日王母暫來。」

帝問東方朔：「此何人？」朔曰：「西王母紫蘭宫玉女，常傳使命。」』圓疑竊龍頷，莊子：『河上有家貧，恃緯蕭而食者，其子没於淵，得千金之珠。其父謂其子曰：「取名來鍛之，夫千金之珠，必在九中①之淵，驪龍頷下，子能得珠者，必遭其睡也。」』色已奪雞冠。韓詩外傳：『夫雞頭戴冠文也。』魏太子曹丕與鍾繇書：『美玉赤若雞冠。』遠火微微辨，繁星歷歷看。古詩曰：『玉衡指孟冬，衆星何歷歷。』古詩曰：『天上何所有，歷歷白揄星。』茂先知味好，晉書：張華字茂先，著博物志十篇，行於世。曼倩恨偷難。前汉書：『東方朔字曼倩。』漢武故事：『東郡獻短人，帝呼東方朔，朔至。短人指朔謂上曰：「王母種桃三千歲一結子，此子不良，已三過偷之矣。」』忍用烹騂酪，侯鯖録：『櫻桃薦酪。』注：『杜牧之櫻桃詩云：「忍用烹醉酪，從將玩玉盤」，唐人已用櫻桃薦酪矣。』從將翫玉盤。流年如可駐，何必九華丹。廣記：『李真多者，神仙李脱妹也。脱居蜀金堂山龍橋峰下修道，蜀人歷代見之，約其往來，八百餘年，因號李八百焉。初以周穆王時，來居廣漢，棲玄山，合九華丹成，雲②遊五岳十洞，二百③餘年。於海上遇飛陽君，授水木④之道，還歸此山，錬之藥成。又去數百年，或隱或顯，遊於市朝，又登龍橋峰，作金鼎九丹，丹成已八百年。三於此山學道，故世人號此山爲三學山。』鷄跖集：『中第山司命君埋西胡丹砂六千斤於此山下。泉小赤，飲之益人。魏左放時，就司命乞丹砂，得十二斤，合九華丹是也。』

校勘記

①『中』莊子雜篇列御寇作『重』。

②『雲』原文作『去』，據太平廣記改。

③『百』原文作『年』，據太平廣記改。

④『木』原文作『玉』，據太平廣記改。

春思

豈君心的的，嗟我淚涓涓。綿羽啼來久，詩：『綿蠻黃鳥止于丘阿。』錦鱗書未傳。古詩：『客從遠方來，遺我雙鯉魚。呼兒烹鯉魚，中有尺素書。』

云云。獸爐凝冷豔，羅幕蔽晴煙。自是求佳夢，何須訝五嫁切，嗟訝。書眠。

代人作

樓高春日早，屏束麝煙堆。盼眄凝魂别，依俙夢雨來。『夢雨』①已出三卷。緑鬟羞妥麼，紅頰思夭偎。鬬草憐香蕙，『鬬草』②已出四卷。簪花間雪梅。戍遼雖咽切，别賦：『邊郡未和，負羽從軍。遼水無極，鴈山參雲。』遊蜀亦遲迴。漢書：『司馬相如，蜀郡成都人也。』见下『琴心月满臺』注，及四卷『低珥悔聽琴』③注。錦字梭懸壁，别賦：『織錦曲兮泣已盡，迴文詩兮影獨傷。』李善注：織錦迴文詩序曰：『竇韜秦州，被徙沙漠，其妻蘇氏，秦州臨去別蘇，誓不更娶，至沙漠便娶婦。蘇氏織錦端中，作此迴文詩，以贈之。』又見晉書。晉書：『陶侃少時漁于雷澤，嘗網得一織梭，以掛于壁。有頃雷雨，自化龍而去。』**琴心月滿臺。**見四卷『低珥悔聽琴』③注。十道志：『益州琴臺，注：相如與文君居成都，以鸕鷞裘貰酒，與文君爲歡。後魏伐蜀，軍人鑿此臺，下有大瓮三十餘口，以響琴也。』今海公寺有琴臺。**笑筵凝貝啓，眠箔曉珠開。**郭景純遊仙詩：『靈妃雇④我笑，粲然啓玉齒。』選注：『司馬彪⑤曰：啓齒，笑也。』東方朔傳：『目若懸珠，齒如編貝也。』云。**臘破征車動，袍襟對淚裁。**

校勘記

①『夢雨』　卷三不見『夢雨』，只見此詩。

②『鬭草』　卷四爲人題贈二首之二。

③『低珥悔聽琴』　卷四爲人題贈二首之一。

④『雇』　原文如此，郭璞遊仙詩作『顧』。

⑤『彪』　原文作『虎』，據昭明文選卷二十一（李善注）改。

偶題二首

勞勞千事身，梁元帝送西歸内人詩：『昔時慊慊愁應至①，今日勞勞長别人。』

襟袂滿行塵。深夜懸雙淚，短亭思遠人。『短亭』②出三卷。蒼江程未息，黑水夢何頻。書：『華陽、黑水惟梁州。』明月輕橈去，唯應釣赤鱗。

有恨秋來極，無端別後知。夜闌終耿耿，詩：『耿耿不寐，如有隱憂。』明發竟遲遲。詩：『明發不寐，有懷二人。』信已憑鴻去，見一卷『蘇武卻生返』③注。歸唯與鷰期。詩史：『秋期鷰子涼。』只應明月見，千里兩相思。見四卷『欲寄相思千里月』④注。

校勘記

①『至』原文如此，詩紀卷七十一作『去』。

②『短亭』卷三題齊安城樓的注文。

③『蘇武卻生返』卷一杜秋娘詩。

④『欲寄相思千里月』卷四寄遠。卷四有兩首寄遠，一爲五言，一爲七言。

冬至日遇京使發寄舍弟 舍弟杜顗。

遠信初逢雙鯉去，見上『錦鱗書未傳』①注。他鄉正遇一陽生。见一卷『今日生一陽』②注。鐏前豈解愁家國，輦下唯能憶弟兄。

旅館夜憂姜被冷，後漢書：『姜肱字伯淮，家世名族。與二弟仲海、季江，俱以孝行著聞。其友愛天至，常共臥起。』注：『謝丞書曰「肱性篤孝，事繼母恪勤。母既年少，又嚴厲。肱感凱風之孝，兄弟同被而寢，不入房室，以慰母心也」。』暮江寒覺晏裘輕。晏子春秋曰：『晏子布衣鹿裘以朝。公曰：「夫子之家苦此其貧，奚衣之惡也。」』竹門風過還惆悵，疑是松窗雪打聲。

校勘記

①『錦鱗書未傳』 外集春思。

②『今日生一陽』 卷一冬至日寄小姪阿宜詩。

洛下送張曼容赴上黨召

歌闋鐏殘恨起偏，憑君不用設離筵。未趨雉尾隨元老，崔豹古今注：『雉尾扇起於殷世。』又云：『障扇。』且驀莫百切，騎也，踰也。羊腸過少年。『羊腸』①已出四卷。七葉漢貂真密近，見一卷『珥貂七葉貴』②注。一枝詵桂亦徒然。晉書：『郤詵遷雍州刺史。武帝於東堂③會送，問詵曰：「卿自以爲何如？」對曰：「臣舉賢良對策，爲天下第一，猶桂林之一枝，崑山之片玉也。」』羽書正急徵兵地，前漢高紀：『吾以羽檄徵天下兵。』注：『檄者，以木簡爲書，長尺二寸，用徵召也。其有急事，則加以鳥羽插之，示速疾也。』須遣頭風處處痊。魏志：『陳琳善書檄，南陽张繡友曹公使琳作檄文成，時曹患頭風，見琳檄讀之，曰：「差我頭風也。」』

校勘記

①『羊腸』卷四題青雲館。

②『珥貂七葉貴』卷一杜秋娘詩。

③『堂』原文作『室』，據晉書郤詵傳改。

宣州留贈

紅鉛濕盡半羅裙，洛神賦：『芳澤無加，鉛華不御。』李善云：『鉛華，粉也。』博物志：『燒鉛成胡粉。』洞府人間手欲分。滿面風流雖似玉，四年夫婿恰如雲。當春離恨盃長滿，倚柱關情日漸曛。

爲報眼波須穩當，見一卷『波瞼任他横』①注。莫五陵遊宕徒浪切。知聞。張景陽七命：『流宕百罹之疇。』注：『流宕，謂遠遊。』

校勘記

①『波瞼任他横』　卷一自宣州赴官入京路逢裴坦判官歸宣州因題贈。

寄題宣州開元寺

松寺曾同一鶴棲，夜深臺殿月高低。何人爲倚東樓柱，正是千山雪漲溪。

贈張祜

詩韻一逢君，平生稱所聞。粉毫唯畫月，瓊尺只裁雲。

䵟陣人人懾，『䵟陣』①已出一卷。秋聲歷歷分。見上『繁星歷歷看』②注。

數篇留別我，羞殺李將軍。李少卿與蘇武詩三首注：『漢書曰：「李陵字少卿，善射，愛③人，謙讓下士，甚得名譽。爲騎都尉。」與蘇武善，武將使匈奴，故贈此詩。』五言詩，自陵始也。

校勘記

①『䵟陣』　卷一池州送孟遲先輩。

②『繁星歴歴看』外集和裴傑秀才新櫻桃。

③『愛』原文作『受』，據漢書李陵傳改。

残春獨來南亭因寄張祜

暖雲如粉草如茵，獨步長堤不見人。一嶺桃花紅錦𪏭，半溪山水碧羅新。高枝百舌猶欺鳥，易①通卦：驗百舌者反舌鳥也，能反覆其口，隨百鳥之音。帶葉梨花獨送春。仲蔚欲知何處在，見一卷『蓬蒿三畝居』②注。苦吟林下拂詩塵。

校勘記

①易無『通卦』，注者的失誤。另太平御覽九百二十三卦記鄭玄易緯通卦驗中百舌鳥條有此句。

②『蓬蒿三畝居』卷一贈宣州元處士。

宣州開元寺南樓

小樓纔受一床横，終日看山酒滿傾。可惜和風夜來雨，醉中虛度打窗聲。

寄遠人

終日求人卜，迴迴道好音。那時離別後，入夢到如今。

別沈處士

舊事參差夢，新程邐迤秋。故人如見憶，時到寺東樓。

留贈

舞韡應任閑人看，笑臉還須待我開。不用鏡前空有淚，薔薇花謝即歸來。

奉和僕射相公春澤稍愆聖君軫慮嘉雪忽降品彙昭蘇 禮記：『蟄虫昭蘇。』鄭玄云：『昭，曉也。蟄虫以發出爲曉，更息曰蘇。』即事書成四韻 白相國。

飄來雞樹鳳池邊， 郭頒魏晉世語：『劉放、孫資共典樞要。夏侯獻、曹肇心內不平。殿中有雞棲樹，二人相謂：「此亦久矣，其能復幾！」指謂中書監劉放、中書令孫資。』『鳳池』①已出二卷。漸壓瓊枝凍碧漣。銀闕雙高銀漢裏， 神仙藍采和踏歌：『長景明暉在空際，金銀宮闕高崔嵬。』曹子建结客少年場行：『雙闕似雲浮六帖。』②天河謂之銀漢。玉山橫列玉墀前。昭陽殿下風迴急， 漢宮有昭陽殿。承露盤中月彩圓。 见二卷『金莖淡日殘』③注。上相抽毫歌帝德，漢書陸賈傳：賈謂陳平曰：『足下位爲上相，食三萬户侯。』一篇風雅美豐年。

雪賦：『盈尺則呈瑞於豐年。』

校勘記

①『鳳池』　外集奉和僕射相公春澤稍愆聖君軫慮嘉雪忽降品彙昭蘇即事書成四韻，即此詩，卷二無『鳳池』。

②『雙闕似雲浮六帖』　曹植結客少年場行無此句，鮑照代結客少年場行有此句，但無『六帖』一詞。

③『金莖淡日殘』　卷二早春閣下寓直蕭九舍人亦直内署因寄書懷四韻。

寄李播評事

子列光殊價，本集①，杭州南亭紀：『李子列播，立朝名人也。』明時忍自高。寧無好舟楫，不泛惡風濤。大翼終難戢，奇鋒且自韜。他刀切，藏也。春來煙渚上，幾淨雪霜毫。

校勘記

①『本集』樊川文集卷十有杭州新造南亭子記。

送牛相出鎮襄州

本集①，牛公墓銘：『檢校司空、平章事、襄州節度使，出都門，賜黃彝鐏、龍杓。詔曰精金古器，用以比況君子，非無意也。』

盛時常注意，前漢書陸賈傳：『天下安，注意相；天下危，注意將。』南雍暫分茅。雍，委勇切。通典：『襄陽郡襄州，禹貢荆河州之南境，春秋以來楚地，東晉僑置雍州，宋文帝割荆州置雍州。西魏改曰襄州，隋復後爲襄陽郡，大唐因之。』『分茅』②已出一卷。紫殿辭明主，巖廊別舊交。『巖廊』③已出一卷。危幢侵碧霧，寒旆獵紅旓。德業懸秦鏡，見一卷『秦臺破心膽』④注。威聲隱楚郊。後漢吳漢傳：『隱若一敵國。』注：『隱，威重之貌。』拜塵先灑淚，晉書：『潘⑤岳性輕躁，趨世利，與石崇等謟事賈謐，每候其出，與崇等輒望塵而拜。』成厦昔容巢。淮南子：『湯沐具而蟣虱相吊，大厦成而燕雀相賀。』遥仰沉碑會，

『沉碑』⑥已出四卷。鴛鴦玉佩敲。梁書伏挺傳：『捐此薛蘿，出從鴛鷺。』詩史：『鴛鷺叨雲閣。』注：『古詩「側遺跡鴛鷺行」，謂侍從列也。』

校勘記

①『本集』　樊川文集卷七有牛公墓誌銘。

②『分茅』　卷一無『分茅』，只見此詩。

③『巖廊』　卷一送沈處士赴蘇州李中丞招以詩贈行。

④『秦臺破心膽』　卷一池州送孟遲先輩。

⑤『潘』　原文作『藩』據晉書潘岳傳改。

⑥『沉碑』卷四往年隨故府吳興公夜泊蕪湖口今赴官西去再宿蕪湖感舊傷懷因成十六韻。

送薛邽二首 邽，涓畦切。

可憐走馬騎驢漢，豈有風光肯占伊。只有三張最惆悵，

晉書：『張載字孟陽。性閑雅，博學有文章。弟協字景陽，少有俊才，與載齊名。季弟亢字季陽，才不逮二昆，亦有屬綴，又解音樂伎術。時人謂載、協、亢、機、雲曰「二陸、三張」。』史臣曰：『二陸入洛，三張減價。』杜氏三兄弟慥、牧、顗，見本集①求湖州第二啓。下山回馬

尚遲遲。

小捷風流已俊才，晉書：王衍、樂廣宅心事外，見②重於時。天下言風流者，

惟王、樂爲首。便將紅粉作金臺。『金臺』③已出一卷。明年未去池陽郡，池陽，池州。更乞春時卻重來。

校勘記

①『本集』樊川文集卷十六。

②『見』原文如此，晉書樂廣傳作『名』。

③『金臺』卷一池州送孟遲先輩。

見穆三十宅中庭海榴花謝

矜紅掩素似多才，不待櫻桃不逐梅。『櫻桃』①見上裴傑秀才新櫻桃注。梅詩義疏：『梅，杏類也，樹及葉皆如杏而黑耳。』西京雜記：漢初，脩上林苑，群臣各獻名果，有侯梅，朱梅，紫花梅，同心梅，紫蒂梅。異物志：『楊梅似彈丸，五月熟。』春到未曾逢宴賞，雨餘爭解免低徊。巧窮南國千般豔，趁得春風二月開。堪恨王孫浪遊去，『王孫』②已出三卷。落英狼藉始歸來。

校勘記

①『櫻桃』 外集和裴傑秀才新櫻桃。

②『王孫』 卷三登池州九峰樓寄張祜『誰人得似張公子』注文。

留誨曹師等詩

曹師①，牧長子，見本集自撰墓誌。

萬物有醜好，各一姿狀分。唯人即不爾，學與不學論。學非探其花，要自撥其根。孝友與誠實，而不忘爾言。根本既深實，柯葉自滋繁。念爾無忽此，忽，忘也，輕也。期以慶吾門。

校勘記

①『曹師』杜牧的長子，樊川文集卷十一自撰墓誌銘有述。

洛陽

文爭武戰就神功，時似開元天寶中。並唐玄宗年號。已立玄戈收相土，西京賦①：『建玄樹招遥。』李善云：『玄戈，北斗第八星名，爲矛頭，主胡兵。今鹵簿中畫之於旗，樹立以前驅。』書洛誥：周公『大相東土』。應迴翠帽過離宮。西京賦：『戴翠帽，倚金較。』李善云：『以翠羽爲車蓋。』唐書地理志：東都禁苑在都城之西，苑内離宮、亭、觀一十四所。侯門草滿置寒兔，洛浦沙深下塞鴻。北山移文：『聞鳳吹於洛浦。』疑有女娥西望處，西京賦：『女娥坐而長歌。』李善云：『女、娥，娥皇、女英。』上陽煙樹正秋風。『上陽』②已出二卷。

校勘記

①西京賦此句作『建玄戈，樹招遥』，缺『戈』字。

②『上陽』卷二華清宫三十韻。

寄唐州李玭

蒲賓切。

尚書十道志：河南道有唐州。

累代功勳照世光，奚胡聞道死心降。北狄傳：『奚東胡種爲匈奴所破，保烏丸山，漢曹操斬其帥蹋頓，蓋其後也。』詩：『我心則降。』攻書筆禿三千管，晉書王羲之傳：『制曰：雖禿千兔之翰，聚無一毫之筋，窮萬穀之皮，斂無半分之骨。』領節門排十六雙。先揖耿弇古南、那含二切。聲籍籍，後漢書：『耿弇字伯昭。弇聞光武在盧奴，迺馳北上謁，光武留署門下吏。因説曰：「以義征伐，發號響應，天下傳檄而定。天下至重，不可令它姓得之。」光武大悦，迺拜弇爲大將軍。』論曰：『弇決策河北，定计南陽，亦見光武之業成矣。』今看黄霸事摐摐。見二卷『分符潁川政』①注。時人欲識胸襟否，彭蠡秋連萬里江。十道志：『江南道江州有彭蠡州。』

校勘記

①『分符潁川政』 卷二早春寄岳州李使君李善棊爱酒情地閑雅。

南陵道中

十道志：『嶺南道南陵郡，今春州。』

南陵水面漫悠悠，風緊雲輕欲變秋。正是客心孤迥處，誰家紅袖憑江樓。

登九峰樓

晴江灩灩含淺沙，高低遶郭帶秋花。牛酒漁笛山月上，漢書霍光傳：『不費牛酒。』鷺渚鶖梁溪日斜。詩：『有鶖在梁。』爲郡異鄉徒泥酒，杜陵芳草豈無家。白頭搔殺倚柱遍，歸棹何時聞軋鴉。

别家

初歲嬌兒未識爺，以遮切，俗呼父也。别爺不拜手吒叉。孔叢子：叉手服從。掃頭一别三千里，何日迎門卻到家。

歸家

稚子牽衣問，魏文帝見挽舡士兄弟辭别詩：『捨我故鄉客，將適萬里道。妻子牽衣袂，落淚沾懷抱。』歸來何太遲？共誰爭歲月，贏得鬢邊絲？贏，以成切。前漢書貨殖傳『贏得』注：『所獲贏餘。』

雨

連雲接塞添迢遞，灑幕侵燈送寂寥。一夜不眠孤客耳，主人窗外有芭蕉。

送人

鴛鴦帳裏暖芙蓉，廣記：『寶曆二年，淛東貢舞女二人：一曰飛燕，二曰輕鳳。每夜歌舞一發，如鸞鳳之音。百鳥莫不翔集其上。及於庭際。舞態豔逸，非人間所有。每歌罷，上令内人藏之金屋寶帳。由是宫中語曰：「寶帳香重重，一雙紅芙蓉。」』低泣關山幾萬重。明鑑半邊釵一股，孟啓本事詩情感篇：『陳太子舍人徐德言之妻，後主叔寶之妹①，封樂昌公主，才色冠絶。時陳政方亂，知不相保，謂其妻曰：「以君之才容，國亡必入權豪之家，斯永絶矣。倘情緣末斷，猶冀相見，宜有以信之。」迺破一鏡，分執其半，約曰：「他日必以正月望日賣我都市，我當在，測以是日訪之。」及陳亡，其妻果入越公杨素之家，嬖寵殊厚。德言流離辛苦，僅能至京，遂以正月望日訪於都市。有蒼頭賣半鏡者，大高其價，人皆笑之。德言直引至其居，設食，具言其故，出半鏡以合之，仍題詩曰：「鏡與人俱去，鏡歸人不歸。無復常娥影，空留明月輝。」陳氏得詩，涕泣不食。素知之，愴然改容，即召德言，還其妻，仍厚遺之。聞者莫不感歎。迺與德言、陳氏皆飲，令陳氏爲詩，曰：「今日何遷次？新官對舊官。笑啼俱不敢，方驗作人難。」遂與德言歸江南，竟以終老。』神異記：『昔有夫婦將別，破一鑑分執之，以爲信。其妻後雖難，破鑑心爲鵲，飛至夫前。故後人鑄鑑，因爲鵲安背上。』楊妃外傳：方士楊通幽自云，有李老君之術。上皇命致貴妃神出天界，没地府求之不見。東絶大海，跨蓬壺，有洞户，署其門曰：『王妃太②真院』，碧衣侍女詰其所從來，方士稱天子使者，迎入，妃出。冠金蓮，帔紫綃，曳鳳舄，問帝安否。取金釵鈿合，折其半，曰尋舊好也。』

此生何處不相逢？

校勘記

①『妹』原文作『姝』，據本事詩改。

②『太』原文作『大』，據楊太真外傳改。

遣懷

道泰時還泰，時來命不來。何當離城市，高臥博山隈。

西京雜記：『長安巧工丁緩，作九層博山香爐，鏤以奇禽怪獸，窮諸靈異，皆能自然運動。』

醉贈薛道封

飲酒論文四百刻，說文：『漏以銅盛水，刻節，晝夜百刻。』水分雲隔二三年。男兒事業知公有，賣與明君直幾錢？漢書灌夫傳：『毀程不識不直一錢。』

歙州盧中丞見惠名醖

誰憐賤子啓窮途，太守封來酒一壺。攻破是非渾似夢，削平身世有如無。醺醺說文：醉也。若借嵇康懶，選嵇康與山巨源絕交書：性復疏懶。兀兀仍添甯武愚。白樂天對酒：『所以劉阮輩，終年醉兀兀。』

論語：『寧武子邦有道，則智；邦無道，則愚。』猶念悲秋更分賜，選宋玉九辯：『悲哉，秋之爲氣也。』夾溪紅蓼映風蒲。

詠襪

錮尺裁量減四分，纖纖玉笋裹輕雲。五陵年少欺他醉，詩史：『東坡補注，陳苑曰：「青春風物雅好，獨恨不得馳逐。五陵年少嗟吁久之。」』笑把花前出畫裙。

宫詞二首

蟬翼輕綃傅體紅，魏文帝詩：『綃綃白如雪，輕華比蟬翼。』玉膚如醉向春風。深宫鎖閉猶疑惑，更取丹砂試辟宫。漢書东方朔傳：『置守宫盂下。』注：『守宫，蟲名也。術家云以器養之，食以丹砂，滿七斤，擣治萬杵，以點女子體，終身不滅，若有房室之事，則滅矣。可以防閑淫逸，故謂之守宫。今俗呼爲辟宫，辟亦禦扞之義耳。盂，食器也。』

監宫引出暫開門，隨例須朝不是恩。銀鑰卻收金鎖合，月明花落又黄昏。

月

三十六宮秋夜深，西都賦：『離宮別館，三十六所。』注：『三輔黄圖：上林有建章、承光等一十一宫，平樂有蘭觀等二十五，凡三十六所。』昭陽歌斷信沉沉。見四卷『沉沉伴春夢』①注。唯應獨伴陳皇后，照見長門望幸心。見一卷『六宮雖念相如賦』②注。

校勘記

①『沉沉伴春夢』卷四簾。

②『六宮雖念相如賦』卷一重送一首。

忍死留別獻鹽鐵裴相公二十叔

賢相輔明主，蒼生壽域開。『壽域』①已出一卷。青春辭白日，幽壤作黄埃。豈是無多士，偏蒙不棄才。孤墳一尺土，誰可爲培栽。

校勘記

①『壽域』　卷一郡齋獨酌。

悲吳王城

十道志：蘇州有古吳大城。

二月春色江上來，水精波動碎樓臺。述異記：闔閭造水精宮。吳王宮殿柳含翠，蘇小宅房花正開。『蘇小』①已出三卷。解舞細腰何處往，『細腰』②已出四卷。能歌姹女逐誰迴。『姹女』③已出二卷。千秋萬古無消息，國作荒原人作灰。

校勘記

①『蘇小』卷三自宣城赴官上京。

②『細腰』卷四題桃花夫人廟。

③『奼女』 卷二贈李處士長句四韻。

閨情代作

梧桐葉落鴈初歸，迢遞無因寄遠衣。月照石泉金點冷，鳳酣簫管玉聲微。帝王世紀：『黃帝時，鳳巢阿閣，其飲食也，必自歌舞，音如簫笙。』風俗通：『舜作簫，其形參差，以像鳳翼。』佳人力杵秋風外，蕩子從征夢寐稀。古詩：『蕩子行不歸，空床難獨守。』遥望戍樓天欲曉，滿城鼕徒宗切，鼓聲也。鼓白雲飛。續事始街鼓：『貞觀十年，馬周置而罷，傳呼俗因其聲，號曰「鼕鼕鼓」。』

寄沈褒秀才

晴河萬里色如刀，處處浮雲臥碧桃。『碧桃』①已出二卷。仙桂茂時金鏡曉，虞喜安天論：『俗傳月中有仙人、桂樹，今見其初生，見仙人之足，漸已成形，桂樹後生焉。』又見上『蟾蜍來有鑑』②注。洛波飛處玉容高。曹子建洛神賦：『動無常則，若危若安。進止難期，若往若還。轉眄流精，光潤玉顏。』雄如寶劍衝牛斗，見一卷『如何干斗氣』③注。麗似鴛鴦養羽毛。琴操：『王昭君作怨曠思惟之歌：有鳥處山，集于苞桑，養育毛羽，形容生光。』他日憶君何處望？九天香滿碧蕭騷。楚辭注：『天圜而九重，誰營度而知之乎？』

校勘記

①『碧桃』　卷二贈李處士長句四韻。

②『蟾蜍來有鑑』　外集題吴興消暑樓十二韻。

③『如何干斗氣』　卷一李甘詩。

入關

東西南北數衢通，曾取江西徑過東。本傳，沈傳師表爲江西團練府巡官，又爲牛僧孺淮南節度掌書記。又見張好好詩序。今日更尋南去路，未秋應有北歸鴻。管子：『夫鴻鵠有時而南，有時而北。』禮記：孟春鴻鴈來。

鄭玄曰：『鴈自南方來，將北反其居也。』又見一卷『蘇武卻生返』①注。

校勘記

①『蘇武卻生返』卷一杜秋娘詩。

及第後寄長安故人

唐宋詩話：『大和二年，崔郾侍郎東都放牓，西都過堂，杜紫微第五人及第，有詩。』云云。

東都放牓未花開，三十三人走馬迴。秦地少年多辦一作釀酒，已將春色入關來。

偶作

才子風流詠曉霞，『風流』①出上。倚樓吟住日初斜。驚殺東鄰繡床女，錯將黄暈壓檀花。

校勘記

①『風流』 外集宣州留贈。

贈終南蘭若僧

要覽：『梵云：阿蘭若四分律云空静處。』本事詩：『杜牧弱冠成名，當年制策登科，名振京師。嘗與一二同年城南遊覽，至文八寺，有禪僧擁褐獨坐，與之語。

其玄言妙旨，咸出意表。問杜姓字，俱以對之。又言：「修何業？」傍人以累捷誇之。顧而笑曰：「皆不知也。」杜歎訝，因題詩曰：「家在城南杜曲旁，兩枝仙桂一時芳。老僧都不知名姓，始覺空門氣味長。」』

北闕南山是故鄉，兩枝仙桂一時芳。休公都不知名姓，始覺禪門氣味長。

南史徐湛之傳：『時有沙門釋①惠休善屬文，湛之甚厚。孝武使還俗。本姓湯，位至揚州從事。』

校勘記

①『釋』 原文作『叙』，據南史徐湛之傳改。

遺懷

落魄江南載酒行，前漢書：『酈食其好讀書，家貧落魄，無衣食業。』注：『落魄，失業無次也。』楚腰腸斷掌中輕。見四卷『細腰宫裏露桃新』①注。拾遺記：『飛燕體輕能於掌上舞。』十年一作三年一覺揚州夢，占一作贏得青樓薄行名。『贏得』②已出上。『柳莊劉生曲，廣陌通朱邸，大路起青樓。』③晉書：『司馬彪篤學不倦，好色薄行。』廣記：『中書舍人杜牧少有逸才，下筆成詠，弱冠擢進士第，復捷制科。牧少雋，性疏野放蕩，雖爲撿刻，而不能自禁。會丞相牛僧孺出鎮揚州，辟節度掌書記。牧供職之外，唯以宴遊爲事。揚州勝地也，每重城向夕，倡樓之上，常有絳紗燈萬數，輝羅耀列空中。九里三十步街，珠翠填咽，邈若仙境。牧常出没馳逐其間。初無虚夕，復有街卒三十人，易服隨後，潛護之，僧孺之密教也。而牧自謂得計，人不知之。所至成歡，無不會意。如是且數年，及徵拜侍御史，僧孺於中堂餞之，因戒之曰：「以侍御氣④概遠馭，固當自極夷塗，然常慮風情不節，或致尊體乖和。」牧因謬曰：「其幸常自撿守，不至貽尊憂耳。」僧孺笑而不答，即命侍兒取一小書簏，對牧發之，迺街卒之密報也。凡數十百悉，曰：「某夕，杜書記過某家，無恙。某夕，宴某家，亦如之。」牧對之大慚，因泣拜致謝，而終身感焉。故僧孺之薨⑤，牧爲之誌，而極言其美，報所知也。牧既爲御史，分務洛陽。時李司徒聽罷鎮閑居，聲妓豪華，爲當時第一，洛中名士，咸謁見之。李迺大開宴席，當時朝客高流，無不臻赴，以牧持憲，不敢邀置，牧遣座客達意，願預⑥斯會。李不得已馳書，方對酒獨酌，亦已酣暢，聞命遽來，時會中已飲酒。女妓百餘人，皆絶藝殊色。牧獨坐南行，瞪目注視，引滿三卮，問李云：「聞有紫雲看熟是？」李指示之。牧疑睇良久，曰：「名不虛得，宜以見惠。」李俯而笑，諸妓亦皆迴首破顏。牧又自飲三爵，朗吟而起，曰：「華堂今日綺筵開，誰喚分司御史來？忽發狂言驚滿坐，三行粉面一時迴。」意氣閑逸，旁若無人。後三年，狎遊詩曰：「落魄江湖載酒行，楚腰纖細掌中情。三年一覺揚州夢，贏得青樓薄行名。」』

校勘記

①『細腰宮裏露桃新』　卷四題桃花夫人廟。

②『贏得』　外集歸家。

③『柳莊劉生曲，廣陌通朱邸，大路起青樓』　原文如此，未言出處。

④『氣』原文作『英』，據太平廣記改。

⑤『薨』原文作『夢』，據太平廣記改。

⑥『預』原文作『頒』，據太平廣記改。

秋感

金風萬里思何盡，玉樹一窗秋影寒。揚雄甘泉宮賦：『翠玉樹之青葱。』獨掩柴門明月下，淚流香袂倚闌干。

贈漁父

蘆花深澤靜垂綸，月夕煙朝幾十春。自説孤舟寒水畔，不曾逢著獨醒人。

楚辭漁父篇：『屈原曰：「衆人皆醉，唯我獨醒。」』

歎花

廣記：唐中書舍人杜牧，少俊疏野，放蕩無儉，聞湖州風物妍好，且多奇色，遂往遊焉。刺史張水嬉，觀者如堵。於叢人中見鵶頭女年十餘，牧視之曰真國色也，因使告其母曰：『吾不十年，必守此郡，十年不來，迺從所適。』母許諾，因以重弊結之而別，牧歸朝以湖州爲念。秩卑不得尋，拜黄州又移池州、睦州，皆非意也。大中五年，始受湖州刺史，比至郡已十四年矣，所約者已從人，而生二子。因題詩自傷曰：『自是尋春去校遲，不須惆悵怨芳時。狂風落盡深紅色，綠葉成陰子滿枝。』

自恨尋芳到已遲，往年曾見未開時。如今風擺花狼藉，綠葉成陰子滿枝。

題劉秀才新竹

數莖幽玉色，曉夕翠煙分。聲破寒窗夢，根穿綠蘚紋。漸籠當檻日，欲礙入簾雲。不是山陰客，何人愛此君。

晉書：王徽之字子猷，嘗居山陰。又曰①，子猷嘗居空宅中，便令種竹，聞聲嘯詠，指竹曰：『不可一日無此君。』

校勘記

①『又曰』不是晉書的文字，是做注的話。

山行

遠上寒山石徑斜，白雲生處有人家。停車坐愛楓林晚，霜葉紅於二月花。

書懷

滿眼青山未得過，鏡中無那迺介切，語助也。鬢絲何。秪言旋老轉無事，欲到中年事更多。

紫微花

曉迎秋露一枝新，不占園中最上春。江淹別賦：『羅與綺兮嬌上春。』桃李無言又何在，『桃李無言』①已出四卷。向風偏笑豔陽人。鮑明遠詠雪詩：『兹辰自爲美，當避豔陽桃李節，皎絜不成妍。』注：『豔陽，春也。』

校勘記

①『桃李無言』　卷四不見『桃李無言』，只見此詩。

醉後呈崔夫人

謝傅秋涼閱管絃，晉書：謝安棲遲東土，以總統功進封大保，薨贈太傅。徒教賤子侍華筵。溪頭正雨歸不得，辜負南窗一覺眠。李少卿答蘇武書：「辜負陵心。」又曰：「陵雖孤恩，漢亦負德。」

和宣州沈大夫登北樓書懷沈傳師。

兵符嚴重辭金馬，「兵符」①出一卷，「金馬」②出四卷。星座光芒射斗牛。見二卷「交趾同星座」③注。又見一卷，「如何干斗氣」④注。筆落青山飄古韻，帳開紅旆照高秋。香連日彩浮綃幕，溪逐歌聲遶畫樓。

可惜登臨佳麗地，羽儀須去鳳池遊。『羽儀』⑤已出一卷。『鳳池』⑥已出二卷。

校勘記

①『兵符』 卷一史將軍二首之二。

②『金馬』 卷四寄内兄和州崔員外十二韻。

③『交趾同星座』 卷二送容州中承赴鎮。

④『如何干斗氣』 卷一李甘詩。

⑤『羽儀』 卷一郡齋獨酌。

⑥『鳳池』外集奉和僕射相公春澤稍愆聖君軫慮嘉雪忽降品彙昭蘇即事書成四韻，卷二無『鳳池』。

夜雨

九月三十日，雨聲如別秋。無端滿階葉，共白幾人頭？點滴侵寒夢，蕭騷著淡愁。漁歌聽不唱，蓑濕棹迴舟。

方響 類説樂府雜錄方響注：『胡部無方響，緣直拔聲不應諸調，太宗內庫別收壹片，織①有方響，應二十八調，足箏只有宮商角徵四調，臨時移柱應二十八調。』通典：『方響以鐵爲之，脩九寸廣二寸，圓上方下，架如磬，而不設業，倚於架上，以伐鍾磬。人間所用者纔三四寸。』

數條秋水掛琅玕，玉手了當怕夜寒。曲盡連敲三四下，恐驚珠淚落金盤。

校勘記

①『織』原文如此，據下文通典應爲『鐵』。

將出關宿層峰驛卻寄李諫議

孤驛在重阻，雲根掩柴扉。數聲暮禽切，萬壑秋意歸。

心馳碧泉洞，目斷青瑣闈。西京賦①：『青鎖丹墀。』注：『漢書曰：「赤壁青瑣。」』音義曰：「以青畫户邊②，鏤中。」』衛宏漢舊儀曰：『黄門郎屬黄門令，日暮入對青瑣闈拜，名夕郎。』爾雅：『宫中門謂之闈。』明日武關外，見四卷『題武關』③注。夢魂勞遠飛。

校勘記

①『西京賦』 原文作『西都賦』。

②『邊』 原文作『過』，據西京賦改。

③『題武關』 卷四題武關。

使迴往唐州崔司馬書兼寄四韻因和

清晨候吏把書來，十載離憂得暫開。癡叔去時還讀易，晉書王湛傳：『湛字處沖，司徒渾之弟也。少有識度。身長七尺八寸，龍顙大鼻，少言語。有隱德，人莫能知，兄弟宗族皆以爲癡，其父昶獨異焉。遭父喪，居于墓次。服闋，闔門守靜，不交當世。兄子濟嘗謁湛，見床頭有周易，問曰：「叔父何用此爲？」湛曰：「體中不佳時，脱復看耳。」武帝亦以湛爲癡，每見濟輒調之曰：「卿家癡叔死未？」濟無以答。帝又問如初，濟曰：「臣叔殊不癡。」帝曰：「誰比①？」濟曰：「山濤以下，魏舒以上。」』仲容多興索銜盃。晉書：『阮咸字仲容。任達不拘，與叔父爲竹林之遊。諸阮皆飲酒，咸至，宗人間共集，不用盃觴斟酌，以大盆盛酒飲之。』人心計日殷勤望，馬首隨雲早晚迴。莫爲霜臺愁歲暮，職官書：『御史府有霜臺、柏臺、烏臺。』

唐書②職官志：『漢武元光五年，分天下置十三州，分統諸郡，每州遣使者一人，督察官吏清濁，謂之十三州刺史。後漢遂以名臣爲刺史，專州郡之政，仍置別駕、治中、諸曹椽屬，號曰外臺。』

晉書：『陳頵曰：「刺史御③命，國之外臺。」』潛龍須待一聲雷。魏都賦：『春霆發響，而驚蟄飛競。潛龍浮景，而幽泉高鏡。』注：李善云：『春霆發響，驚蟄紛然而競飛，龍彩幽泉，煥然而照也。』呂氏春秋：『聞春始雷，則蟄虫動矣。』

校勘記

①『比』原文作『北』，據晉書王湛傳改。

②『唐書』 爲舊唐書。

③『御』 晉書陳頵傳作『銜』。

郡齋秋夜即事寄斛斯處士許秀才

有客誰人肯夜過，獨憐風景奈愁何。邊鴻怨處迷霜久，庭樹空來見月多。故國杳無千里信，綵弦時伴一聲歌。馳心秖待城烏曉，左傳：『叔向曰：「城上有烏，齊師其遁。」』幾對虛簷望白河。詩史：『不勞朱户閉，自待白河沉。』

同趙二十二訪張明府郊居聯句『明府』①已出四卷。

陶潛官罷酒瓶空，見四卷『明府辭官酒滿缸』注。門掩楊花一夜風［牧］。古調詩吟山色裏，無絃琴在月明中［嘏］。晋書：陶潛不解音，而畜素琴一張，絃徽不具，每明酒之會，撫而歌曰：『但取琴中趣，何勞絃上聲。』遠簷高樹宜幽鳥，出岫孤雲逐晚虹［牧］。见三卷『無心都大似無才』②注。别後東籬數枝菊，不知閑醉與誰同［嘏］。

校勘記

①『明府』 卷四九日。

②『無心都大似無才』卷三云。

早春題真上人院 本注：生天寶初。

清羸已近百年身，古寺風煙又一春。寰海自成戎馬地，唯師曾是太平人。

對花微疾不飲呈座中諸公

花前雖病亦提壺，劉伶酒德頌：挈榼提壺。數調持觴興有無。盡日臨風美人醉，雪香空伴白髭鬚。

酬王秀才桃花園見寄

桃滿西園淑景催，幾多紅豔淺深開。此花不逐溪流出，晉客無因入洞來。

陶潛桃源记：『晉太元①中，武陵人黄真捕魚爲業。沿溪行，忘路之遠近。忽逢桃花林，芳華鮮美，落英繽紛。林盡得一山，山有小口，初極俠，行數十步，豁然開朗。屋舍儼然，雞犬相聞。男女衣著，悉如外人。見漁父大驚。爲設酒食。云先世避秦亂，率妻子來，問今是何世，不知有漢，無論魏晉。既出，詣太守説如此。太守遣人往尋，迷不復得路。』

校勘記

①『太元』　原文作『大康』，據陶潛桃花源記並記改。

走筆送杜十三歸京

煙鴻上漢聲聲遠，逸驥尋雲步步高。應笑内兄年六十，『内兄』①已出四卷。郡城閑坐養霜毛。

校勘記

①『内兄』卷四寄内兄和州崔員外十二韻。

送王十至褒中因寄尚書

通典：『山南西道漢中郡，今之梁州領縣褒城，漢褒中縣，有褒水、褒谷。』

闕下經年別，人間兩地情。壇場新漢將，見二卷『壇登禮樂卿』①注。

煙月古隋城。渾天帝王圖：『隋高祖文帝都龍首山，亦古長安城。』又通典東都注：

『今東城則隋煬帝大業元年新築。』鴈去梁山遠，漢中郡領縣南鄭有梁山。梁州記：

『梁州縣界有鴈山，傳云：此山有大池水，鴈棲集之，故因名曰鴈塞。』雲高楚岫明。

君家荷藕好，緘恨寄遥程。

校勘記

①『壇登禮樂卿』 卷二夏州崔常侍自少常亞列出領麾幢十韻。

後池泛舟送王十

相送西郊暮景和，青蒼竹外遶寒波。爲君蘸莊陷切，以物没水也。甲十分飲，樂天詩：『十分蘸甲酌。』應見離心一倍多。

重送王十

分袂還應立馬看，向來離思始知難。鴈飛不見行塵滅，景下山遥極目寒。

洛陽秋夕

泠泠寒水帶霜風，更在天橋夜景中。唐書：洛陽有天津橋。清禁漏閑煙樹寂，月輪移在上陽宮。

贈獵騎

已落雙鵰血尚新，見二卷『落鵰都尉萬人敵』①注。鳴鞭走馬又翻身。憑君莫射南來鴈，恐有家書寄遠人。見一卷『蘇武卻生返』②注。

校勘記

①『落雕都尉萬人敵』卷二東兵長句十韻。

②『蘇武卻生返』卷一杜秋娘詩。

懷吳中馮秀才

長洲苑外草蕭蕭，通典：『吳郡蘇州領縣長洲，有吳之長洲苑，因以爲名。』卻算遊程歲月遥。唯有别時今不忘，暮煙秋雨過楓橋。

東坡蘇州姚氏三瑞堂詩：『楓橋三瑞皆目①见。』

校勘記

①『目』原文作『自』，據蘇軾蘇州姚氏三瑞堂詩改。

寄東塔僧

初月微明漏白煙，碧松梢外掛青天。西風靜起傳深業，應送愁吟入夜蟬。秋興賦：『蟬嘒嘒以寒吟。』

秋夕

紅燭秋光冷畫屏，輕羅小扇撲普木切，拂著也。流螢。瑤階夜色涼如水，坐看牽牛織女星。吴筠續齊諧記：『桂陽城武丁，有仙道，忽謂其弟曰：「七月七日織女當渡河。」弟問：「織女何事渡河？」答曰：「暫詣牽牛。」世人至今云：織女嫁牽牛是也。』長恨歌傳：『秋七月七日，牽牛織女相見之夕。秦人風俗，是夜張錦繡，陳飲食，焚香于庭，號爲乞巧。宫掖間尤尚之也。』曹植九詠注：『牽牛爲夫，織女爲婦。織女牽牛之星，各處一方，七月七日，得一會同矣。』

瑶瑟

玉仙瑶瑟夜珊珊，月過樓西桂燭殘。『桂燭』①已出三卷。風景人間不知此，動摇湘水徹明寒。楚辭：『使湘靈鼓瑟兮，令宓妃舞。』

校勘記

①『桂燭』卷三不見『桂燭』，始見此詩。

送故人歸山

三清洞裏無端別，靈寶度人經：『功滿德就，飛升上清。』注：『按龍蹻經，四梵以上，次有三清：大清十二天，九仙之居；上清十二天，九真所居；玉清十二天，九聖所居。三十六天，並不依①之境。』又拂塵衣欲臥雲。選曰：『辭粟首陽，拂衣高謝。』看着掛冠迷處所，『掛冠』②已出二卷。北山蘿月在移文。北山移文：『秋掛遺風，春蘿罷月。』

校勘記

①『㤀』中華大字典有此字，『哀』也。朝鮮的漢字简體字可作『懷』。

②『掛冠』卷二無『掛冠』，始見此詩。

聞角

見三卷『畫角愛飄江北去』①注。

曉樓煙檻出雲霄，景下林塘已寂寥。城角爲秋悲更遠，護霜雲破海天遥。

校勘記

①『畫角愛飄江北去』 卷三潤州二首之二。

押兵甲發谷口寄呈諸公

曉澗青青桂色孤，神農本草：『桂葉，冬夏常青，不枯。』楚人隨玉上天衢。見一卷『荆壁横抛擲』①注。水辭谷口山寒少，今日風頭校暖無。

校勘記

①『荆璧横抛擲』卷一池州送孟遲先輩。

和令狐侍御賞蕙草

尋常詩思巧如春，又喜幽亭蕙草新。本是馨香比君子，

屈原離騷經：『樹蕙之百畝。』李善云：『樹，種也。言己雖見放流，猶種蒔衆香，修行仁義，勤身自勉，朝暮不倦。』

遶欄今更爲何人？

偶題

道在人間或可傳，小還輕變已多年。淮南子：『日出暘谷，浴于咸池，拂于扶桑，是謂晨明。登于扶桑，是謂朏明。至于曲阿，是謂且明。至于衡陽，是謂禺中。至于昆吾，是謂正中。至于鳥次，是謂小還。至于悲谷，是謂晡時。至于女紀，是謂大還。至于淵虞，是謂高舂。至于連石①，是谓下舂。至于虞淵，是謂黄昏。至于蒙谷，是謂定昏。』

今來海上昇高望，不到蓬萊不是仙。

校勘記

①『石』原文作『右』，『連石』傳説爲太陽運行途徑山名。據淮南子天文訓改。

三川驛伏覽座主舍人留題

『座主舍人』①見阿房宫注。

舊跡依然已十秋，雪山當面照銀鈎。

李白詩：『雪山掃粉壁，墨客多新文。』晋書：『索靖字幼安，草書之狀，婉若銀鈎。』紺珠集：『鐵點銀鈎，點欲堅，直如鐵，鈎欲活而有力如銀。』

懷恩淚盡霜天曉，一片餘霞映驛樓。

謝朓詩：『餘霞散成綺。』

校勘記

①『座主舍人』阿房宫賦未見『座主舍人』，注者的失誤。

陜州醉贈裴四同年

通典：河南道有陜州。史記召公世家：『在成王时，召王①爲三公，自陜以西，召公主之；自陜以東，周公主之。』

淒風洛下同羈思，見上『及第後寄長安故人』②注。遲日棠陰得醉歌。見二卷『往事愴甘棠』③注。自笑與君三歲別，頭銜依舊鬢絲多。李白詩：『春風餘幾日，兩鬢各成絲。』

校勘記

①『召王』 原文作『召公』，據史記燕召公世家改。

②『及第後寄長安故人』 外集此詩詩題。

③『往事愴甘棠』 卷二奉和門下相公送西川相公兼領相印出鎮全蜀。

破鏡

佳人失手鏡初分，何日團圓再會君？見上『明鑑半邊釵一股』①注。今朝萬里秋風起，山北山南一片雲。

校勘記

①『明鑑半邊釵一股』 外集送人。

長安雪後

秦陵漢苑參差雪，北闕南山次第春。車馬滿城原上去，豈知惆悵有閑人。

華清宮 見二卷『華清宮』①注。

零葉翻江萬樹霜，玉蓮閑蘂暖泉香。天寶遺事：『華清宮御湯中有玉蓮湯，泉湧以成池，常與貴妃施鈒鏤小舟戲玩於其間。』行雲不下朝元閣，『行雲』②已出三卷。青瑣高議：『驪山華清宮毁廢已久，朝元閣在北嶺之上。』一曲淋鈴淚數行。明皇雜錄：『上初入斜谷，屬霖雨涉旬於棧道，聞鈴聲與山相應。上悼念貴妃，因採其聲爲雨淋鈴曲，以寄恨焉。』

校勘記

①『華清宮』 卷二華清宮三十韻。

②『行雲』 卷三不見『行雲』，始見此詩。

冬日題智門寺北樓

滿懷多少是恩讎，未見功名已白頭。不爲尋此試筋力，豈能寒上背雲樓。

别王十後遺京使累路附書

重關曉度宿雲寒，羸馬緣知步步難。此信的應中路見，亂山何處拆書看？

許秀才至辱李蘄州絶句問斷酒之情因寄

有客南來話所思，故人遥枉醉中詩。暫因微疾須防酒，不是歡情減舊時。

送張判官歸兼謁鄂州大夫

處士聞名早，遊秦獻疏迴。腹中書萬卷，世説：『郝隆字佐①治，七月七日，日中仰臥於中庭，人問其故，答曰：「我曬腹中書耳。」』身外酒千盃。江雨春波闊，園林客夢催。今君拜旌戟，漢魏已來，諸郡守門施棨戟。凛凛近霜臺。見上『莫爲臺愁暮』②注。

校勘記

①『佐』　原文作『位』，據世説新語卷二十五改。

②『莫爲臺愁暮』　外集使迴往唐州崔司馬書兼寄四韻因和，全詩八句，第七句爲『莫爲

霜臺愁歲暮』。

宿長慶寺

南行步步遠浮塵，更近青山作夜鄰。高鐸數聲秋撼玉，霽河千里曉橫銀。紅渠集韻：『蕖通作渠，求於切。』影落前池淨，一作晚綠稻香來野逕頻。終日官閑無一事，不妨長醉是遊人。一作『不妨長是靜遊人』。

望小華三首

東京賦：『西登小①華』注：『西圈中有小華山。』

身隨白日看將老，心與青雲自有期。見一卷『青雲馬生角』②注。今對晴峰無十里，世緣多累暗生悲。

文字波中去不還，物情初與是非間。時名竟是無端事，羞對靈山道愛山。

眼看雲鶴不相隨，莊子：『厭世，上仙，乘彼白雲，至于帝鄉。』見三卷『獨鶴初沖大虛日』③注。何看塵中事作爲。好伴羽人深洞去，楚辭：『仍羽人於丹丘，留不死之舊鄉。』月前秋聽玉參差。樂府雜錄：『笙，女④媧造也，象鳳翼，一名參差。』

校勘記

①『小』東京賦作『少』。

②『青雲馬生角』卷一池州送孟遲先輩。

③『獨鶴初沖大虛日』卷三洛中監察病假滿送韋楚老拾遺歸朝。

④『女』原文作『如』，據樂府雜録改。

登澧州驛樓寄京兆韋尹

本注：『尹曾典此郡。』通典：『澧陽郡澧州，今理澧陽縣。』

一話涔陽舊使君，本集，爲堂兄慥求澧州啓①：『授以涔陽，活於闔門，無不感涕。』郡人迴首望青雲。政聲長與江聲在，自到津樓日夜聞。

校勘記

①『爲堂兄慥求澧州啓』樊川文集卷十六。

長安晴望

翠屏山對鳳城開，天台山賦：『搏壁立之翠屏。』碧落摇光霽後來。靈寶度人經：『昔於始青天中，碧洛空歌。』注：『既天蒼氣青，則碧霞廓落，故云碧落。』

迴識六龍巡幸處，淮南子：『乘車駕以六龍。』飛煙閑繞望春臺。飛，非字之誤，見添注。

歲月朝迴 口号

星河猶在整朝衣，遠望天門再拜歸。笑向春風初五十，敢言知命且知非。論語：『子曰：五十而知天命。』見二卷『知非晚笑蘧』①注。

校勘記

①『知非晚笑蘧』 卷二自遣。

驌驦坂①

左傳：『唐成公有兩驌驦馬。』

瑶池罷遊宴，見一卷『侍宴坐瑶池』②注。**良藥③委塵沙。**呂氏春秋：『古之善相馬者，若趙之王良，秦之白樂，尤盡其妙也。』淮南子：『王良、造父之御也，上車攝轡，投足調均，勞逸④若一。』**遭遇不遭遇，**劉越石詩序：『騄驥倚輈於虞⑤坂，鳴於良、藥⑥，知與不知也。百里奚非愚於虞而智於秦，遇與不遇也。』**鹽車與鼓車。**戰國策：『汗明見春申君曰：「夫驥之齒至矣，伏鹽車上大⑦行。中坂遷延，負轅不能上。伯樂遭之，下車攀而哭之，解紵衣而幕之。於是俯而噴，仰而鳴，聲達於天。彼伯樂知己也。」』後漢循吏傳：『初，光武長於民間，頗達情僞。』『建武十三年，異國有獻名馬者，日行千里，又進寶劍，價兼百金，詔以馬駕鼓車，劍賜騎士。』

校勘記

①『坂』 原文如此，樊川詩集注（上海古籍出版社）作『駿』。清馮集梧注云：『「駿」，統籤作「坂」，與別集驌驦一首合作二首。』

②『侍宴坐瑶池』 卷一杜秋娘詩。

③『藥』 原文如此，呂氏春秋作『樂』，應作『樂』。

④『逸』 原文作『佚』，據淮南子覽冥訓改。

⑤『虞』 劉越石詩序作『吳』。（見漢魏六朝百三家集）

⑥『藥』 劉越石詩序作『樂』。

⑦『大』 原文如此，戰國策作『太』。

龍丘途中 ①通典：江南道衢州領縣龍丘。

漢苑殘花別，吴江盛夏來。唯看萬樹合，不見一枝開。水色饒湘浦，零陵記：湘水在永州。灘聲怯建溪。通典：『建安郡今建州，大唐至德四年置。建州以建溪爲名。』淚流迴月上，可得更猿啼。荆州記：『巴東三峽，猿聲哀啼至三聲，聞者垂淚。』

校勘記

①『龍丘途中』 此詩應爲二首，注者未分。

宮人塚

盡是離宮院中女，苑牆城外塚纍纍。見二卷『纍纍秋塚没蓬蒿』①注。少年入内教歌舞，不識君王到死時。

校勘記

①『纍纍秋塚没蓬蒿』 卷二贈李處士長句四韻。

寄浙西李判官

燕臺上客意何如，見一卷『我雖在金臺』①注。四五年來漸漸疏。

直道莫抛男子業，遭時還與故人書。青雲滿眼應驕我，白髮渾頭小恨渠。誰念賢哉崔大讓，可憐無事不歌魚。

史記：馮驩聞孟嘗君好客，躡屩而見之。孟嘗君置傳舍。驩彈其劍而歌曰：『長鋏歸來乎，食無魚。』

校勘記

①『我雖在金臺』　卷一池州送孟遲先輩。

寄杜子二首

不識長楊事北胡，見一卷『長楊射熊羆』①注。且教紅袖醉來扶。

狂風烈焰雖千尺，豁得平生俊氣無。武牢關吏應相笑，箇底年年往復來？若問使君何處去，爲言相憶首長迴。

校勘記

①『長楊射熊羆』，卷一杜秋娘詩。

盧秀才將出王屋高步名場江南相逢贈別

王屋山人有古文，『王屋山』①出三卷。欲攀青桂弄氛氳。神仙本記：『楚伯十上落第，七月七日歸商洛山中，惆悵曰：「月中一枝如可折兮，胡愴乎落第。」其夜，夢一人青冠青衣來，曰：「汝有仙分，必可折桂。」曰：「如何？」對曰：「翌日晨曦初艷，下溪行，有青冠人，急騎之。」翌日行溪邊，果逢一人青冠，則騎之。青冠人升雲，迺視之，青身五色龍也。入月中，下之，上一黃金窟，有桂樹二十一枝。伯迺折甲枝，復騎升雲，下來。洛人謂之曰：「甲枝，即登第矣。」』

將攜健筆干明主，莫向山壇問白雲。

馳逐寧教爭處讓，是非偏忌衆中分。交遊話我憑君道，除卻鱸魚更不聞。見二卷『寒鱠季膺魚』②注。

校勘記

①『王屋山』卷三句溪夏日送盧霈秀才歸王屋山將欲赴舉的詩題及注文。

②『寒鱠季膺魚』卷二許七侍御棄官東歸瀟灑江南頗聞自適高秋企望題詩寄贈十韻。

送劉三復郎中赴闕

橫溪辭寂寞，金馬去追遊。『金馬』①出四卷。好是鴛鴦侶，見上『鴛鴦玉珮敲』②注。正逢霄漢秋。玉珂聲瑣瑣，見三卷『金絡擎雕去』③注。錦帳夢悠悠。『錦帳』④已出三卷。微笑知今是，陶潛歸去來辭：『覺今是而昨非。』又見莊子。因風謝釣舟。

校勘記

①『金馬』　卷四寄内兄和州崔員外十二韻。

②『鴛鴦玉珮敲』　外集送牛相出鎮襄州。

③『金絡擎雕去』　卷三揚州三首之二。

④『錦帳』　卷三除官歸京睦州雨霽。

羊欄浦夜陪宴會

戈檻營中夜未央，雨霑雲惹侍襄王。見三卷『巫娥廟裏低含雨』①注。毬來香袖依稀暖，酒凸觥心汎灩光。紅絃高緊聲聲急，尚書大傳：『大琴朱絃。』珠唱鋪圓褭褭長。禮記：『歌者，纍纍乎端如貫珠。』

自比諸生最無取，漢書叔孫通傳：『臣願徵魯諸生，與臣弟子共起朝儀。』②不

知何處亦升堂。見三卷『犬子召升堂』③注。

校勘記

①『巫娥廟裏低含雨』　卷三柳長句。

②『朝儀』　原文此二字空，據漢書叔遜傳補。

③『犬子召升堂』　卷二奉和門下相公送西川相公兼領相印出鎮全蜀。

送杜顗赴潤州幕

新唐書李德裕傳：『裕爲撿校尚書左僕射，潤州刺史，鎮海軍節度蘇、常、杭、潤觀察等使。』本集，杜顗墓銘①：『李丞相德裕出爲鎮海軍節度，辟召試協律郎，爲巡官。』

少年才俊赴知音，魏志王粲傳：『昔者伯牙絶絃於鍾期，痛知音之難遇。』

丞相門欄不覺深。直道事人男子業，異鄉加飯弟兄心。古詩：『棄捐勿復道，努力加餐飯。』注：『努力加餐飯，自勉之詞。』還須整理韋弦佩，韓非子：『西門豹之性急，故佩韋以緩己，董安于之心緩，故佩絃以自急。故以餘補不足，以長續短，謂之明主。』莫獨矜誇瑇瑁簪。見二卷『春申君』②注。

若去上元懷古去，十道志：『潤州有上元。』注：『楚滅越，置以金陵邑。秦始皇忌氣，改秣陵。晉太康二年。改爲江寧，今爲上元。』謝安墳下與沉吟。

校勘記

①『杜顗墓銘』樊川文集卷九有唐故淮南支使試大理評事兼監察御史杜君墓誌銘。

②『春申君』卷二春申君詩題。

有感

宛溪垂柳最長枝，『宛溪』①見三卷『宣州開元寺水閣』詩注。曾被春風盡日吹。不堪攀折猶堪看，陌上少年來自遲。

校勘記

①『宛溪』 卷三題宣州開元寺水閣閣下宛溪夾溪居人。

書懷寄盧州 盧當作廬。

謝山南畔州，見三卷『牛渚磯南謝山北』①注。風物最宜秋。太守懸金印，佳人敞畫樓。凝釭古雙切，燈也。暗醉夕，殘月上汀洲。可惜當年鬢，朱門不得遊。

校勘記

①『牛渚磯南謝山北』卷三贈朱道靈。

賀崔大夫崔正字

内舉無慚古所難，左傳：『祁大夫外舉不棄讎，内舉不失親。』燕臺遥想拂塵冠。『燕臺』①已出一卷。登龍有路水不峻，見二卷『公議法膺門』②注。一鴈背飛天正寒。别夜酒餘紅燭短，映山帆去碧霞殘。謝公樓下潺湲響，『謝樓』③已出一卷。離恨詩情添幾般。

校勘記

①『燕臺』卷一池州送孟遲先輩。實際指的是『金臺』。

②『公議法膺門』卷二昔事文皇帝三十二韻。

③『謝樓』卷一張好好詩。

江南送左師

江南爲客正悲秋，更送吾師古渡頭。惆悵不同塵土別，水雲蹤跡去悠悠。

寢夜

蛩唱如波咽，更深似水寒。露華驚敝褐，燈影掛塵冠。故國初離夢，前溪更下灘。紛紛毫髮事，多少宦遊難。

十九兄郡樓有宴病不赴

十二層樓敞畫簷，十州記：『崑崙山有十二玉樓。』鮑照詩：『鳳樓十二重。』連雲歌盡草纖纖。列子：『秦青撫節悲歌，聲振林木，響遏行雲。』空堂病怯階前月，燕子嗔垂一桁簾。桁，下浪切，衣拖也。

愁

聚散竟無形，迴腸自結成。見四卷『離腸不自裁』①注。古今留不得，離别又潛生。降虜將軍思，漢書：李陵天漢二年，陵率五千人出塞，與匈奴戰，力屈迺降匈奴中。窮秋遠客情。何人更憔悴，落第泣秦京。

校勘記

①『離腸不自裁』 卷四丹水。

隋苑

通典：『淮南道廣陵郡，今之揚州，理江都、江陽二縣。隋初爲揚州，置總管府。

煬帝初，又爲江都郡，後帝徙都而喪國焉。』

紅霞一抹廣陵春，定子當筵睡臉新。本注：一云定字，牛相小青。

卻笑丘墟隋煬帝，破家亡國爲誰人？

芭蕉

芭蕉爲雨移，故向窗前種。憐渠點滴聲，留得歸鄉夢。

夢遠莫歸鄉，覺來一翻動。

汴水舟行荅張祜見四卷『汴河懷古』①注。

千里長河共使船，聽君詩句倍愴然。春風野岸名花發，

一道帆檣畫柳煙。

校勘記

①『汴河懷古』　卷四汴河懷古詩題。

牧陪昭應盧郎中在江西宣州佐今吏部沈公幕見一卷

『張好好詩序』及注。罷府周歲公宰昭應見四卷『除官行至昭應府』①注。牧在

淮南麼職敘舊成二十韻用以投寄 唐書杜牧傳：牛僧孺淮南節度府掌记。

燕鴈下揚州，見上『隋苑』②注。涼風柳陌秋。可憐千里夢，還是一年愁。宛水環朱檻，三卷宣州開元寺水閣詩題閣下宛溪夾居人。章江敞碧流。十道志曰：『洪州有豫連九江。』謬陪吾益友，論語曰：『益者三友。友直，友諒，友多聞，益矣。』祇事我賢侯。韓公詩：『五管歷遍無賢侯。』印組縈光馬，鋒鋩看解牛。莊子：『庖丁爲文惠君解牛。三年之後，未嘗見其全牛也。』井閭安樂易，毛萇③詩傳：『豈第樂易：樂以強，教立；易以說，安之。』冠蓋愜依投。政簡稀開閣，漢書公孫弘傳：弘爲丞相，封平津侯，『起客館，開東閣以迎賢人。』功成每運籌。見一卷『捧籌慚所畫』④注。送春經野塢，遲日上高樓。玉裂歌聲斷，霞飄舞帶收。泥情斜拂印，別臉小低頭。日晚花枝爛，釭凝粉彩稠。未曾孤酩酊，剩肯隻淹留。重德俄徵寵，舊唐書文宗本記：大和七年，以傳師爲吏部侍郎。諸生苦宦遊。分途之絕國，灑淚拜行輈。聚散真漂梗，詩史：『漂梗無安地。』注：『用民如榛梗，飄泊不遑寧處也。』光陰極轉郵。孟子：『德之流行，速於置郵而傳命。』銘心徒歷歷，屈指信悠悠。君作烹鮮用，老子：治大國若烹小鮮。誰膺仄席求。漢書：『朕思望直士，側席異聞。』羊祜表曰：『側席求賢，不遺幽賤。』卷懷能憤悱，見二卷『卷懷頭角縮』⑤注。論語：『不悱不憤⑥。』卒歲且優游。孔子家語：『優哉游哉，聊以卒歲。』去矣時難遇，漢書：『蒯通説韓信曰：「夫功者難成而易敗，時者難得而易失。時乎時，不再來。」』沽哉價莫酬。

論語：『子貢曰：「有美玉於此，韞匵而藏諸？求善賈而沽諸？」子曰：「沽之哉！沽之哉！我待賈者也。」』滿枝爲鼓吹，蔡邕曰：『鼓吹歌軍樂也。』衷甲避戈矛。

左傳曰：『楚人衷甲。』注：『甲中。』後漢書董卓傳：『李肅以戟刺之，卓衷甲不入。』注：『施鎧於衣中。』隋帝宮荒草，見上『隋苑』注，牧在淮南縻職，故云。秦王土一丘。

史記：『秦二世而土盧郎中，宰昭應，故云。』相逢好大笑，除此總雲浮。

論語：『子曰：「於我如浮雲。」』

校勘記

①『除官行至昭應府』 卷四除官行至昭應聞友人出官因寄。

②『隋苑』 外集隋苑。

③『毛萇』 卷一郡齋獨酌『鉤車不得望其墻』作『芼萇』。

④『捧籌慚所晝』 卷一偶遊石盎僧舍。

⑤『卷懷頭角縮』 卷二朱坡絶句三首之三。

⑥『憤』 論語述而作『發』。

樊川外集

添注

班竹筒簟詩：『血染班班成錦紋。』述異記：『湘水去岸三十里許。有相思宫、望帝臺，昔舜南巡而葬於蒼梧之野。堯之二女娥皇、女英追之不及，相與慟哭，淚下沾竹。竹紋悉爲之班班然。』

秋岸詩：『一艇箭迴初。』見四卷添注，赤壁詩『東風不與周郎便』①注。

送張曼容詩：『七葉漢貂真密近。』吳語：『密爾於天子。』注：『密，比也；爾，近也。』

贈裴同年詩：『頭銜依舊鬢絲多。』語林：『官銜之名，近代選遭補授先貝，舊官於前，次書擬官於後，新舊相銜，故曰官銜，亦曰頭銜，如人口銜物，取其連續之意。又如馬之有銜，以制其首。古人謂之銜尾相續，即其義也。』梅仙②唐書地理志：江南道洪州領縣南昌，云云。江南西道觀察使理洪州。漢書：『梅福，九江壽春人。補南昌尉，後去官歸壽春。王莽顓政，一朝棄妻子，去九江，至今傳以爲仙。其後，有人見福於會稽者，變名姓，爲吳市門卒。』非煙③史記：『若煙非煙，若雲非雲，郁郁紛紛，蕭索輪囷，是謂卿雲。卿雲，嘉④氣也。』

校勘記

①『東風不與周郎便』卷四赤壁。卷四無添注。

②『梅仙』當是指奉送中丞姊夫儔自大理卿出鎮江西叙事書懷因成十二韻詩中的『梅仙調步驟』。

③『非煙』 當是長安晴望中的『飛煙閑繞望春臺』。

④『嘉』 原文如此，史記天官書作『喜』。

附錄

佚書目錄

韓錫鐸　輯

一九七八年至一九九七年，近八百家圖書館協作編纂了中國古籍善本書目，上海古籍出版社出版。收書五萬六千七百八十七種，幾乎把清代乾隆以前（含乾隆）的書都包括進來了。南宋人注釋所用的書，該書目沒有著錄的書，再結合中國叢書綜錄没有著錄的書，可視爲已經亡佚的書。我輯出五十種，有的書不僅著錄一次。以四角號碼排序。

唐宋詩話　唐書要

玄宗遺錄　龍蹻經

詩傳（毛萇）　詩史

三輔故事　靈寶度人經

零陵記　天寶傳歌錄

北狄傳　職官書

職林　珠林傳

尹喜傳　郡國志

郡閣雅談　　後語

後魏書　　續事始街鼓

宣城郡圖經　　良士傳（鐘岏）

江陵圖經　　馮鑑續事

酒德頌（劉伶）　　洪駒父詩話

漢雜事　　漢宮儀

神仙本記　　神仙拾遺

混天圖　　渾天帝王圖

通載　　運曆圖

九城圖　南都煙花記

大業記　華清宮圖（雄景叔）

華清宮圖（脣叔）　老子内傳

世論（桓範）　黄帝泰階六符經

翰府名談　松窗錄

梅詩義疏　感定錄

歷代統記　隴右記

金海筭法　舒安道詩骨義

書後的著者是注釋者提供的。

说明

上海圖書館藏明董傳性輯的明萬曆二年董傳教三餘堂活字本詩史，是否與我輯的史詩有關繫，未做考查。

雄景叔与膂叔是否一人，無力考查。